SCIENCE FICTION

Herausgegeben
von Wolfgang Jeschke

Von Robert Silverberg erschienen in der Reihe
HEYNE SCIENCE FICTION & FANTASY:

Gast aus der Zukunft · 06/3193-94
Das heilige Atom · 06/3224
Die Sterne rücken näher · 06/3248, auch ↗ 06/1001
Die Seelenbank · 06/3256
Exil im Kosmos · 06/3269
Schwingen der Nacht · 06/3274, erneut: 06/3929
Macht über Leben und Tod · 06/3282, auch ↗ 06/1006
Dimension 12 · 06/3309
Die Mysterien von Belzagor · 06/3345
Der Gesang der Neuronen · 06/3392, auch ↗ 06/1005, auch 06/4572
Kinder der Retorte · 06/3441, auch ↗ 06/1003
Es stirbt in mir · 06/3445
Ein glücklicher Tag im Jahr 2381 · 06/3477
Der Seher · 06/3590
Schadrach im Feuerofen · 06/3626
Mit den Toten geboren · 06/3644
König Gilgamesch · 06/4420
Tom O'Bedlam · 06/4456
Am Ende des Winters · 06/4585

ROBERT SILVERBERG

DER GESANG DER NEURONEN

Roman

Mit einem Nachwort von
KLAUS PIETREK

Science Fiction

WILHELM HEYNE VERLAG
MÜNCHEN

HEYNE SCIENCE FICTION & FANTASY
Band 06/4572

Titel der amerikanischen Originalausgabe
THORNS
Deutsche Übersetzung von Elke Kamper
Das Umschlagbild schuf Jim Burns

Redaktion: Wolfgang Jeschke

Die Taschenbuchausgabe erschien ursprünglich
als HEYNE-BUCH Nr. 06/3392 und
in einer Sonderausgabe im HEYNE-BUCH Nr. 06/1005
Printed in Germany 1989
Umschlaggestaltung: Atelier Ingrid Schütz, München
Satz: Schaber, Wels
Druck und Bindung: Elsnerdruck, Berlin

ISBN 3-453-03161-X

Camilla: *Sie sollten Ihre Maske abnehmen, Sir.*
Der Fremde: *Wirklich?*
Cassilda: *Wirklich, es ist an der Zeit. Alle außer Ihnen haben die Verkleidung abgelegt.*
Der Fremde: *Ich trage keine Maske.*
Camilla: *(Entsetzt, beiseite zu Cassilda) Keine Maske? Keine Maske?*

»Der König in Gelb«: Akt 1, Szene 2

1
Gesang der Neuronen

»Schmerz ist lehrreich«, keuchte Duncan Chalk.

Auf Kristallsprossen erstieg er die Ostwand seines Arbeitsraums. Weit oben stand der polierte Schreibtisch mit dem eingebauten Kommunikator, von dem aus er sein Imperium regierte. Es wäre für Chalk kein Problem gewesen, auf dem Stab eines Gravitrons an der Wand hochzugleiten. Dennoch zwang er sich jeden Morgen zu diesem Aufstieg.

Seine verschiedenen Anhänger begleiteten ihn. Leontes d'Amore mit den beweglichen Schimpansenlippen, Bart Aoudad, Tom Nikolaides mit den bemerkenswerten Schultern. Und andere. Doch Chalk, der wieder einmal die Lektion des Schmerzes lernte, war der Brennpunkt der Gruppe.

Sein Fleisch waberte und wogte. Der weiße Unterbau aus Knochen im Innern dieser schweren Masse lechzte nach Befreiung. Duncan Chalk bestand aus sechshundert Pfund Fleisch. Das große, ledrige Herz pumpte verzweifelt, durchflutete die schwammigen Glieder mit Leben. Chalk kletterte. Gewunden zog sich der Weg zwölf Meter an der Wand hoch bis zum Thron am oberen Ende. Flecken fluoreszierender Pilze am Weg glühten eifrig, gelbe Astern mit roten Spitzen verbreiteten pulsierende Wärme und Helligkeit.

Draußen war Winter. Dünne Streifen Neuschnee wirbelten durch die Straßen. Allmählich erhellte der Morgen den bleiernen Himmel. Chalk stöhnte. Chalk kletterte.

Aoudad sagte: »Der Idiot wird in elf Minuten hier sein, Sir. Er wird eine Vorstellung geben.«

»Das langweilt mich jetzt«, sagte Chalk. »Ich werde ihn ohnehin sehen.«

»Wir könnten versuchen, ihn zu foltern«, schlug der hinterhältige d'Amore mit flaumweicher Stimme vor. »Vielleicht würde seine Zahlenbegabung dadurch um so leuchtender glänzen.«

Chalk spuckte aus. Leontes d'Amore schrak zurück, wie von einem Guß Säure getroffen. Der Aufstieg ging weiter. Bleiche, fleischige Hände streckten sich aus, um nach schimmernden Stäben zu greifen. Muskeln ächzten und pochten unter den Fettschwarten. Chalk wallte an der Wand hoch, gönnte sich kaum eine Pause.

Die inneren Botschaften des Schmerzes verwirrten und entzückten ihn. Gewöhnlich zog er es vor, seinen Schmerz stellvertretend zu erleben, doch es war Morgen, und die Wand war seine Herausforderung. Aufwärts. Aufwärts. Zum Sitz der Macht. Er kletterte, Sprosse um Sprosse, sein Herz protestierte, seine Eingeweide wanden sich unter der Hülle aus Fleisch, seine Lenden bebten, selbst die Knochen bogen und senkten sich unter ihrer Bürde.

Über ihm warteten die helläugigen Schakale. Was wäre, wenn er fiele? Zehn von ihnen wären nötig, um ihn wieder auf den Weg zu heben. Was wäre, wenn sein zuckendes Herz in wilden Krämpfen versagte? Was, wenn seine Augen glasig würden, während er noch sah?

Würden sie sich freuen, wenn seine Macht verpuffte wie die Luft aus einem Ballon?

Würden sie Freude empfinden, wenn seine Hand abglitte und sein eiserner Griff um ihr Leben erlahmte?

Natürlich. Natürlich. Chalks dünne Lippen verzogen sich zu einem kühlen Lächeln. Er hatte die Lippen eines schlanken Mannes, Beduinenlippen, von der Sonne ausgedörrt, pergamentartig, trocken. Warum waren seine Lippen nicht dick und feucht?

Undeutlich wurde die sechzehnte Sprosse sichtbar.

Chalk griff danach. Der Schweiß kochte ihm aus allen Poren. Er schwankte einen Augenblick, während er unverdrossen sein Gewicht vom Ballen des linken Fußes auf den Absatz des rechten verlagerte. Ein Fuß von Duncan Chalk zu sein war nicht angenehm. Einen Moment lang lastete nahezu unvorstellbarer Druck auf Chalks rechtem Knöchel. Dann lehnte er sich vor, ließ seine Hand mit wilder, hackender Bewegung auf die letzte Sprosse fallen, und freudig öffnete sich ihm sein Thron.

Chalk sank in den wartenden Sitz und fühlte, wie dieser ihn stützte. Die winzigen Hände in den Tiefen des Materials hielten, drückten, massierten, besänftigten ihn. Geisterhafte Bündel poröser Leitungen glitten in seine Kleidung, um den Schweiß aus den Tälern und Abzuggräben seines Fleisches zu saugen. Verborgene Nadeln drangen durch die Haut, spritzten wohltuende Flüssigkeiten. Die wilden Schläge des überanstrengten Herzens wichen einem stetigen Murmeln. Muskeln, vor Anspannung geschwollen und knotig, erschlafften. Chalk lächelte. Der Tag hatte begonnen; alles war gut.

Leontes d'Amore sagte: »Es erstaunt mich, Sir, wie leicht Sie diesen Aufstieg bewältigen.«

»Sie meinen, ich sei zu fett, um mich zu bewegen?«

»Sir, ich ...«

»Die Faszination des Schwierigen«, sagte Chalk. »Sie hält die Welt in Gang.«

»Ich werde den Idioten bringen«, sagte d'Amore.

»Den gelehrten Idioten«, korrigierte ihn Chalk. »Ich habe kein Interesse an Idioten.«

»Natürlich. Den gelehrten Idioten. Natürlich.«

Durch eine schimmernde Öffnung in der rückwärtigen Wand glitt d'Amore davon. Chalk lehnte sich zurück, faltete die Hände über der nahtlosen Wölbung von Brust und Bauch. Er blickte über den großen Abgrund vor sich. Der Raum war hoch und weit, ein ausgedehnter, offener Saal, durch den Leuchtkäfer schwebten. Es werde Licht, Licht, Licht; hätte er Zeit gehabt, hätte er vielleicht dafür gesorgt, daß auch er leuchtete.

Tief unten auf dem Grund des Raums, wo Chalk seinen täglichen Aufstieg begonnen hatte, bewegten sich Gestalten in geschäftigen Mustern und taten Chalks Arbeit. Jenseits der Wände lagen andere Büros, füllten wabenartig das achteckige Gebäude, dessen Herzstück dieser Raum bildete. Chalk hatte eine hervorragende Organisation aufgebaut. In einem riesigen, indifferenten Universum hatte er sich einen beträchtlichen privaten Rückhalt geschaffen, denn noch immer fand die Welt Gefallen am Schmerz. Zwar gehörten die köstlich morbiden Schauder, die manchen überliefen, wenn er über Einzelheiten von Massenmorden, Kriegsverbrechen, Flugzeugunfällen und ähnlichem nachgrübelte, größtenteils der Vergangenheit an, doch Chalk war wie kein anderer in der Lage, stärkeren, extremeren und direkteren Ersatz zu beschaffen. Auch jetzt noch arbeitete er hart, um vielen Vergnügen, einigen Schmerz und sich selbst gleichzeitig Vergnügen und Schmerz zu bereiten.

Durch genetische Zufälle war er für seine Aufgabe einzigartig geeignet: ein auf Schmerz reagierender, sich von Schmerz nährender Emotionsfresser, vom Aufnehmen unverdünnter Angst ebenso abhängig wie andere von der Aufnahme von Brot und Fleisch. Er war der höchste Vertreter des Geschmacks seiner Zuschauer und darum perfekt dazu geeignet, die inneren Bedürfnisse dieses großen Publikums zu befriedigen. Doch obwohl seine Aufnahmefähigkeit sich mit den Jahren verringert hatte, war er immer noch nicht gesättigt. Jetzt bahnte er sich einen Weg durch die emotionalen Lekkerbissen, die er in Szene setzte, ein frisches Stück Fleisch hier, einen blutigen Sinnenpudding dort, und sparte seinen eigenen Appetit auf für die subtileren Varianten der Grausamkeit, ständig auf der Suche nach neuen und gleichzeitig auf schreckliche Weise alten Empfindungen.

Er wandte sich an Aoudad. »Ich glaube nicht, daß der gelehrte Idiot viel taugen wird. Überwachen Sie den Raumfahrer Burris immer noch?«

»Täglich, Sir.« Aoudad war ein kurz angebundener Mann mit zuverlässigem Aussehen und toten, grauen Augen. Seine Ohren liefen fast spitz zu. »Ich behalte Burris im Auge.«

»Und Sie, Nick? Das Mädchen?«

»Sie ist langweilig«, sagte Nikolaides. »Aber ich beobachte sie.«

»Burris und das Mädchen ...« murmelte Chalk nachdenklich. »Die Summe aus der Verbitterung zweier Menschen. Wir brauchen ein neues Projekt. Vielleicht ... vielleicht ...«

D'Amore erschien wieder, glitt über einem vorspringenden Sims aus der gegenüberliegenden Wand. Der gelehrte Idiot stand ruhig neben ihm. Chalk beugte sich vor, Bauchfalte legte sich über Bauchfalte. Er heuchelte Interesse.

»Das ist David Melangio«, sagte d'Amore.

Melangio war vierzig Jahre alt, doch seine hohe Stirn war faltenlos, seine Augen vertrauensvoll wie Kinderaugen. Er sah bleich und feucht aus wie ein unterirdisches Gewächs. D'Amore hatte ihn stilvoll in ein glänzendes, mit Eisenfäden durchwebtes Gewand gekleidet, doch Melangio wirkte darin grotesk; die Grazie und Würde des teuren Kostüms gingen verloren; es diente nur dazu, Melangios leere, knabenhafte Unschuld zu betonen.

Unschuld war keine Ware, für die das Publikum einen hohen Preis zahlen würde. Das war Chalks Geschäft: dem Publikum das zu liefern, was es wünschte. Doch Unschuld, gepaart mit etwas anderem, könnte die herrschenden Bedürfnisse befriedigen.

Chalk spielte mit dem Computerknopf neben seiner

linken Hand. »Guten Morgen, David. Wie fühlen Sie sich heute?«

»Es hat letzte Nacht geschneit. Ich mag den Schnee.«

»Der Schnee wird bald fort sein. Maschinen schmelzen ihn.«

»Ich wünschte, ich könnte im Schnee spielen.« Sehnsüchtig.

»Sie würden sich die Knochen erfrieren«, sagte Chalk. »David, was für ein Tag war der 15. Februar 2002?«

»Freitag.«

»Der 20. April 1968?«

»Samstag.«

»Woher wissen Sie das?«

»Es muß so sein«, sagte Melangio schlicht.

»Der dreizehnte Präsident der Vereinigten Staaten?«

»Fillmore.«

»Was tut der Präsident?«

»Er wohnt im Weißen Haus.«

»Ja, ich weiß«, sagte Chalk sanft. »Aber was hat er für Pflichten?«

»Im Weißen Haus zu wohnen. Manchmal lassen sie ihn heraus.«

»Was für ein Wochentag war der 20. November 1891?«

»Ein Freitag.« Sofort.

»In welchen Monaten des Jahres 1811 fiel der fünfte Tag auf einen Montag?«

»Nur im August.«

»Wann wird der 29. Februar das nächste Mal auf einen Samstag fallen?«

Melangio kicherte. »Das ist zu leicht. Wir haben nur alle vier Jahre einen 29. Februar, daher ...«

»In Ordnung. Erklären Sie mir das Schaltjahr.«

Verwirrung.

»Wissen Sie nicht, warum es das gibt, David?«

D'Amore sagte: »Er kann Ihnen jedes Datum aus

neuntausend Jahren nennen, Sir, angefangen im Jahre 1. Aber er kann nichts erklären. Fragen Sie ihn nach Wetterberichten.«

Chalks dünne Lippen verzogen sich. »Erzählen Sie mir vom 14. August 2031, David.«

Die hohe, dünne Stimme antwortete: »Kühle Temperaturen am Vormittag, an der östlichen Küste gegen zwei Uhr nachmittags auf 28 Grad ansteigend. Um sieben Uhr abends war die Temperatur auf 22 Grad zurückgegangen und blieb bis nach Mitternacht konstant. Dann begann es zu regnen.«

»Wo waren Sie an diesem Tag?« fragte Chalk.

»Zu Hause bei meinem Bruder und meiner Schwester und meiner Mutter und meinem Vater.«

»Waren Sie an diesem Tag glücklich?«

...?

»Hat Ihnen an diesem Tag irgend jemand weh getan?« fragte Chalk.

Melangio nickte. »Mein Bruder hat mich getreten, hier ans Schienbein. Meine Schwester riß an den Haaren. Meine Mutter gab mir zum Frühstück Chemifix zu essen. Danach ging ich zum Spielen nach draußen. Ein Junge warf einen Stein nach meinem Hund. Dann ...«

Seine Stimme war frei von Gefühlen. Melangio wiederholte die Seelenqualen seiner Knabenzeit so sanft, als nenne er das Datum des dritten Dienstag im September 1794. Und doch lag unter der starren Oberfläche nie überwundener Kindlichkeit echter Schmerz. Chalk spürte das. Er ließ Melangio in seinem eintönigen Bericht fortfahren, unterbrach ihn gelegentlich mit einer lenkenden Frage.

Chalks Augenlider verengten sich. So war es leichter, die Rezeptoren auszuwerfen, den Bodensatz von Kummer zusammenzuscharren und hervorzuziehen, der unter David Melangios eingleisigem Gehirn existierte. Alte, kleine Kümmernisse strömten durch den Raum wie Wasser aus einem Springbrunnen: ein toter Goldfisch, ein schreiender Vater, ein nacktes Mädchen, das sich mit wippenden Brüsten und rosigen Brustwarzen umdrehte und Worte ausstieß, die töteten. Alles war da, alles war zugänglich: die wunde, verkrüppelte Seele von David Melangio, vierzig Jahre alt, eine menschliche Insel, gut abgeschirmt von der sie umgebenden stürmischen See.

Schließlich versickerte der Vortrag. Chalk hatte einstweilen genug Nahrung erhalten; er war müde, Melangios Knöpfe zu drücken. Er beendete die Unterhaltung, indem er zu der seltsamen Erinnerungsfähigkeit des gelehrten Idioten zurückkehrte.

»David, merken Sie sich folgende Zahlen: 96748759.«

»Ja.«

»Und diese: 32807887.«

»Ja.«

»Und: 333141187698.«

Melangio wartete. Chalk sagte: »Jetzt, David.«

Ruhig strömten die Zahlen hervor: »96748759328078873331411876 98.«

»David, wieviel ist sieben mal zwölf?«

Pause. »Vierundsechzig?«

»Nein. Sechzehn minus neun?«

»Zehn?«

»Wenn Sie den ganzen Kalender von Anfang bis Ende und wieder zurück aufsagen können, warum können Sie dann nicht rechnen?«

Melangio lächelte freundlich. Er sagte nichts.

»David, fragen Sie sich je, warum Sie so sind, wie Sie sind?«

»Wie denn?« fragte Melangio.

Chalk war zufrieden. Das Vergnügen, das man aus David Melangio ziehen konnte, lag auf niedrigem Niveau. Chalk hatte für diesen Morgen seinen milden Genuß gehabt, und das gesichtslose Publikum würde an Melangios grotesker Fähigkeit, Daten, Zahlen und Wetterberichte herunterzuhaspeln, kurz aufflackerndes

Vergnügen finden. Doch niemand würde wirkliche Nahrung aus David Melangio ziehen.

»Danke, David«, sagte Chalk und verabschiedete ihn damit.

D'Amore sah verwirrt aus. Sein Wunderkind hatte den großen Mann nicht beeindruckt, und die Fortdauer von d'Amores Wohlstand hing davon ab, daß er ihn häufig beeindruckte. Wer das nicht tat, blieb im allgemeinen nicht lange in Chalks Diensten. Der Sims in der Wand glitt zurück und trug d'Amore und Melangio hinaus.

Sinnend betrachtete Chalk die schimmernden Ringe, die fest in den Fettwülsten seiner kurzen, dicken Finger verankert waren. Dann lehnte er sich zurück und schloß die Augen. Er stellte sich seinen Körper vor wie eine Zwiebel aus konzentrischen inneren Gehäusen gebildet, nur daß jede Lage durch eine Quecksilberschicht von den benachbarten Lagen getrennt war. Die verschiedenen Schichten Duncan Chalks, übereinanderschlüpfend und -gleitend, gut geölt, in langsamer Bewegung, während das Quecksilber dem Druck wich und dunkle Kanäle hinuntersprudelte ...

Er sagte zu Bart Aoudad: »Wir müssen den Raumfahrer näher untersuchen.«

Aoudad nickte. »Ich werde die Überwachungsgeräte einschalten, Sir.«

Chalk wandte sich an Nikolaides. »Und das Mädchen. Das langweilige kleine Mädchen. Wir werden ein Experiment machen. Synergie. Katalyse. Sie zusammenbringen. Wer weiß? Wir könnten etwas Schmerz erzeugen. Etwas menschliches Gefühl. Nick, wir können aus dem Schmerz lernen. Er lehrt uns, daß wir lebendig sind.«

»Dieser Melangio«, bemerkte Aoudad. »Er scheint seinen Schmerz nicht zu fühlen. Er registriert ihn, er zeichnet ihn in seinem Gehirn auf. Aber er fühlt ihn nicht.«

»Genau«, sagte Chalk. »Ganz meine Meinung. Er kann nichts fühlen, nur aufnehmen und wiedergeben. Der Schmerz ist da, genug davon. Aber er kann ihn nicht erreichen.«

»Wie wäre es, wenn wir den Schmerz für ihn freisetzten?« schlug Aoudad vor. Er lächelte, aber ein freudloses Lächeln.

»Zu spät. Er würde binnen eines Augenblicks verbrennen, wenn ihn dieser Schmerz jemals erreichen könnte. Nein, Bart, wir wollen ihn bei seinen Kalendern lassen. Wir wollen ihn nicht zerstören. Er wird seinen Trick vorführen, alle werden applaudieren, und dann lassen wir ihn in die Gosse zurückfallen. Aber der Raumfahrer – mit ihm ist es anders.«

»Und das Mädchen«, erinnerte ihn Nikolaides.

»Ja. Der Raumfahrer und das Mädchen. Das müßte interessant sein. Wir würden eine Menge lernen.«

2
Auf Erden wie im Himmel

Viel später, wenn frisches Blut seine Hände beflecken und sein Herz mit der brandenden Kraft erneuerten Lebens schlagen würde, dann würde ihm all dies vielleicht nur noch wie ein häßlicher, widerlicher Traum erscheinen. Doch um dorthin zu gelangen, mußte er Heimdalls goldene Brücke überqueren. Im Augenblick lebte er noch im Schmerz. Er fühlte sich jetzt genauso, wie er sich gefühlt hatte, während es geschah. Viele Schrecken hüllten Minner Burris ein.

Normalerweise war er kein Mensch, dem Schrecken etwas anhaben konnte. Doch dies war zuviel gewesen: die großen, schlüpfrigen Umrisse, die sich um sein Schiff scharten, die goldenen Handfesseln, der offen bereitstehende Kasten mit den chirurgischen Instrumenten.

»– – – – – – –«, hatte das blatternarbige Monstrum zu seiner Linken gesagt.

»– – – – – – –«, hatte die Kreatur auf der anderen Seite in scheinbar salbungsvollen Worten geantwortet.

Dann hatten sie begonnen, Minner Burris zu zerstören.

Damals war damals und jetzt war jetzt, doch Burris trug eine Bürde aus Schmerz und Fremdartigkeit, die ihn immer, ob er wachte oder schlief, an das erinnerte, was ihm unter dem Mantel der Dunkelheit, jenseits des eisstarrenden Plutos, angetan worden war.

Vor drei Wochen war er auf die Erde zurückgekehrt. Jetzt hauste er in einem Zimmer in den Martlet-Türmen, unterstützt durch eine Regierungspension und irgendwie am Leben erhalten von seiner eigenen Spannkraft. Von Monstren in ein Monstrum verwandelt worden zu sein war kein leicht zu tragendes Schicksal, doch Burris tat sein Bestes.

Wenn nur die Schmerzen nicht so qualvoll wären ...

Die Ärzte, die ihn untersucht hatten, waren zunächst überzeugt, seine Schmerzen lindern zu können. Dazu sei nur die Anwendung moderner medizinischer Technologie erforderlich.

»... die Sinneswahrnehmungen dämpfen ...«

»... eine minimale Dosis Drogen, um die Nervenstränge zu blockieren, und dann ...«

»... eine kleine operative Korrektur ...«

Doch die Nervenbahnen in Burris' Körper waren hoffnungslos verwirrt. Was immer die fremden Chirurgen mit ihm gemacht hatten, sie hatten ihn auf jeden Fall in etwas verwandelt, das jenseits des Begriffsvermögens der modernen medizinischen Technologie lag, von ihren Fähigkeiten ganz zu schweigen. Normalerweise intensivierten schmerzstillende Medikamente Burris' Empfindungen. Die Muster seiner Nervenströme waren bizarr, die Signale verschoben, verwirrt, umgelenkt. Sie konnten den Schaden nicht reparieren, den die Fremden angerichtet hatten. Und schließlich kroch Burris fort von ihnen, unter qualvollen Schmerzen, verstümmelt, gekränkt, um sich in einem dunklen Zimmer dieses riesigen halbverfallenen Wohnblocks zu verstecken. Vor siebzig Jahren waren die Martlet-Türme der letzte Schrei der Architektur gewesen: glatte, kilometerhohe Gebäude in dichten Reihen entlang der ehemals grünen Hänge der Airondacks, in nicht allzu großer Entfernung von New York. Siebzig Jahre sind heute eine lange Zeit für Wohnanlagen. Jetzt waren die Türme verkommen, vom Alter gezeichnet, von den Pfeilen des Verfalls durchbohrt. Früher prunkvolle Suiten waren in wirre Gehege von Einzimmerwohnungen zerstückelt. Ein ideales Versteck, dachte Burris. Hier nistete er in seiner Zelle wie ein Polyp in seiner Kalksteinhöhle. Er ruhte; er dachte; er arbeitete an der immensen

Aufgabe, mit dem fertigzuwerden, was seiner wehrlosen äußeren Form angetan worden war.

Burris hörte scharrende Geräusche in den Gängen. Er sah nicht aus der Tür. Krabben und Garnelen, auf geheimnisvolle Weise zu Landlebewesen mutiert, die in das Labyrinth des Gebäudes eindrangen? Tausendfüßler auf der Suche nach der süßen Wärme von Blatterde? Spielzeug der Kinder mit den leblosen Augen? Burris saß in seinem Zimmer. Er dachte oft daran, nachts auszugehen, wie ein Gespenst die Gänge des Gebäudes zu durchstreifen, mit langen Schritten durch die Dunkelheit zu wandern und zufällige Beobachter zu erschrekken. Doch seit dem Tag, an dem er durch einen Vermittler diese Zone der Ruhe inmitten des Sturms gemietet hatte, hatte er seine vier Wände nicht mehr verlassen.

Er lag im Bett. Bleiches grünes Licht sickerte durch die Wände. Den Spiegel konnte man nicht abnehmen, denn er gehörte zur Konstruktion des Gebäudes, aber er ließ sich wenigstens neutralisieren; Burris hatte ihn ausgeschaltet, er war jetzt nur noch ein trübes, braunes Rechteck in der Wand. Von Zeit zu Zeit aktivierte er ihn und stellte sich seinem Abbild, als Disziplinübung. Vielleicht, dachte er, würde er das heute tun.

Wenn ich aufstehe.

Falls ich aufstehe.

Warum sollte ich aufstehen?

Ein spitziger Stachel war in sein Gehirn gepflanzt, Klammern umkrallten seine Eingeweide, unsichtbare Nägel fesselten seine Fußknöchel. Seine Lider rieben wie Sandpapier über die Augen. Der Schmerz war eine Konstante, wuchs sogar, um sein inniger Vertrauter zu werden.

Was sagte der Dichter noch? Das *Mit-Sein* des Körpers ...

Burris öffnete die Augen. Die Lider bewegten sich nicht mehr auf- und abwärts wie beim Menschen. Jetzt glitten die Blenden, die als Augenlider dienten, von der

Mitte aus gegen die Ränder. Warum? Warum hatten die fremden Chirurgen all das getan? Diese Veränderung zum Beispiel konnte keinem plausiblen Zweck dienen. Augenlider, die aus Oberlid und Unterlid bestanden, waren gut genug. Die jetzigen verbesserten die Funktion des Auges nicht im geringsten; sie waren nur eine unüberwindliche Schranke, die jede sinnvolle Kommunikation zwischen Burris und der menschlichen Rasse verhinderte. Mit jedem Blinzeln schrie er den anderen seine Unheimlichkeit ins Gesicht.

Die Augen bewegten sich. Ein menschliches Auge bewegt sich in einer Reihe kleiner, ruckartiger Verschiebungen, die das Gehirn zu einer Abstraktion verschmilzt. Burris' Augen bewegten sich, wie sich das Panoramaauge einer Kamera bewegen würde, wenn Kameras perfekt ausgerüstet wären: gleitend, stetig, ohne Unregelmäßigkeit. Was Burris sah, war schäbig. Wände, niedrige Decke, neutralisierter Spiegel, Vibratorbecken, Speisenschacht, das ganze eintönige Zubehör eines einfachen, billigen Zimmers, zur Selbstversorgung bestimmt. Das Fenster war undurchsichtig geblieben, seit er eingezogen war. Er hatte keine Ahnung von der Tageszeit, vom Wetter, nicht einmal von der Jahreszeit, obwohl Winter gewesen war, als er hierherkam, und er nahm an, daß immer noch Winter war. Die Beleuchtung im Raum war dürftig. Punkte indirekten Lichts erschienen in ungeordneten Mustern. Es war die Periode, in der Burris für Lichteindrücke wenig aufnahmefähig war. Manchmal erschien ihm die hell erleuchtete Welt tagelang in trüber Dunkelheit, als befinde er sich auf dem Grund eines schlammigen Tümpels. In unvorhersehbaren Abständen kehrte sich dann der Zyklus um, und ein paar Photonen genügten, um sein Gehirn in wilder Glut zu erhellen.

Aus der Dunkelheit erschien das Bild seines verschwundenen Ichs. Der ausgelöschte Minner Burris stand in einer Ecke des Raums und studierte ihn.

Dialog von Ich und Seele.

»Bist du wieder da, du dreckige Halluzination!«

»Ich werde dich nie verlassen.«

»Du bist alles, was ich habe, ist es das? Nun, heiß dich selbst willkommen. Ein Glas Cognac? Nimm mit meiner bescheidenen Gastfreundschaft vorlieb. Setz dich, setz dich!«

»Ich werde stehen bleiben. Wie kommst du zurecht, Minner?«

»Schlecht. Danke der Nachfrage.«

»Höre ich einen Unterton von Selbstmitleid in deiner Stimme?«

»Und wenn schon! Und wenn schon!«

»Ein schrecklicher Ton, und einer, den ich dich nie gelehrt habe.«

Burris konnte nicht mehr schwitzen, doch eine Dampfwolke bildete sich über jeder seiner neuen Ausdünstungsporen. Er starrte wie gebannt auf sein früheres Ich. Leise sagte er: »Weißt du, was ich mir wünsche? Daß sie dich erwischen und mit dir dasselbe machen, was sie mit mir gemacht haben. Dann würdest du verstehen.«

»Minner, Minner, man hat es schon mit mir gemacht! *Ecce homo!* Dort liegst du und beweist, daß ich es durchgemacht habe!«

»Nein. Da stehst du und beweist, daß du es nicht durchgemacht hast. Dein Gesicht. Deine Bauchspeicheldrüse. Deine Leber und deine Augen. Deine Haut. Es schmerzt – es schmerzt mich, nicht dich!«

Die Erscheinung lächelte freundlich. »Wann hast du angefangen, dir selbst leid zu tun, Minner? Das ist eine neue Entwicklung.«

Burris sah finster drein. »Vielleicht hast du recht.« Wieder überblickten seine Augen ruhig den Raum von Wand zu Wand. Er murmelte: »Sie beobachten mich, das ist das Dumme.«

»Wer?«

»Woher soll ich das wissen? Augen. Telelinsen in den Wänden. Ich habe danach gesucht, aber es nützt nichts. Zwei Moleküle im Durchmesser – wie soll ich sie je finden? Und sie sehen mich.«

»Dann laß sie sehen. Du brauchst dich nicht zu schämen. Du bist weder schön noch häßlich. Für dich gibt es keinen Bezugspunkt mehr. Ich glaube, es ist Zeit, daß du wieder nach draußen gehst.«

»Du hast gut reden«, sagte Burris barsch. »*Dich* starrt niemand an.«

»Gerade jetzt starrst du mich an.«

»Das tue ich«, gab Burris zu. »Aber du weißt warum.«

Mit bewußter Anstrengung leitete er die Phasenverschiebung ein. Seine Augen kämpften mit dem Licht. Er besaß keine Netzhaut mehr, doch die gegen sein Gehirn gebetteten Linsen genügten. Er betrachtete sein früheres Ich.

Ein großer Mann, breitschultrig und kräftig, muskulös und mit dichtem, rotblondem Haar. So war er gewesen. So war er jetzt. Die fremden Chirurgen hatten die grundlegende Struktur intakt gelassen. Doch alles übrige war verändert.

Die Vision seines Ich, die vor ihm stand, hatte ein fast so breites wie hohes Gesicht mit starken Backenknochen, kleinen Ohren und dunklen, weit auseinanderstehenden Augen. Die Lippen waren von der Art, die sich mühelos zu einer dünnen Linie zusammenpressen. Die Haut war sommersprossig; feines, goldenes Haar wuchs fast überall auf seinem Körper. Die Wirkung war von schablonenhafter Männlichkeit: ein recht starker, recht intelligenter, recht geschickter Mann, der sich in einer Gruppe nicht durch irgendeinen auffälligen positiven Zug hervortun würde, sondern durch eine ganze Reihe von unauffälligen positiven Zügen. Erfolg bei Frauen, Erfolg bei anderen Männern, Erfolg im Beruf – all diese Dinge verdankte er einst seiner unspektakulären Attraktivität.

All das war jetzt vorbei.

Burris sagte ruhig: »Ich habe nicht das Gefühl, daß ich mich selbst bemitleide. Tritt mich, wenn ich jammere. Aber erinnerst du dich, wie es war, wenn wir Bucklige sahen? Einen Mann ohne Nase? Ein Mädchen mit krummem Rücken, ohne Hals oder mit einem halben Arm? Mißgeburten? Verkehrsopfer? Und dann fragten wir uns, wie es wohl sein möge, so scheußlich auszusehen.«

»Du bist nicht scheußlich, Minner. Nur anders.«

»Ersticken sollst du an deiner verdammten Semantik! Ich bin etwas, das jetzt alle anstarren würden. Ich bin ein Monstrum. Plötzlich stehe ich außerhalb deiner Welt und gehöre zur Welt der Buckligen. Diese Menschen wissen genau, daß sie all diesen Augen nicht entkommen können. Sie hören auf, eine unabhängige Existenz zu führen, und leben nur noch der Tatsache ihrer eigenen Mißgestaltung.«

»Du übertreibst, Minner. Woher willst du das wissen?«

»Weil es mir passiert. Mein ganzes Leben ist jetzt um das herum aufgebaut, was die Wesen mir angetan haben. Ich habe keine andere Existenz. Es ist die zentrale Tatsache, die einzige Tatsache. Wie können wir die Tänzer vom Tanz unterscheiden? Ich kann es nicht. Wenn ich je nach draußen ginge, wäre es eine ständige Schaustellung.«

»Ein Buckliger hat ein Leben lang Zeit, sich an sich selbst zu gewöhnen. Er vergißt seinen Rücken. Für dich ist das noch neu. Hab Geduld, Minner. Du wirst dich zurechtfinden. Du wirst den starrenden Augen verzeihen.«

»Aber wann? Aber wann?«

Doch die Erscheinung war verschwunden. Burris zwang sich durch verschiedene Sehphasen und fand sich wieder allein. Er setzte sich auf, fühlte, wie Nadeln seine Nerven durchstachen. Es gab keine Bewegung, die nicht ihr gerüttelt Maß an Qual hatte. Ein Körper verließ ihn nie.

Er stand auf, erhob sich mit einer einzigen fließenden Bewegung. Dieser neue Körper verursacht mir Schmerzen, sagte er sich, aber er ist praktisch. Ich muß dahin kommen, ihn zu lieben.

Er stellte sich mitten in den Raum.

Selbstmitleid ist tödlich, dachte Burris. Ich darf mich nicht gehenlassen. Ich muß mich zurechtfinden. Ich muß mich anpassen.

Ich muß hinausgehen in die Welt.

Ich war ein starker Mann, nicht nur physisch. Ist all meine Kraft – diese Kraft – jetzt verschwunden?

Gewundene Kapillaren in ihm verstrickten und lösten sich. Winzige Sperrhähne setzten geheimnisvolle Hormone frei. Seine Herzkammern führten einen wirren Tanz auf.

Sie beobachten mich, dachte Burris. Sollen sie mich beobachten! Sollen sie sich doch satt sehen!

Mit einem wilden Schlag seiner Hand schaltete er den Spiegel ein und betrachtete sein nacktes Ich.

3
Seismische Unruhe

Aoudad sagte: »Wie wäre es, wenn wir tauschten? Du überwachst Burris, ich beobachte das Mädchen. Hm?«

»Nix.« Wollüstig dehnte Nikolaides den Schlußkonsonanten. »Chalk hat sie mir gegeben und ihn dir. Sie ist ohnehin langweilig. Warum sollten wir tauschen?«

»Ich habe ihn satt.«

»Finde dich mit ihm ab«, riet Nikolaides. »Widerlichkeit fördert den Charakter.«

»Du hast zu lange auf Chalk gehört.«

»Haben wir das nicht alle?«

Sie lächelten. Es würde keinen Tausch der Verantwortlichkeiten geben. Aoudad hieb auf den Schalter, und der Wagen, in dem sie fuhren, wechselte scharf von einem Computer-Leitstrahl zu einem anderen. Er begann, mit mehr als zweihundert Kilometern pro Stunde nordwärts zu schießen.

Aoudad hatte den Wagen selbst für Chalk entworfen. Er war wie ein Schoß, gepolstert mit weichen, warmen, rosafarbenen, schwammigen Fibern und ausgestattet mit allem Komfort außer Gravitronen. Chalk war seiner kürzlich müde geworden und gestattete seinen Untergebenen, ihn zu benutzen. Aoudad und Nikolaides fuhren ihn oft. Jeder der Männer betrachtete sich selbst als Chalks engsten Mitarbeiter; stillschweigend sah jeder im anderen einen Lakaien. Es war eine nützliche gegenseitige Täuschung.

Der Trick bestand darin, sich unabhängig von Duncan Chalk irgendeine Art von Existenz aufzubauen. Chalk forderte den größten Teil der wachen Stunden und war auch nicht zu stolz, seine Mitarbeiter noch im Schlaf zu benutzen, wenn er konnte. Und doch gab es immer noch Bruchstücke eines Lebens, in dem man dem dikken Mann ferne war und sich als selbständigen Menschen betrachtete. Für Nikolaides lag die Antwort in körperlicher Betätigung: rasende Fahrten über Seen, Wanderungen am Rand eines schwefelatmenden Vulkans, Himmelspaddeln, Wüstenbohren. Auch Aoudad hatte die körperliche Betätigung gewählt, wenn auch von sanfterer Art; mit gespreizten Beinen, Zeh an Zeh aneinandergelegt, würden die Frauen, die er hatte, eine Reihe bilden, die mehrere Kontinente umspannte. D'Amore und die anderen hatten ihre eigenen individuellen Fluchtmöglichkeiten. Wer sie nicht hatte, wurde von Chalk verschlungen.

Wieder fiel Schnee. Die zarten Flocken zergingen, wenn sie den Boden berührten, doch die Fahrspur war schlüpfrig. Schnell stellten die Servomechanismen das Fahrgestell so ein, daß der Wagen in der Spur blieb. Die Insassen des Fahrzeugs reagierten verschieden; Nikolaides beschleunigte den Wagen beim Gedanken an die potentielle Gefahr, so gering sie auch war, während Aoudad düster darüber nachsann, welche gierigen Schenkel ihn erwarteten, wenn er die Fahrt überlebte.

Nikolaides sagte: »Was diesen Tausch betrifft ...«

»Vergiß ihn. Wenn die Antwort nein ist, dann bleibt es dabei.«

»Ich möchte nur etwas herausfinden; sag mir eins, Bart: Bist du am Körper des Mädchens interessiert?«

Aoudad schreckte in übertriebener Unschuld zurück. »Für was, zum Teufel, hältst du mich eigentlich?«

»Ich weiß, was du bist, und alle anderen wissen es auch. Ich mache mir so meine Gedanken. Stellst du dir vielleicht vor, daß du das Mädchen haben kannst, wenn wir unsere Aufgaben tauschen und du Lona bekommst?«

»Bei einigen Frauen halte ich mich zurück«, platzte Aoudad heraus. »Mit ihr würde ich mich nie abgeben!

Um Gottes willen, Nick! Das Mädchen ist zu gefährlich. Eine siebzehnjährige Jungfrau mit hundert Kindern – ich würde sie nicht anrühren! Dachtest du wirklich, ich könnte das tun?«

»Nicht wirklich.«

»Warum hast du dann gefragt?«

Nikolaides zuckte die Achseln und starrte in den Schnee.

Aoudad sagte: »Chalk hat dir gesagt, du solltest das herausfinden, stimmt's? Ist es das? Stimmt's?« Nikolaides antwortete nicht, und plötzlich begann Aoudad zu zittern. Wenn Chalk ihn solcher Wünsche verdächtigen konnte, mußte er allen Glauben an ihn verloren haben. Die Gebiete waren streng getrennt: hier die Arbeit, da die Frauen. Bisher hatte Aoudad die beiden noch nie miteinander vermischt, und Chalk wußte das. Was stimmte nicht? Wo hatte er den dicken Mann enttäuscht? Warum war ihm so das Vertrauen entzogen worden?

Mit hohler Stimme sagte Aoudad: »Nick, ich schwöre dir, ich hatte keine derartigen Absichten, als ich den Tausch vorschlug. Sexuell interessiert mich das Mädchen überhaupt nicht. Überhaupt nicht. Glaubst du, ich hätte Lust auf eine so groteske Göre? Ich habe nur daran gedacht, daß ich es satt habe, Burris' zerstückelten und wieder zusammengeflickten Körper zu betrachten. Ich wollte ein bißchen Abwechslung in meine Aufgabe bringen. Und du ...«

»Hör auf damit, Bart.«

»... liest alle Arten finsterer und perverser ...«

»Das habe ich nicht getan!«

»Dann hat Chalk es getan. Und du hast mitgemacht. Ist das eine Verschwörung? Wer will mir eins auswischen?«

Nikolaides drückte den linken Daumen leicht auf den Medikamentenknopf, und ein Tablett mit Entspannungsdrogen klappte heraus. Ruhig gab er eine davon

Aoudad, der die schlanke, elfenbeinfarbene Röhre an seinen Unterarm preßte. Einen Augenblick später verebbte die Spannung. Aoudad zog an der spitzen Muschel seines linken Ohrs. Diese Woge von Spannung und Argwohn war schlecht gewesen. So etwas kam jetzt häufiger vor. Er fürchtete, daß etwas Scheußliches gegen ihn im Gange war und daß Duncan Chalk sich anschickte, seine Gefühle anzuzapfen, während er auf einer vorherbestimmten Bahn über Paranoia und Schizophrenie bis zu katatonischer Starre gejagt würde.

Das lasse ich nicht mit mir machen, beschloß Aoudad. Er kann sein Vergnügen haben, aber es wird ihm nicht gelingen, seine Fangzähne in *meine* Kehle zu schlagen.

»Wir bleiben bei unseren Aufträgen, bis Chalk es anders bestimmt, ja?« sagte er laut.

»Ja.«

»Sollen wir sie beobachten, während wir fahren?«

»Nichts dagegen.«

Der Wagen passierte jetzt den Appalachia-Tunnel. Hohe weiße Mauern schlossen sie ein. Die Autobahn fiel hier steil ab, und während der Wagen mit hoher Beschleunigung dahinschoß, trat ein Schimmer von sinnlichem Genuß in Nikolaides' Augen. Er lehnte sich in den breiten, für Chalk bestimmten Sitz zurück. Aoudad, der neben ihm saß, schaltete die Kommunikationskanäle ein. Die Bildschirme wurden hell.

»Deiner«, sagte er, »und meiner.«

Er blickte auf seinen Schirm. Es schauderte Aoudad nicht mehr, wenn er Minner Burris sah, doch auch jetzt noch war der Anblick gespenstisch. Burris stand vor dem Spiegel und bot Aoudad damit ein doppeltes Bild seiner Gestalt.

»So also kann es einem gehen«, murmelte Aoudad. »Wie würde es dir gefallen, wenn man dir das antäte?«

»Ich würde mich auf der Stelle umbringen«, sagte Nikolaides. »Aber irgendwie glaube ich, daß das Mädchen noch schlimmer dran ist. Kannst du sie von deinem Platz aus sehen?«

»Was macht sie? Ist sie nackt?«

»Sie badet«, sagte Nikolaides. »Hundert Kinder! Und noch nie etwas mit einem Mann gehabt! Dinge, die wir für selbstverständlich halten, Bart. Sieh her.«

Aoudad sah. Der helle, kompakte Schirm zeigte ein nacktes Mädchen, das unter einer Vibradusche stand. Er hoffte, daß Chalk in diesem Augenblick an seinen Gefühlsstrom angeschlossen war, denn als er Lona Kelvins nackten Körper betrachtete, fühlte er nichts. Nicht das geringste. Keinen Funken Sinnlichkeit.

Sie konnte nicht mehr als hundert Pfund wiegen. Sie hatte abfallende Schultern, ein farbloses Gesicht, matte Augen. Ihre Brüste waren klein, die Taille schlank, die Hüften knabenhaft schmal. Während Aoudad sie betrachtete, drehte sie sich um, zeigte ihr flaches, unweibliches Gesäß und stellte die Vibradusche ab. Sie begann sich anzukleiden. Ihre Bewegungen waren langsam, ihr Ausdruck mürrisch.

»Vielleicht bin ich voreingenommen, weil ich mit Burris gearbeitet habe«, sagte Aoudad, »aber mir scheint, daß er viel komplizierter ist als sie. Sie ist nur ein dummes Kind, das eine schwere Zeit hinter sich hat. Was wird er in ihr sehen?«

»Er wird ein menschliches Wesen sehen«, sagte Nikolaides. »Das könnte genügen. Es ist einen Versuch wert, sie zusammenzubringen.«

»Du hörst dich an wie ein Menschenfreund«, sagte Aoudad erstaunt.

»Ich sehe nicht gern, wie Menschen Schmerz zugefügt wird.«

»Wer sieht das schon gern, außer Chalk? Aber wie kannst du überhaupt mit diesen beiden in Verbindung kommen? Sie sind zu weit entfernt. Sie sind grotesk. Sie sind verschroben. Ich kann mir nicht vorstellen, wie Chalk sie dem Publikum verkaufen will.«

Geduldig sagte Nikolaides: »Einzeln sind sie verschroben. Bring sie zusammen, und sie sind Romeo und Julia. Chalk hat für diese Dinge ein gewisses Genie.«

Aoudad beäugte das leere Gesicht des Mädchens und dann die unheimliche, verzerrte Maske, die das Gesicht von Minner Burris darstellte. Er schüttelte den Kopf. Der Wagen schoß vorwärts, eine Nadel, die das schwarze Gewebe der Nacht durchdrang. Er schaltete die Bildschirme aus und schloß die Augen. Frauen tanzten durch sein Gehirn: echte Frauen, erwachsene, mit weichen, rundlichen Leibern, die Schenkel gespreizt ...

Der Schnee in der Luft über ihnen wurde dichter. Selbst in der geschützten Höhle des schoßähnlichen Fahrzeugs fühlte Bart Aoudad ein gewisses Frösteln.

4
Tochter des Sturms

Lona Kelvin zog ihre Kleider an. Zwei Teile Unterwäsche, zwei Teile Oberkleidung, grau auf grau, dann war sie fertig. Sie ging zum Fenster ihres kleinen Zimmers und sah hinaus. Schneefall. Weiße Wirbel in der Nacht. Sie konnten den Schnee sehr schnell beseitigen, wenn er einmal auf dem Boden lag, aber sie konnten ihn nicht am Fallen hindern. Noch nicht.

Ein Gang durch die Arkade, beschloß Lona. Danach Schlaf, und wieder wäre ein Tag vergangen.

Sie zog ihre Jacke an. Schauderte vor Erwartung. Sah sich um.

Fotografien von Babys waren säuberlich an die Wände geheftet. Nicht hundert Babys; nur sechzig oder siebzig. Und nicht ihre Babys. Doch sechzig Babyfotos könnten genausogut hundert sein. Und für eine Mutter wie Lona könnten alle möglichen Babys ihre Babys sein.

Sie sahen aus, wie Babys aussehen. Runde, ungeformte Gesichter mit Knopfnasen, glänzenden, sabbernden Lippen und blicklosen Augen. Winzige Ohren, schmerzlich vollkommen. Greifende kleine Hände mit unglaublich glänzenden Fingernägeln. Weiche Haut. Lona streckte die Hand aus, berührte das Foto, das der Tür am nächsten hing, und stellte sich vor, sie berührte samtweiche Babyhaut. Dann legte sie die Hand auf ihren Körper. Berührte ihren flachen Bauch. Berührte eine kleine, harte Brust. Berührte die Lenden, aus denen eine Legion von Kindern geboren und nicht geboren war. Sie schüttelte den Kopf mit einer Geste, die man für Selbstmitleid hätte halten können, doch der größte Teil des Selbstmitleids war inzwischen fortgeschwemmt worden, hatte nur eine sandige Ablagerung von Verwirrung und Leere zurückgelassen.

Lona ging hinaus. Geräuschlos verschloß sich die Tür hinter ihr.

Der Aufzug trug sie rasch nach unten. Durch den schmalen Gang zwischen den hohen Häusern peitschte der Wind. Hoch oben drängte das künstliche Glühen der Nacht die Dunkelheit zurück; bunte Kugeln bewegten sich geräuschlos hin und her. Schneeflocken umtanzten sie. Das Straßenpflaster war warm. Die Gebäude, die Lona von beiden Seiten umgaben, waren hell beleuchtet. Zur Arkade, sagten Lonas Füße. Zur Arkade, um eine Weile durch die Helligkeit und Wärme dieser Schneenacht zu wandern.

Niemand erkannte sie.

Nur ein Mädchen, das am Abend allein ausging. Mausgraues Haar, das um ihre Ohren tanzte. Schmalnackiger Hals, abfallende Schultern, ein unzulänglicher Körper. Wie alt? Siebzehn. Könnte auch vierzehn sein. Niemand fragte. Ein mausgraues Mädchen.

Mausgrau.

Dr. Teh Ping Lin, San Francisco, 1966:

»Zur festgesetzten Zeit der hormonell herbeigeführten Ovulation wurden weibliche Mäuse der Schwarzen-Agouti-Zucht C3H/HeJ mit zeugungsfähigen Männchen einer Albino-Zucht, entweder BALB/c oder Cal A (ursprünglich A/Crgl/2) in einen gemeinsamen Käfig gesetzt. Neun bis zwölf Stunden nach der erwarteten Paarung wurden die Eier aus den Eileitern entnommen, die befruchteten Eier wurden durch das Vorhandensein des zweiten polaren Körpers oder durch die Beobachtung von Pronukleiden identifiziert.«

Für den Arzt war das ein entscheidendes Experiment. Die Mikroinjektion lebender Zellen war auch zu dieser Zeit nichts Neues, aber die Arbeit mit Säugetieren war fehlerhaft gewesen. Es war den Experimentatoren nicht gelungen, die strukturelle oder funktionelle Integrität des ganzen Ovums zu bewahren.

Niemand hatte Lona Kelvin je über diese Dinge informiert:

»Das Ei eines Säugetiers ist offensichtlich schwieriger zu injizieren als andere Zellen, und zwar aufgrund der dicken Zona pellucida und der Vitellinmembrane, die beide von hoher Elastizität und widerstandsfähig gegen das Eindringen eines Mikroinstruments sind, vor allem in unbefruchtetem Zustand.«

Gruppen von Jungen hatten sich wie gewöhnlich in dem Vorraum versammelt, der zur Arkade führte. Einige hatten Mädchen bei sich. Lona betrachtete sie schüchtern. Der Winter reichte nicht bis in diese Vorhalle; die Mädchen hatten sich aus ihren heizbaren Hüllen geschält und stellten sich stolz zur Schau. Eine hatte ihre Brustwarzen mit Leuchtfarbe bemalt. Eine andere hatte ihren Kopf rasiert, um ihren feinmodellierten Schädel zu zeigen. Dort eine Rothaarige, wollüstig im letzten Stadium der Schwangerschaft, Arm in Arm mit zwei großen jungen Männern. Lachend schrie sie Obszönitäten.

Lona betrachtete sie nervös. Großer Bauch, massige Bürde. Kann sie ihre Zehen sehen? Ihre Brüste sind geschwollen. Schmerzen sie? Das Kind war sicher auf die alte Art empfangen worden. Lona schloß für einen Moment die Augen. Keuchen, Stoßen, Zittern in den Lenden, und ein Baby ist entstanden. *Ein* Baby. Vielleicht zwei. Lona schob die schmalen Schultern zurück, füllte die zusammengedrückten Lungen mit Luft. Bei dieser Bewegung hoben sich ihre Brüste, Farbe kam in ihre eckigen Wangen.

»Unterwegs zur Arkade? Geh mit mir!«

»He, Vogel! Laß uns zwitschern!«

»Brauchst du deinen Freund, Kleine?«

Strudel von Worten, leise, summende Einladungen. Nicht für sie. Nie für sie.

Ich bin Mutter.

Ich bin *die* Mutter.

»Diese befruchteten Eier wurden dann in eine Nährlösung gelegt, bestehend aus drei Teilen modifizierter Lockelösung, einem Teil 2,9prozentigem Natrium-Zitrat-Dihydrat und 25 mg Rinder-Gammaglobulin (RGG, Armour) pro Milliliter der Lockelösung. Penicillin (100 Einheiten pro Milliliter) und Streptomycin (50 μg/ml) wurden der Nährlösung beigefügt. Die Viskosität der Nährlösung bei 22 Grad Celsius war 1.1591 cp, der pH-Wert 7.2. Zur Mikromanipulation und Injektion wurden die Eier in einem Tropfen der obigen Lösung (GZL) belassen, der mit Mineralöl bedeckt in eine Vaselinemulde auf den Objektträger eines Mikroskops gelegt wurde.«

An diesem Abend gab es eine kleine Überraschung für Lona. Einer der Müßiggänger in der Vorhalle näherte sich ihr. War er betrunken? Sexuell so ausgehungert, daß sie für ihn attraktiv war? Von Mitleid für das einsame Mädchen getrieben? Oder wußte er, wer sie war, und wollte an ihrem Ruhm teilhaben? Das war am wenigsten wahrscheinlich. Er wußte es nicht, würde es nicht wollen. Ruhm gab es nicht.

Er war keine Schönheit, aber auch nicht besonders abstoßend. Mittelgroß; schwarzes Haar, glatt bis fast auf die Augenbrauen nach vorn gekämmt; die Augenbrauen selbst waren chirurgisch verlegt und bildeten ein skeptisch umgekehrtes V; die Augen grau, von heller, oberflächlicher Schlauheit; schwaches Kinn; scharf vorspringende Nase. Etwa neunzehn Jahre alt. Farblose Haut, von darunterliegenden Furchen gezeichnet, sonnenempfindliche Muster, die mittags glanzvoll aufleuchten würden. Er sah hungrig aus. In seinem Atem eine Mischung aus verschiedenen Dingen: billiger Wein, Gewürzbrot, ein Hauch von (Angeber!) gefiltertem Rum.

»Hallo, Süße! Tun wir uns zusammen! Ich bin Tom Piper, Tom Pipers Sohn. Und du?«

»Bitte – nein«, murmelte Lona. Sie versuchte zu entkommen. Er versperrte ihr den Weg, hauchte sie mit seinem Atem an.

»Schon vergeben? Triffst du drinnen jemanden?«

»Nein.«

»Warum dann nicht mit mir? Es gibt Schlechtere.«

»Lassen Sie mich.« Ein schwaches Wimmern.

Er blickte boshaft zur Seite. Kleine Augen bohrten sich in ihre. »Raumfahrer«, sagte er, »gerade von den äußeren Welten zurück. Wir suchen uns einen Teich, und ich erzähle dir von ihnen. Du darfst einem Raumfahrer keinen Korb geben.«

Lona runzelte die Stirn. Raumfahrer? Äußere Welten? Saturn, der in seinen Ringen tanzt, grüne Sonnen jenseits der Nacht, blasse Kreaturen mit vielen Armen? Er war kein Raumfahrer? Der Raum zeichnet die Seele. Tom Pipers Sohn war ohne Zeichen. Selbst Lona konnte das feststellen. Selbst Lona.

»Sie sind kein Raumfahrer«, sagte sie.

»Doch. Ich erzähle dir von den Sternen. Ophiuchus. Rigel. Aldebaran. Ich war dort draußen. Komm schon, Blume. Komm mit Tom!«

Er log. Er verherrlichte sich selbst, um seine Anziehungskraft zu vergrößern. Lona erschauerte. Hinter seiner massiven Schulter sah sie die Lichter der Arkade. Er beugte sich dicht zu ihr. Seine Hand glitt nach unten, fand ihre Hüfte, fuhr lasziv über den flachen Schenkel, die magere Seite.

»Wer weiß?« flüsterte er heiser. »Die Nacht kann uns überall hinführen. Vielleicht werde ich dir ein Baby machen. Ich wette, das würde dir gefallen. Hast du je ein Baby gehabt?«

Ihre Fingernägel zerkratzten seine Wange. Er taumelte zurück, überrascht, blutend, und einen Augenblick lang leuchteten die gebundenen Ornamente unter seiner Haut sogar im künstlichen Licht hell auf. Seine Augen blickten wild. Lona fuhr herum, drängte sich an ihm vorbei und verschwand in der Menge, die durch die Vorhalle wogte.

Mit Ellbogenstößen bahnte sie sich einen Weg in die Arkade.

Tom, Tom, des Pfeifers Sohn, macht dir ein Baby, dann läuft er davon ...

»Dreihundert frisch befruchtete Eier wurden in Vaselinemuldenpräparaten gehalten; jedes davon wurde einer der folgenden experimentellen Behandlungen unterzogen: (i) keine Pipetten-Punktierung und keine Injektion; (ii) Punktierung des Eies, aber keine Injektion, (iii) Injektion von 180 μ l der etwa 5 pg RGG enthaltenden Lösung; (iv) Injektion von 770 μ l der 20 pg RGG enthaltenden Lösung; oder (v) Injektion von 2730 μ l der 68 pg RGG enthaltenden Lösung.«

Die Arkade glitzerte. Hier waren alle billigeren Vergnügungen unter einem Glasdach vereint. Als Lona das Tor passierte, drückte sie ihren Daumen gegen den Zähler, damit ihre Anwesenheit registriert und der Besuch ihr in Rechnung gestellt wurde. Der Eintritt war nicht teuer. Aber sie hatte Geld, sie hatte Geld. Dafür hatten sie gesorgt.

Sie stellte sich breitbeinig hin und sah hinauf zu den Tribünen, die übereinander bis zum sechzig Meter hohen Dach reichten. Dort oben wirbelte Schnee, aber er fiel nicht; starke Gebläse verhinderten, daß er das Kuppeldach berührte; die Flocken sanken einem klebrigen Tod auf dem geheizten Straßenpflaster entgegen.

Sie sah die Glücksspieltribünen, wo ein Mann um jeden Einsatz spielen konnte. Das war ein Platz für die Jungen, die wenig Geld hatten. Für die Schmutzigen. Doch wenn ein Mann wollte, konnte er dort große Summen verlieren; einigen war das passiert. Da oben kreisten Räder, blinkten Lichter, klickten Knöpfe. Lona verstand die Glücksspiele nicht.

Weiter oben, in labyrinthischen Netzen von Gängen, konnte, wer das Bedürfnis oder die Neigung hatte,

Fleisch kaufen. Frauen für Männer, Männer für Frauen, Jungen für Mädchen, Mädchen für Jungen und jede denkbare Kombination. Warum nicht? Der Mensch konnte frei über seinen Körper verfügen, solange er dabei nicht unmittelbar das Wohlbefinden eines anderen beeinträchtigte. Diejenigen, die verkauften, waren nicht gezwungen zu verkaufen. Sie konnten ebensogut ein Geschäft eröffnen. Lona ging nicht zu den Häusern des Fleisches.

Hier auf der Hauptebene der Arkade befanden sich die Stände der kleinen Händler. Für eine Handvoll Münzen konnte man eine Tüte voller Überraschungen kaufen. Wie wäre es mit einer dünnen Schnur aus lebendigem Licht, um die trüben Tage zu erhellen? Oder mit einem Haustier aus einer anderen Welt, wie sie behaupteten, obwohl die juwelenäugigen Kröten in den Laboratorien Brasiliens gezüchtet wurden? Wie wäre es mit einer Poesiebox, die euch in den Schlaf singt? Fotografien der Großen dieser Welt, geschickt entworfen, die lächelten und sprachen. Lona wanderte umher. Lona starrte. Lona berührte nichts, kaufte nichts.

»Die Lebensfähigkeit der Eier wurde durch Transplantation auf natürlich befruchtete Albino-Empfänger der Zucht BALB/c oder CaL A getestet, die unter Anästhesie standen. Durch Hormoninjektionen waren die Empfänger gleichzeitig mit den Agouti-Spendern C3H zur Ovulation gebracht und mit fruchtbaren Männchen ihres eigenen Albino-Stammes gepaart worden.«

Eines Tages werden meine Kinder hierherkommen, sagte sich Lona. Sie werden Spielzeug kaufen. Sie werden sich vergnügen. Sie werden durch die Menge laufen ...

... selbst eine Menge ...

Sie spürte einen Atem im Nacken. Eine Hand streichelte ihr Gesäß. Tom Piper? In panischer Angst drehte sie sich um. Nein, nein, nicht Tom Piper, nur irgendein giraffenartiger Junge, der begierig hinaufstarrte zu den fernen Rängen der Fleischhändler. Lona ging weiter.

»Die gesamte Prozedur dauerte von dem Zeitpunkt an, zu dem die Versuchseier aus den Eileitern der Spender entnommen wurden, bis zur Transplantation in das Empfänger-Infundibulum 30 bis 40 Minuten. Während dieser Periode der Lebenderhaltung bei Zimmertemperatur schrumpften viele Eier in ihrer Zona pellucida zusammen.«

Hier war die zoologische Ausstellung. Lebewesen in Käfigen, hin und her laufend, flehend. Lona ging hinein. Waren dies hier die letzten Tiere? Eine Welt, aus der die Tiere verschwunden waren. Hier der riesige Ameisenbär. Wo war der Rüssel, wo der Schwanz? Ein Faultier klammerte sich träge an totes Holz. Nervöse Nasenbären durchmaßen mit schnellen Schritten ihren Käfig. Der Tiergestank wurde durch surrende Pumpen unter dem Fliesenboden aus dem Raum gesogen.

»... die geschrumpften Eier überlebten gewöhnlich und wurden als im wesentlichen normal bezeichnet ...«

Die Tiere erschreckten Lona. Sie ging fort, hinaus aus dem Zoo, und umrundete noch einmal die Hauptgalerie der Arkade. Sie meinte, Tom Piper zu sehen, der sie verfolgte. Sie streifte leicht den harten Bauch des schwangeren Mädchens.

»... die Anzahl der degenerierenden Embryos und Resorptionslagen wurden in den autopsierten Empfängern ebenfalls untersucht ...«

Sie merkte, daß sie überhaupt nicht hier sein wollte. Daheim, sicher, warm, allein. Sie wußte nicht, was angsteinflößender war: Menschen in großen Herden oder ein Mensch allein.

»... eine beträchtliche Anzahl von Eiern überlebte die Mikromanipulation und die Injektion einer fremden Substanz ...«

Ich will gehen, entschloß sich Lona.

Ausgang. Ausgang. Wo war der Ausgang? Ausgänge

waren hier nicht gekennzeichnet. Sie wollten, daß man blieb. Und wenn ein Feuer ausbrechen würde? Roboter, die aus verborgenen Täfelungen gleiten, den Brand löschen. Aber ich möchte gehen.

»... auf diese Weise ist für eine nützliche Methode gesorgt ...«

»... das Überleben der pronukleiden Eier nach den verschiedenen Behandlungen wird auf Tafel 1 dargestellt ...«

»... die Fötusse, die sich aus den mikroinjizierten Eiern entwickelten, waren häufig kleiner als ihre natürlichen Geschwister, obwohl keine andere äußere Abnormität beobachtet wurde ...«

Danke, Dr. Teh Ping Lin aus San Francisco.

Lona floh.

In einem rasenden Rundlauf eilte sie durch den Bauch der hellen Arkade. Tom Piper fand sie wieder, schrie ihr etwas zu, streckte die Hände aus. Er ist freundlich. Er will nichts Böses. Er ist einsam. Vielleicht ist er wirklich ein Raumfahrer.

Lona floh.

Sie entdeckte einen Ausgang und eilte auf die Straße. Die Geräusche der Arkade verklangen. Hier draußen in der Dunkelheit wurde sie ruhiger, der Angstschweiß auf ihrer Haut trocknete, verschaffte ihr Kühlung. Lona schauderte. Sie rannte nach Hause, sah häufig über die Schulter zurück. An ihre Hüfte hatte sie Waffen gegen Belästigungen gehakt, die jeden Angreifer vertreiben würden: eine Sirene, eine Rauchblende, einen Laser, der blindmachende Blitze ausstrahlte. Und doch war man nie sicher. Dieser Tom Piper; er konnte überall und zu allem fähig sein.

Sie betrat ihr Zimmer. Meine Babys, dachte sie. Ich möchte meine Babys haben.

Die Tür schloß sich. Das Licht ging an. Sechzig oder siebzig zarte Bilder hingen an den Wänden. Lona berührte sie. Mußten ihre Windeln gewechselt werden?

Windeln waren eine ewige Wahrheit. Hatten sie Milch über ihre runden Bäckchen gekleckert? Sollte sie ihr lokkiges Haar bürsten? Zarte Köpfchen, noch nicht geschlossen; flexible Knochen; winzige Stupsnasen. Meine Babys! Lonas Hände liebkosten die Wände. Sie legte ihre Kleider ab. Später, viel später, überkam sie endlich der Schlaf.

5
Auftritt Chalk; darauf Aoudad

Drei Tage hatte Chalk die Aufzeichnungen über das Paar studiert und dem Projekt seine nahezu ungeteilte Aufmerksamkeit gewidmet. Jetzt schien es ihm, als kenne er Minner Burris und Lona Kelvin so gründlich, wie sie nur je irgend jemand gekannt hatte. Und auch die Idee, sie zusammenzubringen, schien ihm vielversprechend.

Intuitiv hatte Chalk das von Anfang an gewußt. Doch obwohl er seinem intuitiven Urteil vertraute, handelte er nie danach, ehe er nicht Zeit fand, es rational zu begründen und genaue Erkundigungen einzuziehen. Jetzt hatte er das getan. Aoudad und Nikolaides, denen er die vorbereitenden Phasen seines Unternehmens anvertraut hatte, hatten ihm ihre Auswahl aus den Monitoraufzeichnungen vorgelegt. Chalk verließ sich nicht allein auf ihr Urteil. Er hatte dafür gesorgt, daß auch andere die Aufzeichnungen prüften und gleichfalls die ihrer Ansicht nach aufschlußreichsten Episoden zusammenstellten. Es war erfreulich zu sehen, wie gut die Entscheidungen übereinstimmten. Das rechtfertigte seinen Glauben an Aoudad und Nikolaides. Sie waren gute Leute.

In seinem pneumatischen Stuhl schaukelte Chalk hin und her und überdachte die Situation, während um ihn herum die von ihm aufgebaute Organisation lebhaft summte und pulsierte.

Ein Projekt. Ein Unternehmen. Das Zusammenführen zweier leidender menschlicher Wesen. Aber waren sie menschlich? Sie waren es einmal gewesen. Das Rohmaterial war menschlich. Ein Spermium, ein Ovum, eine Reihe genetischer Kodes. Ein wimmerndes Kind. So weit, so gut. Ein kleiner Junge, ein kleines Mädchen. Unbeschriebene Blätter, bereit für die Eindrücke des Lebens. Bei diesen beiden hatte das Leben hart zugeschlagen.

Minner Burris. Raumfahrer. Intelligent, energisch, gebildet. Auf einer fremden Welt ergriffen und gegen seinen Willen in etwas Monströses verwandelt. Natürlich war Burris unglücklich über das, was aus ihm geworden war. Ein geringerer Mann wäre daran zerbrochen. Burris war kaum gebeugt. Wie Chalk wußte, war das interessant und lobenswert hinsichtlich dessen, was das Publikum aus der Geschichte von Minner Burris gewinnen konnte. Doch Burris litt auch. Und das war aus Chalks eigener Sicht interessant.

Lona Kelvin. Ein Mädchen. Früh verwaist, Mündel des Staates. Nicht hübsch, aber ihre Reifejahre lagen natürlich noch vor ihr, und sie könnte sich entwickeln. Unsicher, in bezug auf Männer gehemmt, nicht sehr klug. (Oder war sie klüger, als sie sich den Anschein zu geben wagte? fragte sich Chalk.) Sie hatte etwas mit Burris gemeinsam. Auch von ihr hatten Wissenschaftler Besitz ergriffen: keine entsetzlichen fremden Wesen, sondern freundliche, wohlwollende, unvoreingenommene, hochgradige Abstraktionen in weißen Laborkitteln, die, ohne Lona in irgendeiner Weise physisch zu verletzen, lediglich einige überflüssige, in ihrem Körper gelagerte Objekte entnommen und für ein Experiment verwendet hatten. Das war alles.

Und jetzt entsprangen Lonas hundert Babys ihren glänzenden Plastikschößen. Waren entsprungen? Ja. Schon geboren. In Lona hatten sie eine gewisse Leere hinterlassen. Sie litt.

Es wäre ein Akt der Nächstenliebe, entschied Duncan Chalk, dieses leidende Paar zusammenzubringen.

»Schick Bart zu mir«, sagte er zu seinem Stuhl.

Aoudad kam sofort herein, als gleite er auf Rädern, als

habe er im Vorzimmer sprungbereit auf ebendiese Aufforderung gewartet. Er war erfreulich angespannt. Vor langer Zeit war Aoudad selbstgenügsam und gefühlsmäßig lebendig gewesen, doch Chalk wußte, daß ihn die ständige Belastung gebrochen hatte. Seine zwanghafte Jagd nach Frauen war ein Anzeichen dafür. Doch wenn man ihn betrachtete, hatte man den Eindruck von Stärke. Kühle Augen, entschlossener Mund. Chalk spürte die unterschwellige Ausstrahlung von Angst und Nervosität. Aoudad wartete.

Chalk sagte: »Bart, können Sie Burris dazu bringen, jetzt sofort zu mir zu kommen?«

»Er hat sein Zimmer seit Wochen nicht verlassen.«

»Das weiß ich. Aber es ist zwecklos, daß ich zu ihm fahre. Man muß ihm zureden, wieder an die Öffentlichkeit zu gehen. Ich habe beschlossen, das Projekt voranzutreiben.«

Aoudad wirkte irgendwie erschrocken. »Ich werde ihn aufsuchen. Ich habe seit geraumer Zeit über Methoden nachgedacht, mit ihm Kontakt aufzunehmen. Er wird kommen.«

»Aber erwähnen Sie das Mädchen vorerst nicht.«

»Nein. Gewiß nicht.«

»Sie werden das schon richtig machen, Bart. Ich kann mich auf Sie verlassen. Das wissen Sie. Es steht viel auf dem Spiel, aber Sie werden die Sache wie immer ausgezeichnet erledigen.«

Chalk lächelte. Aoudad lächelte. Das Lächeln des einen war eine Waffe, das des anderen eine Verteidigung. Chalk spürte die Ausstrahlung. Tief in ihm traten Hormondrüsen in Tätigkeit, und er reagierte mit einer Welle von Vergnügen auf Aoudads Unbehagen. Hinter Aoudads kühlen grauen Augen kreisten Ungewißheiten. Doch Chalk hatte die Wahrheit gesagt: Er vertraute tatsächlich auf Aoudads Geschicklichkeit in dieser Angelegenheit. Nur Aoudad selbst hatte kein Vertrauen; darum verschoben Chalks Versicherungen das Gleichgewicht ein wenig. Chalk hatte solche Techniken beizeiten gelernt.

Chalk fragte: »Wo ist Nick?«

»Ausgegangen. Ich glaube, er spürt dem Mädchen nach.«

»Gestern abend hätte er beinahe alles verpatzt. Das Mädchen war in der Arkade und stand nicht unter ausreichendem Schutz. Irgendein Narr hat sie befingert. Nick hatte Glück, daß das Mädchen widerstand. Ich rettete sie.«

»Ja. Gewiß.«

»Natürlich erkannte sie niemand. Sie ist vergessen. Ihr Jahr war voriges Jahr, heute ist sie nichts mehr. Doch«, sagte Chalk, »wenn man es richtig anfängt, steckt immer noch eine gute Story in ihr. Und wenn irgendein dummer Schmierfink sie in die Hände bekommt und sie beschmutzt, ruiniert das unser gesamtes Projekt. Nick sollte besser auf sie aufpassen. Das werde ich ihm sagen. Und Sie kümmern sich um Burris.«

Rasch verließ Aoudad den Raum. Chalk summte träge vor sich hin und freute sich. Die Sache würde klappen. Sein Publikum würde entzückt sein, wenn die Romanze aufblühte. Er würde das Geld nur so scheffeln. Natürlich hatte Chalk kein großes Bedürfnis nach noch mehr Geld. Früher einmal war das ein Antrieb gewesen, doch jetzt nicht mehr. Ihm lag auch nicht viel daran, größere Macht zu gewinnen. Den gängigen Theorien zum Trotz hatte Chalk genug Macht errungen und war nicht darauf erpicht, sie weiter auszudehnen, solange er sicher sein konnte, das zu behalten, was er besaß. Nein, es war etwas anderes, ein innerer Antrieb, der jetzt seine Entscheidungen lenkte. Wenn sowohl die Liebe zum Geld als auch die Liebe zur Macht gesättigt sind, bleibt immer noch die Liebe zur Liebe. Chalk fand seine Liebe nicht da, wo andere sie finden mochten, aber auch er hatte seine Bedürfnisse. Minner Burris und Lona Kelvin könnten diese Bedürfnisse befriedigen, vielleicht. Katalyse. Synergie. Dann würde er weitersehen.

Er schloß die Augen.

Er sah sich selbst, nackt durch ein blaugrünes Meer schwimmend. Stattliche Wellen prallten gegen seine glatten, weißen Seiten. Sein massiver Körper bewegte sich mühelos, denn hier wog er nichts, wurde er getragen von der Brust des Ozeans; einmal bogen sich seine Knochen nicht unter dem Zug der Schwerkraft. Hier war Chalk flink. Er rollte hin und her, zeigte seine Wendigkeit im Wasser. Delphine, Tintenfische, Schwertfische umspielten ihn. Neben ihm bewegte sich die wichtigtuerische, dumme, hoch aufragende Masse eines Sonnenfisches, der auch recht groß war, doch neben seiner eigenen leuchtenden Unermeßlichkeit wie ein Zwerg wirkte.

Chalk sah Boote am Horizont. Männer kamen auf ihn zu, steil aufgerichtet, mit grimmigen Gesichtern. Jetzt war er eine verfolgte Beute. Er lachte sein donnerndes Lachen. Als die Boote näher kamen, wendete er und schwamm auf sie zu, neckte sie, lud sie ein, ihr Schlimmstes zu tun. Er war dicht unter der Oberfläche, glänzte weiß in der Mittagssonne. Wasser strömte in Kaskaden von seinem Rücken.

Jetzt waren die Boote herangekommen. Chalk drehte sich um; mächtige Schwanzflossen peitschten das Wasser; ein Boot sprang hoch in die Luft, zerbrach wie ein Streichholz, schleuderte seine zappelnde menschliche Fracht in das Salzwasser. Eine heftige Muskelbewegung trug ihn fort von seinen Verfolgern. Er blies eine hohe, sprühende Fontäne, um seinen Triumph zu bekunden. Dann tauchte er unter, fröhlich posaunend, suchte die Tiefen; hin und wieder verschwand seine Weiße in einem Reich, zu dem das Licht keinen Zugang hatte.

6
Moder, merci; let me deye

»Du solltest aus diesem Zimmer gehen«, schlug der Besucher freundlich vor. »Zeig dich der Welt. Stell dich ihr mit erhobenem Haupt. Du hast nichts zu fürchten.«

Burris stöhnte. »Schon wieder du! Willst du mich nicht in Ruhe lassen?«

»Wie kann ich dich je verlassen?« fragte sein anderes Ich.

Burris starrte durch dichte Schichten von Dunkelheit. Er hatte an diesem Tag dreimal gegessen, also war vermutlich Nacht, obwohl er es nicht wußte und sich auch nicht darum kümmerte. Eine glänzende Klappe versorgte ihn mit jeder Nahrung, die er wünschte. Die Neugestalter seines Körpers hatten sein Verdauungssystem verbessert, es aber nicht grundlegend verändert. Eine ziemlich unbedeutende Gnade, wie er fand; doch er konnte immer noch mit irdischer Nahrung fertigwerden. Gott allein wußte, woher jetzt seine Enzyme kamen, aber es waren dieselben Enzyme. Rennin, Pepsin, die Lipasen, Bauchspeicheldrüsen-Amylase, Trypsin, die ganze Verdauungsmannschaft. Was war mit dem Dünndarm? Was war das Schicksal von Zwölffingerdarm, Leedarm und Krummdarm? Wodurch waren Mesenterium und Bauchfell ersetzt worden? Fort, fort, alles fort, aber irgendwie taten Rennin und Pepsin ihre Arbeit. Das hatten die irdischen Ärzte, die ihn untersucht hatten, gesagt. Burris hatte das Gefühl, daß sie ihn mit Vergnügen sezieren würden, um Genaueres über seine Geheimnisse zu erfahren.

Aber noch nicht. Noch nicht gleich. Er würde diesen Punkt erreichen, aber noch war es nicht soweit.

Und die Erscheinung früheren Glücks wollte nicht verschwinden.

»Sieh dein Gesicht an«, sagte Burris. »Deine Augenlider bewegen sich so dumm, auf, ab, blink, blink. Die Augen sind so roh. Deine Nase läßt Schmutz in die Kehle dringen. Ich muß zugeben, daß ich im Vergleich zu dir eine beträchtliche Verbesserung darstelle.«

»Natürlich. Deshalb sage ich ja, du sollst ausgehen, dich von der Menschheit bewundern lassen.«

»Wann hat die Menschheit je verbesserte Modelle ihrer selbst bewundert? Hat der Pithekanthropus sich bei den ersten Neandertalern beliebt gemacht? Hat der Neandertaler dem Aurignacmenschen applaudiert?«

»Die Analogie paßt nicht. Du bist nicht weiter entwikkelt als sie, Minner. Du bist durch äußere Mittel verändert worden. Sie haben keinen Grund, dich für das zu hassen, was du bist.«

»Sie brauchen nicht zu hassen. Nur zu starren. Außerdem habe ich Schmerzen. Es ist einfacher, hierzubleiben.«

»Sind die Schmerzen wirklich so schwer zu ertragen?«

»Ich gewöhne mich daran«, sagte Burris. »Doch jede Bewegung peinigt mich. Die Wesen haben nur experimentiert. Sie machten ihre kleinen Fehler. Zum Beispiel diese zusätzliche Herzkammer: jedesmal, wenn sie sich zusammenzieht, fühle ich ihre Bewegung im Hals. Dieser abgenutzte, durchlässige Darm: er transportiert die Nahrung, und ich habe Schmerzen. Ich sollte mich umbringen. Das wäre die wirksamste Erlösung.«

»Such Trost in der Literatur«, riet die Erscheinung. »Lies. Früher hast du das getan. Du warst ein ziemlich belesener Mann, Minner. Dreitausend Jahre Literatur stehen zu deiner Verfügung. Mehrere Sprachen. Homer. Chaucer. Shakespeare.«

Burris betrachtete das heitere Gesicht des Mannes,

der er einmal gewesen war. Er rezitierte: *»Moder, merci; let me deye.«*

»Sprich es zu Ende.«

»Der Rest ist nicht anwendbar.«

»Sprich es trotzdem zu Ende.«

Burris sagte:

»For Adam ut of helle beye
And manken that is forloren.«

»Dann stirb«, sagte der Besucher sanft. »Um Adam und die verlorene Menschheit loszukaufen. Sonst bleib am Leben. Minner, meinst du, du seist Jesus?«

»Er litt durch die Hände Fremder.«

»Um sie zu erlösen. Wirst du die Wesen erlösen, wenn du zurückgehst nach Manipool und auf ihrer Türschwelle stirbst?«

Burris zuckte die Achseln. »Ich bin kein Erlöser. Ich brauche selbst Erlösung. Ich bin in großer Not.«

»Jammerst du schon wieder!«

»Sun, I se thi bodi swungin,
thi brest, thin hond, thi fot thurch-stungen.«

Burris blickte finster vor sich hin. Sein neues Gesicht eignete sich gut dazu; die Lippen schürzten sich nach außen wie die sich weitende Öffnung eines Schließmuskels, entblößte die zweigeteilte Palisade unzerstörbarer Zähne. »Was willst du von mir?« fragte er.

»Was willst *du,* Minner?«

»Dieses Fleisch ablegen. Meinen alten Körper wiederhaben.«

»Ein Wunder also. Und du willst, daß dieses Wunder hier in diesen vier Wänden geschieht.«

»Der Ort ist so gut wie jeder andere. Und so wahrscheinlich wie jeder andere.«

»Nein. Geh hinaus. Such Hilfe.«

»Ich war draußen. Man hat mir nicht geholfen, sondern mich herumgeschoben und verstoßen. Was soll ich tun – mich an ein Museum verkaufen? Geh weg, verdammter Geist! Raus! Raus!«

»Dein Erlöser lebt«, sagte die Erscheinung.

»Dann gib mir seine Adresse.«

Er erhielt keine Antwort. Burris blieb allein zurück, starrte auf spinnwebdünne Schatten. Greifbare Stille stand im Raum. Ruhelosigkeit pulsierte in ihm. Sein Körper war jetzt dazu ausgerüstet, trotz aller Untätigkeit seine Spannkraft zu bewahren; es war der ideale Körper für einen Raumfahrer, geeignet, von Stern zu Stern zu treiben, die lange Stille zu ertragen.

So war er nach Manipool geflogen. Es lag auf seinem Weg. Der Mensch war ein Neuling zwischen den Sternen, hatte zum erstenmal sein Planetensystem verlassen. Niemand wußte, was er dort draußen treffen, was mit ihm geschehen würde. Burris hatte Pech gehabt. Er hatte überlebt. Die anderen lagen friedlich in Gräbern unter einer gefleckten Sonne. Die Italiener – Malcondotto und Prolisse –, sie hatten den Operationssaal nicht mehr verlassen. Sie waren Versuchsobjekte für Manipools Meisterwerk gewesen, ihn selbst. Burris hatte Malcondotto gesehen, tot, nachdem sie mit ihm fertig waren. Er hatte Ruhe. Er hatte so friedlich ausgesehen, falls ein Monstrum, selbst im Tode, überhaupt friedlich aussehen kann. Prolisse war ihm vorangegangen. Burris hatte nicht gesehen, was sie mit Prolisse gemacht hatten, und das war ebensogut gewesen.

Er war als zivilisierter Mensch zu den Sternen gereist, wach und mit scharfem Verstand. Kein Mann für niedrige Arbeiten. Ein Raumfahrer, das höchste Produkt der Menschheit, ein Offizier, ausgerüstet mit höherer Mathematik, höchster Topologie. Den Verstand vollgepackt mit literarischen Goldklumpen. Ein Mann, der geliebt hatte, gelernt hatte. Jetzt war Burris froh, daß er nie geheiratet hatte. Für einen Raumfahrer ist es unangebracht, eine Frau zu nehmen, aber es ist noch viel unangebrachter, verwandelt von den Sternen zurückzukehren und eine frühere Liebste zu umarmen.

Das Gespenst war wieder da. »Frag Aoudad«, riet es.

»Er wird dir Hilfe verschaffen. Er wird dich wieder zu einem ganzen Mann machen.«

»Aoudad?«

»Aoudad.«

»Ich will ihn nicht sehen.«

Wieder war Burris allein.

Er sah seine Hände an. Feingliedrige, spitz zulaufende Finger, im wesentlichen unverändert bis auf die Fühler, die sie an jeder Seite auf die äußeren Fingerknochen gepfropft hatten. Noch einer ihrer kleinen Späße. Sie hätten ein Paar solcher Tentakel unter seine Arme pflanzen können, denn das wäre nützlich gewesen. Oder ihm einen Greifschwanz geben und ihn damit zu einem mindestens ebenso tüchtigen Kletterer machen wie ein brasilianischer Affe. Aber diese beiden muskulösen, seilähnlichen Gegenstände, bleistiftdick und acht Zentimeter lang, wozu sollten sie dienen? Sie hatten seine Hand verbreitert, wie er zum erstenmal feststellte, so daß sie sich dem neuen Finger anpaßte, ohne daß die Proportionen gestört wurden. Aufmerksam von ihnen. Jeden Tag entdeckte Burris irgendeine neue Facette seines Andersseins. Er dachte an den toten Malcondotto. Er dachte an den toten Prolisse. Er dachte an Aoudad. Aoudad? Wie könnte Aoudad ihm auf irgendeine vorstellbare Art helfen?

Sie hatten ihn auf einem Tisch oder dem manipoolischen Äquivalent eines Tisches, einem nachgiebigen, schwankenden Gegenstand, ausgestreckt. Sie hatten ihn gemessen. Was hatten sie überprüft? Temperatur, Pulsschlag, Peristaltik, Pupillenkontraktion, Blutdruck, Jodverbrauch, Kapillarfunktion, und was sonst noch? Sie hatten Taster an den salzigen Film über seinen Augäpfeln gelegt. Sie hatten das Volumen des Zellinhalts im Samenleiter berechnet. Sie hatten die Wege der Nervenreizung verfolgt, damit sie blockiert werden konnten.

Anästhesie. Erfolgreich!

Operation.

Die Rinde abschälen. Nach Hypophyse, Hypothalamus, Schilddrüse suchen. Die unregelmäßig pulsierenden Herzkammern beruhigen. Mit winzigen, unfühlbaren Skalpellen hinabsteigen, um in die Durchfahrtwege zu gelangen. Der Körper, hatte Galen vermutet, war nur ein Sack voll Blut. Gab es ein Kreislaufsystem? Gab es einen Kreislauf? Auf Manipool hatten sie die Geheimnisse der menschlichen Konstruktion in drei Lektionen durchgenommen und entschlüsselt. Malcondotto, Prolisse, Burris. Zwei hatten sie vergeudet. Der dritte überlebte.

Sie hatten Blutgefäße abgebunden. Sie hatten die graue, seidige Masse des Gehirns freigelegt. Hier war Chaucers Knoten. Hier Piers Plowman. Hier Aggression. Rachsucht. Sinnliche Wahrnehmung. Nächstenliebe. Glaube. In dieser glitzernden Ausbuchtung wohnten Proust, Hemingway, Mozart, Beethoven. Hier Rembrandt.

Sieh, sieh: wie Christi Blut einströmt ins Firmament!

Er hatte darauf gewartet, daß es anfing, er wußte, daß Malcondotto unter ihrem Eingriff umgekommen war, daß Prolisse, geschunden und zerstückelt, verschwunden war.

Steht still, ihr rastlos regen Himmelsphären! Zeit, höre auf! Nie werd' es Mitternacht!

Es wurde Mitternacht. Die glatten Stichel gruben sich in sein Gehirn. Es würde nicht weh tun, dessen war er gewiß, und doch fürchtete er den Schmerz. Sein einziger Körper, sein unersetzliches Ich. Er hatte ihnen nichts getan. Er war in aller Unschuld gekommen.

Einmal, als Junge, hatte er sich beim Spielen ins Bein geschnitten, eine tiefe, klaffende Wunde, die rohes Fleisch enthüllte. *Eine Wunde,* dachte er, *ich habe eine Wunde.* Blut war über seine Füße geströmt. Man hatte die Wunde geheilt, nicht so rasch, wie solche Dinge heute behandelt werden, aber als er die rote Narbe sah, hatte er über die Veränderung nachgedacht, die nun eingetreten war. Sein Bein würde nie wieder dasselbe sein, denn jetzt trug es die Narbe einer Verletzung. Das hatte ihn mit zwölf Jahren tief bewegt – eine so fundamentale, so dauernde Veränderung an seinem Körper. In den letzten Augenblicken, bevor die Wesen an ihm zu arbeiten begannen, dachte er daran. *Kommt, Berge, Hügel, fallt über mich und deckt mich vor dem heiligen Zorne Gottes. Nein! Nein?! Dann stürze ich mich kopfüber in die Erde: Erd' öffne dich!*

Ein müßiger Befehl.

Oh, willst du mich nicht bergen?

Geräuschlos wirbelten die Messer. Die Zellkerne der Medulla, die Impulse aus dem Vestibularmechanismus des Ohres empfingen – fort. Die Basalganglien. Sulci und Gyri. Die Bronchien mit ihren Knorpelringen. Die Alveolen, wunderbare Schwämme. Epiglottis. Vas deferens. Lymphatische Gefäße. Dendriten und Axone. Die Ärzte waren recht wißbegierig: Wie funktioniert dieses phantastische Geschöpf? Woraus besteht es?

Sie lösten die Spannung seines Körpers, bis er betäubt auf einem Tisch lag, sich über eine unendliche Entfernung erstreckte. War er in diesem Stadium noch am Leben? Bündel aus Nerven, Scheffel von Eingeweiden. *Leib, lös dich auf in Luft, sonst trägt dich lebend Luzifer zur Hölle! O Seele, wandle dich zu Wassertropfen und fall ins Weltmeer, ewig unauffindbar!*

Geduldig hatten sie ihn wiederhergestellt, ihn umständlich neu zusammengesetzt, das Original verbessernd, wo sie es für nötig hielten. Und dann, zweifellos voller Stolz, hatten die Wesen von Manipool ihn seiner Welt zurückgegeben.

Nein, komm nicht, Luzifer!

»Frag Aoudad«, riet die Erscheinung.

Aoudad. *Aoudad?*

7
Zögern

Das Zimmer stank. Der Gestank war ekelhaft. Bart Aoudad fragte sich, ob der Mann sich je die Mühe machte zu lüften; unbemerkt injizierte er sich ein Mittel zur Betäubung der Geruchsnerven. Das Gehirn würde so präzise wie immer arbeiten; es mußte. Doch seine Nase würde für den Augenblick aufhören, ihre Wahrnehmungen weiterzugeben, wie immer diese sein möchten.

Gestank oder nicht, er war froh, daß er hier sein konnte. Eifriges Werben hatte ihm dieses Privileg verschafft.

Burris sagte: »Können Sie mich ansehen?«

»Mit Leichtigkeit. Sie faszinieren mich, wirklich. Hatten Sie erwartet, daß ich abgestoßen sein würde?«

»Die meisten Leute sind es.«

»Die meisten Leute sind Narren«, sagte Aoudad.

Er verriet nicht, daß er Burris nun schon seit vielen Wochen am Bildschirm überwachte, lange genug, um sich gegen die Fremdartigkeit des Mannes zu wappnen. Fremdartig war er, abstoßend genug auch; und doch gewöhnte man sich an seine Erscheinung. Aoudad war zwar noch nicht bereit, sich um die gleiche Art von Schönheitsbehandlung zu bewerben, doch er war unempfindlich gegen Burris' Häßlichkeit.

»Können Sie mir helfen?« fragte Burris.

»Ich glaube, das kann ich.«

»Vorausgesetzt, daß ich Hilfe will.«

»Ich nehme an, Sie wollen sie.«

Burris zuckte die Achseln. »Da bin ich nicht sicher. Man könnte sagen, daß ich mich allmählich an meine augenblickliche Erscheinung gewöhne. In einigen Tagen werde ich vielleicht anfangen, wieder auszugehen.«

Das war eine Lüge, Aoudad wußte es. Wen von ihnen beiden Burris zu täuschen versuchte, konnte Aoudad nicht mit Bestimmtheit sagen. Doch so gut Burris im Augenblick auch seine Bitterkeit verbarg, der Besucher wußte genau, daß sie immer noch an ihm nagte. Burris wollte heraus aus seinem Körper.

Aoudad sagte: »Ich arbeite für Duncan Chalk. Kennen Sie den Namen?«

»Nein.«

»Aber –« Aoudad verschluckte seine Überraschung. »Natürlich. Sie haben viel Zeit zwischen den Sternen verbracht. Aber vielleicht haben Sie einmal die Arkade besucht, oder vielleicht waren Sie in Luna Tivoli.«

»Ich habe davon gehört.«

»Das sind Chalks Unternehmen. Unter vielen anderen. Er sorgt dafür, daß Milliarden Menschen in diesem System immer glücklich sind. Er plant sogar, in Kürze auch in andere Systeme zu expandieren.« Das war eine phantasievolle Übertreibung von Aoudad, doch Burris brauchte es nicht zu wissen.

»So?« sagte Burris.

»Chalk ist reich, wissen Sie. Chalk ist ein Menschenfreund. Das ist eine gute Kombination. Sie enthält Möglichkeiten, die Ihnen vielleicht zugute kommen.«

»Ich sehe sie bereits«, sagte Burris sanft, beugte sich vor und faltete die Fühler, die sich auf seinen Händen wanden. »Sie engagieren mich als Ausstellungsstück für Chalks Zirkus. Sie zahlen mir acht Millionen im Jahr. Jeder Kuriositätenliebhaber des Systems kommt, um einen Blick zu riskieren. Chalk wird reicher, ich werde Millionär und sterbe glücklich, und die kleinliche Neugier der Massen ist befriedigt. Ja?«

»Nein«, sagte Aoudad, beunruhigt darüber, wie nahe Burris mit seiner Vermutung der Wahrheit gekommen war. »Ich bin sicher, Sie scherzen nur. Sie müssen einsehen, daß Mr. Chalk Ihr – eh – Mißgeschick unmöglich auf diese Weise ausnutzen könnte.«

»Glauben Sie, daß es so ein Mißgeschick ist?« fragte Burris. »Ich bin auf diese Art recht wirkungsvoll. Natürlich gibt es Schmerzen, aber ich kann fünfzehn Minuten lang unter Wasser bleiben. Können Sie das? Haben Sie solches Mitleid mit mir?«

Ich darf mich von ihm nicht irreführen lassen, beschloß Aoudad. Er ist teuflisch. Er würde gut mit Chalk auskommen.

Aoudad sagte: »Natürlich bin ich froh zu wissen, daß Sie Ihre gegenwärtige Lage einigermaßen befriedigend finden. Und doch – lassen Sie mich offen sprechen – vermute ich, daß Sie sich freuen würden, wenn Sie wieder zu Ihrer normalen menschlichen Form zurückkehren könnten.«

»Das glauben Sie, nicht wahr?«

»Ja.«

»Sie sind ein bemerkenswert hellsichtiger Mann, Mr. Aoudad. Haben Sie Ihren Zauberstab mitgebracht?«

»Mit Zauberei hat das nichts zu tun. Aber wenn Sie bereit sind, ein Quid für unser Quo zu liefern, kann Chalk vielleicht dafür sorgen, daß Sie in einen etwas konventionelleren Körper überführt werden.«

Die Wirkung auf Burris war unmittelbar und elektrisierend.

Er ließ die Pose beiläufiger Gleichgültigkeit fallen. Er gab die ironische Objektivität auf, hinter der er, wie Aoudad merkte, seine Qual verbarg. Sein Körper zitterte wie eine im Wind klirrende gläserne Blume. Für einen Augenblick verlor er die Kontrolle über seine Muskeln: Sein Mund zuckte in konvulsivischem Lächeln, ein schwingendes Tor, die Augen öffneten und schlossen sich krampfartig.

»Wie kann das gemacht werden?« fragte Burris.

»Lassen Sie es sich von Chalk erklären.«

Burris' Hand grub sich in Aoudads Schenkel. Aoudad zuckte bei der metallischen Berührung zusammen.

Burris fragte heiser: »Ist das möglich?«

»Vielleicht. Die Technik ist noch nicht ganz perfekt.«

»Soll ich auch diesmal das Versuchskaninchen sein?«

»Bitte. Chalk würde Sie nicht noch weiteren Qualen aussetzen. Man wird zusätzliche Forschungen anstellen, bevor die Methode bei ihnen angewandt werden kann. Werden Sie mit ihm sprechen?«

Zögern. Wieder bewegten sich Augen und Mund scheinbar ohne Burris' Willen. Dann hatte der Raumfahrer sich wieder in der Gewalt. Er straffte sich, faltete die Hände, kreuzte die Beine. Wie viele Kniegelenke hat er? fragte sich Aoudad. Burris schwieg. Er kalkulierte. Elektronen brandeten durch die Windungen seines gemarterten Hirns.

Burris sagte: »Wenn Chalk mich in einen anderen Körper verpflanzen kann ...«

»Ja?«

»Was gewinnt er dabei?«

»Das sagte ich Ihnen schon. Chalk ist ein Menschenfreund. Er weiß, daß Sie leiden. Er möchte das ändern. Besuchen Sie ihn, Burris. Lassen Sie sich von ihm helfen.«

»Wer sind Sie, Aoudad?«

»Niemand. Ein Glied von Duncan Chalk.«

»Ist das eine Falle?«

»Sie sind zu argwöhnisch«, sagte Aoudad. »Wir wollen Ihr Bestes.«

Schweigen. Burris stand auf, durchmaß den Raum mit seinen sonderbaren, fließend dahingleitenden Schritten. Aoudad wartete gespannt.

»Zu Chalk«, murmelte Burris schließlich. »Ja. Bringen Sie mich zu Chalk!«

8
Stabat Mater Dolorosa

Im Dunkeln fiel es Lona leicht, so zu tun, als sei sie tot. Sie trauerte oft an ihrem eigenen Grab. Sie sah sich selbst auf einem Hügel stehen, auf einer grasbewachsenen Anhöhe, vor einer kleinen, in den Boden eingelassenen Platte.

HIER RUHT
EIN OPFER
VON WISSENSCHAFTLERN ERMORDET.

Sie zog die Decke über ihren mageren Körper. Ihre fest geschlossenen Lider hielten die Tränen zurück. RUHE IN FRIEDEN. VERTRAUE AUF DIE AUFERSTEHUNG. Was machten sie heute mit den Toten? Sie in den Ofen stecken! Ein gleißender, heißer Blitz. Hell wie die Sonne. Und dann Staub. Staub zu Staub. Ein langer Schlaf.

Einmal war ich beinahe tot, erinnerte sich Lona. Doch sie hielten mich auf. Holten mich zurück.

Vor sechs Monaten, mitten in der Glut des Sommers. Eine gute Jahreszeit zum Sterben, dachte Lona. Ihre Babys waren geboren worden. Auf die Art, wie sie es taten, sie in Flaschen aufziehend, dauerte es keine neun Monate, nur sechs. Das Experiment lag jetzt genau ein Jahr zurück. Sechs Monate hatten die Babys Zeit gehabt, sich zu entwickeln. Dann die unerträgliche Publicity – und der Versuch, sich ihr durch Selbstmord zu entziehen.

Warum hatten sie sie ausgewählt?

Weil sie da war. Weil sie verfügbar war. Weil sie sich nicht wehren konnte. Weil sie einen Bauch voll fruchtbarer Eier mit sich herumtrug, die sie vermutlich nie brauchen würde.

»Die Ovarien einer Frau enthalten einige hunderttausend Eier, Miß Kelvin. Während Ihrer normalen Lebensdauer werden etwa vierhundert davon zur Reife gelangen. Die übrigen sind überflüssig. Diese möchten wir benutzen. Wir brauchen nur einige hundert ...«

»Im Namen der Wissenschaft ...«

»Ein bahnbrechendes Experiment ...«

»Die Eier sind überflüssig. Sie können darauf verzichten, ohne etwas zu verlieren ...«

»Die Geschichte der Medizin ... Ihr Name ... für immer ...«

»Keine Auswirkungen auf Ihre zukünftige Fruchtbarkeit. Sie können heiraten und ein Dutzend normaler Kinder haben ...«

Es war ein schwieriges Experiment mit vielen Facetten. Sie hatten ungefähr ein Jahrhundert lang die Techniken vervollkommnet, die jetzt alle zusammen bei einem einzigen Projekt angewandt wurden. Natürliche Oogenese, gepaart mit synthetischer Eireifung. Embryonische Induktion. Externe Befruchtung. Extramaternelle Inkubation nach Reimplantierung der befruchteten Eier. Worte. Töne. Synthetische Befähigung zum Leben. Fötalentwicklung ex utero. Simultanität des genetischen Materials. Meine Babys! Meine Babys!

Lona wußte nicht, wer der ›Vater‹ war, nur daß ein einziger Spender das gesamte Sperma liefern würde, genauso, wie ein einziger Spender alle Eier zur Verfügung stellen würde. So viel verstand sie. Die Ärzte hatten ihr das Projekt sehr gut erklärt. Schritt für Schritt, sprachen mit ihr, wie sie mit einem Kind sprechen würden. Den meisten Erläuterungen konnte sie folgen. Man behandelte sie gönnerhaft, weil sie keine nennenswerte Erziehung erhalten hatte und sich mit ausgefallenen Ideen nur zaghaft befreundete, aber die ungeformte Intelligenz war da.

Ihre Rolle in dem Projekt war einfach und endete bei der ersten Phase. Man entnahm ihren Ovarien einige hundert fruchtbare, aber ungereifte Eier. Was die Ärzte anging, konnte Lona danach in die Dunkelheit zurückfallen. Doch sie mußte wissen. Sie verfolgte die nächsten Schritte.

Die Eier wurden in künstlichen Ovarien gehegt, bis sie reif waren. Eine Frau konnte in den verborgenen Tiefen ihres Schoßes nur zwei oder drei Eier gleichzeitig zur Reife bringen; Maschinen konnten Hunderte von Eiern behandeln und taten es auch. Dann folgte der entscheidende, aber nicht wesentlich neue Vorgang der Mikroinjektion, um die Eier zu kräftigen. Und dann die Befruchtung. Die schwimmenden Spermien schlängelten sich auf ihr Ziel zu. Ein einziger Spender, ein einziger explosiver Ausbruch zur Erntezeit. In den früheren Stadien hatte man zahlreiche Eier verloren. Viele waren nicht fruchtbar oder nicht befruchtet. Hundert jedoch waren es. Die winzige Schlange hatte ihren Hafen erreicht.

Dann die Reimplantierung der befruchteten Eier. Man hatte davon gesprochen, hundert Frauen zu finden, um die hundert keimenden Zygoten zu tragen. Kuckuckseier, die die falschen Leiber anschwellen ließen. Am Ende jedoch betrachtete man das als übertrieben. Zwölf Frauen erklärten sich freiwillig bereit, die Babys auszutragen; der Rest der befruchteten Eier wanderte in künstliche Schöße. Zwölf fahle Leiber nackt unter den hellen Lampen. Zwölf Paar weicher Schenkel, die sich nicht einem Geliebten, sondern einem matten, grauen Aluminiuminstrument öffneten. Langsamer Druck, spritzendes Eindringen, Vollendung der Implantierung. Einige Versuche schlugen fehl. Acht der glatten Leiber wölbten sich bald.

»Lassen Sie mich mithelfen«, hatte Lona gesagt, ihren flachen Bauch berührt. »Lassen Sie mich eines der Babys austragen.«

»Nein.«

Sie hatten es freundlicher gesagt. Sie erklärten, es sei im Rahmen des Experiments unnötig, daß Lona sich den Beschwerden einer Schwangerschaft unterziehe. Schon vor langer Zeit war bewiesen worden, daß ein Ei aus dem Körper einer Frau entnommen, anderswo befruchtet und ihr dann für die übliche Tragzeit wieder eingepflanzt werden konnte. Warum sollte man das wiederholen? Es war festgestellt und bestätigt worden. Man konnte Lona die Unannehmlichkeiten ersparen. Sie wollten wissen, wie gut eine menschliche Mutter einen intrusiven Embryo austragen konnte, und dazu brauchten sie Lona nicht mehr.

Brauchte sie noch irgend jemand?

Niemand brauchte sie mehr.

Niemand. Lona beobachtete, was geschah.

Die acht freiwilligen Mütter erfüllten ihre Aufgabe gut. Ihre Schwangerschaft wurde künstlich beschleunigt. Ihre Leiber nahmen die Eindringlinge an, nährten sie mit Blut, hüllten sie warm in Plazenta. Ein medizinisches Wunder, ja. Aber wieviel aufregender noch, auf natürliche Mutterschaft ganz zu verzichten!

Eine Reihe schwimmender Kästen. In jedem eine sich teilende Zygote. Die Geschwindigkeit der Zellteilung war atemberaubend. Lona schwindelte. Während sie sich teilten, wurde im kortikalen Zytoplasma der Zygote Wachstum herbeigeführt, dann in den Hauptachsialorganen. »Mit fortschreitender Gastrulation breitet sich der mesodermale Mantel vom Blastopor aus weiter aus, und sein vorderer Rand legt sich direkt hinter das zukünftige Linsenektoderm. Dieser Rand ist das zukünftige Herz und gleichzeitig ein Linseninduktor. Auf der Entwicklungsstufe der offenen Neuralplatte sind die späteren Linsenzellen in zwei Regionen der Epidermis eingelagert, die direkt seitlich von der vorderen Gehirnplatte liegen. Wenn die Neuralplatte sich zu einer Röhre aufrollt, evaginieren die zukünftigen Retinalzellen als Teil des optischen Bläschens vom späteren Gehirn.«

In sechs Monaten hundert dralle Babys.

Ein Wort, nie zuvor in bezug auf Menschen angewandt, nun in aller Munde: *Hundertlinge.*

Warum nicht? Eine Mutter, ein Vater! Der Rest war nebensächlich. Die Frauen, die die Babys ausgetragen hatten, die metallenen Schöße – sie hatten Wärme und Nahrung geschenkt, aber sie waren den Kindern keine Mütter.

Wer war die Mutter?

Der Vater war nicht wichtig. Künstliche Befruchtung war ein Anlaß zum Gähnen. Zumindest statistisch konnte ein Mann binnen zweier Nachmittage alle Frauen der Welt befruchten. Was war schon dabei, wenn das Sperma eines Mannes hundert Babys auf einmal gezeugt hatte?

Aber die *Mutter* ...

Ihr Name sollte nicht bekanntgegeben werden. »Anonyme Spenderin« – das war ihr Platz in der Medizingeschichte. Aber die Story war einfach gut. Besonders deshalb, weil Lona noch nicht ganz siebzehn war. Besonders, weil sie ledig war. Besonders, weil sie (die Ärzte schworen es) technisch gesehen noch Jungfrau war.

Zwei Tage nach der gleichzeitigen Geburt der Hundertlinge waren Lonas Name und ihre Leistung in aller Öffentlichkeit bekannt.

Schmal und erschrocken stand sie im Kreuzfeuer der Blitzlichter.

»Werden Sie den Babys selbst Namen geben?«

»Was empfanden Sie, als Ihnen die Eier entnommen wurden?«

»Was ist es für ein Gefühl, wenn man weiß, daß man die Mutter der größten Familie in der Geschichte der Menschheit ist?«

»Wollen Sie mich heiraten?«

»Leben Sie mit mir, seien Sie meine Geliebte.«

»Eine halbe Million für die Exklusivrechte an der Story!«

»*Nie* mit einem Mann?«

»Wie haben Sie reagiert, als man Ihnen sagte, worum es bei dem Experiment gehen würde?«

»Haben Sie den Vater kennengelernt?«

». . .«

Das einen Monat lang. Helle Haut, gerötet vom Scheinwerferlicht. Weit aufgerissene, überanstrengte, blutunterlaufene Augen. Ärzte neben ihr, um ihre Antworten zu lenken. Ihr Augenblick des Ruhms, blendend, verwirrend. Die Ärzte fanden es beinahe so unerträglich wie sie selbst. Nie hätten sie ihren Namen preisgegeben: Nun hatte es einer von ihnen doch getan, für Geld, und die Schleusen hatten sich geöffnet. Nun versuchten sie, weitere Schnitzer zu verhindern, indem sie ihr einpaukten, was sie sagen sollte. Lona sagte tatsächlich recht wenig. Teils aus Angst, teils aus Unwissenheit. Was konnte sie der Welt sagen? Was wollte die Welt von ihr?

Binnen kurzer Zeit war sie ein Weltwunder. In den Liedmaschinen sangen sie ein Lied über sie. Dunkler Saitenklang; traurige Klage der Mutter von Hundertlingen. Es wurde überall gespielt. Sie konnte es nicht ertragen, nicht hören. Komm, mach ein Baby mit mir, Süße! Komm, noch mal hundert! Ihre Freunde, ohnehin nicht zahlreich, merkten, daß es ihr unangenehm war, *davon* zu sprechen, daher redeten sie absichtlich von anderen Dingen, von allem anderen, und schließlich hörten sie einfach auf zu reden. Lona zog sich zurück. Fremde wollten wissen, wie es war mit all diesen Babys. Wie konnte sie das beantworten? Sie wußte es ja selbst kaum! Warum hatten sie ein Lied über sie gemacht? Warum klatschten sie und waren neugierig? Was *wollten* sie?

Für manche war es reine Blasphemie. Donner

dröhnte von den Kanzeln. Lona spürte den Schwefelgeruch in den Nüstern. Die Babys schrien, strampelten und gluckstem. Sie besuchte sie einmal, weinte, nahm eines auf, um es zu liebkosen. Man nahm ihr das Kind fort und brachte es wieder in seine aseptische Umgebung. Sie durfte sie nicht wieder besuchen.

Hundertlinge. Hundert Geschwister mit der gleichen Codegruppe. Wie würden sie sein? Wie würden sie wachsen? Konnte ein Mensch in einer Welt leben, die er mit fünfzig Brüdern und fünfzig Schwestern teilte? Das war ein Teil des Experiments. Dieses Experiment würde ein Lebensalter dauern. Psychologen waren auf den Plan getreten. Über Fünflinge war viel bekannt, Sechslinge hatte man einige Male studiert, und vor dreißig Jahren hatte es für kurze Zeit Siebenlinge gegeben. Aber Hundertlinge? Ein unendlich großes Gebiet für neue Forschungen.

Ohne Lona. Ihre Rolle war am ersten Tag beendet. Etwas Kühles, Prickelndes war von einer lächelnden Krankenschwester zwischen ihre Schenkel getupft worden. Dann Männer, die ohne Interesse ihren Körper anstarrten. Eine Droge. Ein Traumnebel, durch den sie wahrnahm, daß etwas in sie eindrang. Keine andere Empfindung. Das Ende. »Danke, Miß Kelvin. Ihr Honorar.« Kühles Leinen auf ihrem Körper. Anderswo begannen sie, an den entnommenen Eiern zu arbeiten.

Meine Babys! *Meine* Babys!

Lichter in meinen Augen!

Als die Zeit kam, sich umzubringen, gelang es Lona nicht ganz. Ärzte, die einem Stückchen Materie Leben geben konnten, konnten auch das Leben in der Quelle dieser Materie erhalten. Sie brachten sie wieder auf die Beine, dann vergaßen sie sie.

Neun Tage im Scheinwerferlicht, am zehnten Tag mit Sicherheit im Dunkeln.

Dunkelheit, aber kein Frieden. Der Frieden war nie sicher; er mußte erobert werden, mühsam, von innen her.

Sie lebte wieder in der Dunkelheit. Dennoch konnte Lona nie mehr dieselbe sein, denn irgendwo wuchsen und gediehen hundert Babys. Sie waren nicht nur in ihre Ovarien eingedrungen, sondern in das Gefüge ihres Lebens selbst, um diese Babys herauszureißen, und die Wirkung hallte immer noch nach in ihr.

Sie fröstelte in der Dunkelheit.

Irgendwann demnächst, versprach sie sich, werde ich es wieder versuchen. Und diesmal wird mich niemand bemerken. Diesmal werden sie mich gehen lassen. Ich werde schlafen, lange schlafen.

9
Am Anfang war das Wort

Für Burris war es fast, als werde er neu geboren. Er hatte sein Zimmer so viele Wochen lang nicht verlassen, daß es ihm wie eine dauernde Zuflucht erschien.

Aoudad hatte mit Bedacht dafür gesorgt, daß diese Geburt für Burris so schmerzlos wie möglich verlief. Sie gingen mitten in der Nacht, als die Stadt schlief. Burris trug einen Umhang mit Kapuze. Er sah darin so verschwörerisch aus, daß er lächeln mußte. Trotzdem betrachtete er es als notwendig. Die Kapuze verbarg ihn gut, und solange er den Kopf gesenkt hielt, war er vor den Blicken der Vorübergehenden sicher. Als sie das Gebäude verließen, drückte sich Burris in eine Ecke des Aufzugs und hoffte, daß niemand den Aufzug während der Abfahrt rufen würde. Niemand tat es. Doch als er durch die Eingangshalle ging, wurde er für einen kurzen Augenblick vom glimmenden Schein einer treibenden Lichtkugel getroffen, gerdade als ein heimkehrender Hausbewohner erschien. Der Mann hielt inne, starrte unter die Kapuze. Burris verzog keine Miene. Als der Mann das Unerwartete sah, schloß er sekundenlang die Augen. Burris' hartes, entstelltes Gesicht sah ihn kalt an, und der Mann ging weiter. Er würde heute nacht mit Alpträumen schlafen. Doch das war nicht so schlimm, dachte Burris, wie wenn sich der Alp in die Struktur des Lebens selbst einschlich, wie es ihm geschehen war.

Ein Wagen wartete direkt vor dem Eingang des Gebäudes.

»Gewöhnlich führt Chalk um diese Zeit keine Gespräche«, sagte Aoudad beflissen. »Doch Sie müssen verstehen, daß dies hier etwas Besonderes ist. Er möchte auf Sie jede mögliche Rücksicht nehmen.«

»Großartig«, antwortete Burris finster.

Sie setzten sich in den Wagen. Es war, als vertausche man einen Schoß mit einem anderen, der weniger geräumig, aber einladender war. Burris lehnte sich in einen Liegesitz, der groß genug für mehrere Personen, doch offensichtlich nur für ein einziges, gigantisches Gesäß entworfen war. Aoudad saß neben ihm auf einem normalen Sitz. Der Wagen fuhr an, glitt mit gedämpft dröhnenden Turbinen vorwärts. Seine Transponder fingen die Impulse der nächsten Autobahn auf, und bald ließen sie die Stadt hinter sich und rasten auf einer nicht jedem zugänglichen Spur dahin.

Die Fenster des Wagens waren angenehm undurchsichtig. Burris warf die Kapuze zurück. Er gewöhnte sich daran, sich anderen Menschen zu zeigen. Aoudad, der sich anscheinend nichts aus seiner Entstellung machte, war ein gutes Übungsobjekt.

»Ein Drink?« fragte Aoudad. »Eine Zigarette? Irgendein Stimulans?«

»Nein, danke.«

»Können Sie so etwas zu sich nehmen – so, wie Sie sind?«

Burris lächelte grimmig. »Mein Metabolismus ist im Grunde derselbe wie Ihrer, selbst jetzt noch. Nur die Leitungen sind anders. Ich esse und trinke dasselbe wie Sie. Nur nicht gerade jetzt.«

»Ich hatte mir darüber Gedanken gemacht. Sie werden meine Neugier verzeihen.«

»Natürlich.«

»Und die körperlichen Funktionen ...«

»Sie haben die Ausscheidung verbessert. Was sie hinsichtlich der Fortpflanzung getan haben, weiß ich nicht. Die Organe sind noch da, aber funktionieren sie auch? Ich habe keinen besonderen Wert darauf gelegt, das auszuprobieren.«

Die Muskeln von Aoudads linker Wange verzogen sich wie in einem Krampf. Die Reaktion entging Burris nicht. Warum ist er so an meinem Sexualleben interessiert! Normale Lüsternheit? Oder mehr?

»Verzeihen Sie meine Neugier«, sagte Aoudad noch einmal.

»Das ist bereits geschehen.« Burris lehnte sich zurück und fühlte, daß sein Sitz merkwürdige Dinge mit ihm machte. Vielleicht eine Massage. Zweifellos war er angespannt, und der arme Sessel versuchte, die Dinge in Ordnung zu bringen. Doch der Sitz war für einen dikken Mann programmiert. Er schien zu summen, als sei ein Stromkreis überlastet. War er nur durch den Größenunterschied verwirrt? fragte sich Burris. Oder brachten ihn die verformten Konturen seiner Anatomie aus diesem Konzept?

Er sprach mit Aoudad über den Sitz, und dieser stellte ihn ab. Lächelnd gratulierte Burris sich selbst zu seiner heiteren Entspanntheit. Seit Aoudads Ankunft hatte er nichts Bitteres gesagt. Er war ruhig, kein Sturm tobte in ihm, er schwebte in dessen totem Zentrum. Gut. Gut. Er war zuviel allein gewesen, hatte sich von seinen Leiden zerfressen lassen. Dieser Narr Aoudad war ein gnädiger Engel, gekommen, um ihn von sich selbst zu befreien. Ich bin dankbar, sagte Burris freundlich zu sich selbst.

»Hier ist es. Hier ist Chalks Büro.«

Das Gebäude war verhältnismäßig niedrig, nicht höher als drei oder vier Stockwerke, doch es hob sich vorteilhaft von den Türmen der Umgebung ab. Seine große horizontale Ausdehnung glich die mangelnde Höhe aus. Weiträumige Flügel erstreckten sich nach rechts und links; Burris nutzte seine zusätzliche periphere Sehfähigkeit und blickte um die Seiten des Bauwerks herum, so weit er konnte; er schätzte, daß es achteckig war. Die Außenwände bestanden aus mattem, braunem Metall, sauber bearbeitet, mit gekörnter, ornamentaler

Oberfläche. Kein Licht war aus dem Innern sichtbar, doch dann merkte Burris, daß es hier keine Fenster gab.

Abrupt öffnete sich eine Wand vor ihnen, als sich ein unsichtbares Fallgatter geräuschlos hob. Der Wagen glitt hinein und hielt im Innern des Gebäudes an. Die Tür sprang auf. Burris merkte, daß ein kleiner, helläugiger Mann in den Wagen und auf ihn starrte.

Einen Augenblick lang fühlte er einen Schock, weil er sich so unerwartet den Blicken eines Fremden ausgesetzt sah. Dann faßte er sich wieder und kehrte den Fluß der Empfindung um, indem er zurückstarrte. Der kleine Mann war ebenfalls sehenswert. Auch ohne die Mitwirkung böswilliger Chirurgen war er auffallend häßlich. Er hatte fast keinen Hals; dickes, verfilztes Haar hing auf seinen Kragen herunter; große, abstehende Ohren; eine dünne Nase; unglaublich lange, dünne Lippen, die sich im Augenblick in abstoßender Faszination vorschoben. Keine Schönheit.

Aoudad sagte: »Minner Burris. Leontes d'Amore. Einer von Chalks Mitarbeitern.«

»Chalk ist wach. Er wartet«, sagte d'Amore. Sogar seine Stimme war häßlich.

Und doch stellt er sich der Welt jeden Tag, dachte Burris.

Er setzte seine Kapuze wieder auf und ließ sich durch ein Netz pneumatischer Röhren schleusen, bis er in einen riesigen, grottenähnlichen Raum glitt, der mit Aktivitätspunkten auf verschiedenen Ebenen ausgestattet war. Das milde Glühen von Leuchtpilzen erhellte den Ort. Burris drehte sich langsam um und ließ den Blick durch den Raum und über eine Reihe von Kristallsprossen schweifen, bis er am anderen Ende dicht unter der Decke auf einem thronartigen Sitz ein riesiges Individuum bemerkte.

Chalk. Offensichtlich.

Burris stand da, von dem Anblick ganz in Anspruch

genommen, vergaß für einen Augenblick die Millionen kleiner, stechender Schmerzen, die seine ständigen Gefährten waren. So dick? So fleischig? Der Mann hatte Herden von Rindern verschlungen, um diese Masse zu erreichen.

Aoudad, der neben ihm stand, forderte ihn freundlich auf, weiterzugehen; er wagte es nicht, Burris' Ellbogen zu berühren.

»Lassen Sie sich anschauen«, sagte Chalk. Seine Stimme war leicht, liebenswürdig. »Hier herauf. Herauf zu mir, Burris.«

Noch einen Augenblick. Von Angesicht zu Angesicht.

Burris schüttelte die Kapuze, dann den Umhang ab. Soll er ruhig seinen Anblick haben. Vor diesem Fleischberg brauche ich mich nicht zu schämen.

Chalks gelassene Miene veränderte sich nicht.

Er studierte Burris eingehend, mit tiefem Interesse und ohne eine Spur von Abscheu. Auf einen Wink seiner fetten Hand verschwanden Aoudad und d'Amore. Burris und Chalk blieben allein in dem riesigen, dämmrigen Raum.

»Man hat Sie ganz schön zugerichtet«, bemerkte Chalk. »Haben Sie eine Ahnung, warum sie es getan haben?«

»Pure Neugier. Und der Wunsch, zu verbessern. Auf ihre unmenschliche Art waren sie menschlich.«

»Wie sehen sie aus?«

»Pockennarbig. Ledrig. Ich kann es nicht beschreiben.«

»In Ordnung.« Chalk war sitzen geblieben. Burris stand vor ihm, mit gefalteten Händen, die kleinen Finger verschränkend und wieder lösend. Er spürte, daß hinter ihm ein Sitz war, und nahm unaufgefordert Platz.

»Einen recht eindrucksvollen Palast haben Sie hier«, sagte er.

Chalk lächelte und ließ die Feststellung verklingen. Er sagte: »Schmerzt es?«

»Was?«

»Ihre Veränderungen.«

»Es ist ziemlich unangenehm. Irdische Schmerzmittel helfen kaum. Sie haben irgend etwas mit den Nervenbahnen gemacht, und niemand weiß genau, wo man sie blockieren kann. Aber es ist erträglich. Man sagt, amputierte Gliedmaßen schmerzten noch Jahre nach ihrer Entfernung. Das ist vermutlich dasselbe Gefühl.«

»Wurden Ihnen irgendwelche Gliedmaßen abgenommen?«

»Alle«, sagte Burris. »Und auf neue Art wieder angesetzt. Den Ärzten, die mich untersuchten, gefielen meine Gelenke sehr. Ebenso meine Sehnen und Bänder. Das hier sind meine eigenen Hände, ein wenig verändert. Meine Füße. Ich bin nicht ganz sicher, wieviel sonst noch von mir stammt und wieviel von ihnen.«

»Und innerlich?«

»Alles verändert. Ein Chaos. Ein Bericht ist in Vorbereitung. Ich bin noch nicht lange wieder auf der Erde. Sie haben mich eine Weile studiert, dann habe ich rebelliert.«

»Warum?«

»Ich wurde zu einer Sache. Nicht nur für sie, sondern auch für mich selbst. Ich bin keine Sache. Ich bin ein Mensch, den man verändert hat. Innerlich bin ich immer noch ein Mensch. Stechen Sie mich, und ich blute. Was können Sie für mich tun, Chalk?«

Eine fleischige Hand winkte. »Geduld, Geduld. Ich möchte noch mehr über Sie wissen. Sie waren Raumoffizier?«

»Ja.«

»Akademie und alles?«

»Natürlich.«

»Ihre Beurteilung muß gut gewesen sein. Ihnen wurde eine schwierige Aufgabe übertragen. Die erste

Landung auf einer Welt intelligenter Wesen – das ist nie leicht. Wie groß war Ihr Team?«

»Drei Leute. Wir wurden alle operiert. Prolisse starb zuerst, dann Malcondotto. Sie hatten Glück.«

»Ihnen mißfällt Ihr gegenwärtiger Körper?«

»Er hat seine Vorzüge. Die Ärzte sagen, daß ich vermutlich fünfhundert Jahre leben werde. Aber es ist schmerzhaft und auch unbequem. Ich war nicht dafür geschaffen, ein Monstrum zu werden.«

»Sie sind nicht so häßlich, wie Sie vielleicht meinen«, bemerkte Chalk. »O ja, Kinder rennen schreiend vor Ihnen davon, solche Dinge, ja. Aber Kinder sind konservativ. Sie verabscheuen alles Neue. Ich finde Ihr Gesicht auf seine Art ganz attraktiv. Ich möchte sogar behaupten, daß eine Menge Frauen Ihnen zu Füßen liegen würden.«

»Ich weiß nicht. Ich habe es nicht ausprobiert.«

»Das Groteske hat seine Anziehungskraft, Burris. Ich wog bei meiner Geburt mehr als zwanzig Pfund. Mein Gewicht hat mich nie behindert. Ich betrachte es als einen Vorzug.«

»Sie hatten ein Leben lang Zeit, sich an Ihren Umfang zu gewöhnen«, sagte Burris. »Sie passen sich ihm auf tausend Arten an. Außerdem haben Sie sich selbst dafür entschieden, so zu sein. Ich war das Opfer einer unbegreiflichen Laune. Es ist eine Vergewaltigung. Ich wurde vergewaltigt, Chalk.«

»Sie möchten alles ungeschehen machen?«

»Was glauben Sie?«

Chalk nickte. Seine Augenlider senkten sich, und es sah aus, als sei er plötzlich fest eingeschlafen. Burris wartete, verwirrt; mehr als eine Minute verging. Ohne sich zu rühren, sagte Chalk: »Die Chirurgen hier auf der Erde können Gehirne erfolgreich von einem Körper in einen anderen verpflanzen.«

Burris fuhr auf, erfaßt von einer Welle fieberhafter Erregung. Ein neues Organ in seinem Körper spritzte irgendein unbekanntes Hormon in ein seltsames Gefäß neben seinem Herzen. Ihm wurde schwindlig. Er versuchte, sich aus einer rollenden Brandung an den Strand zu kämpfen, doch wieder und wieder sogen ihn die Wellen mit dem treibenden Sand zurück.

Ruhig fuhr Chalk fort: »Interessiert Sie die Technologie der Sache?«

Die Fühler an Burris' Händen krümmten sich ohne sein Zutun.

Fließend ertönten die Worte: »Das Gehirn muß auf chirurgischem Wege im Schädel isoliert werden, indem alle benachbarten Gewebe abgetrennt werden. Der Schädel selbst wird als Stütze und Schutz bewahrt. Natürlich muß während der langen Periode der Antikoagulation absolute Hämostase aufrechterhalten werden, und es gibt Techniken, die Schädelbasis und den vorderen Knochen abzudichten, um Blutverlust zu verhindern. Die Gehirnfunktionen werden mittels Elektroden und Thermosonden überwacht. Durch Verbindung der inneren Kinnbacken mit den Halsschlagadern wird der Kreislauf aufrechterhalten. Vaskularschlingen, Sie verstehen. Ich will Ihnen die Details ersparen, wie der Körper entfernt wird und nichts außer dem lebenden Gehirn zurückbleibt. Zum Schluß wird das Rückenmark abgetrennt, und das Gehirn ist vollkommen isoliert und wird durch sein eigenes Adersystem ernährt. Inzwischen ist der Empfänger vorbereitet worden. Halsschlagader und Drosselader werden weggeschnitten, ebenso die Hauptmuskeln der Hirnregion. Nach dem Eintauchen in eine antibiotische Lösung wird das zu verpflanzende Gehirn übertragen. Die Schlagadern des isolierten Gehirns werden durch eine Silikonkanüle an der proximalen Halsschlagader des Empfängers befestigt. Das alles geschieht unter leichter Unterkühlung, um Beschädigungen so gering wie möglich zu halten. Sobald der Blutkreislauf des verpflanzten Gehirns mit dem des Empfängerkörpers verbunden ist, wird die Temperatur wieder normalisiert, und man beginnt mit den üblichen postoperativen Techniken. Eine längere Umerziehungsperiode ist notwendig, ehe das verpflanzte Gehirn die Kontrolle über den Empfängerkörper erreicht hat.«

»Bemerkenswert.«

»Keine besondere Leistung im Vergleich zu dem, was mit Ihnen gemacht wurde«, räumte Chalk ein. »Aber die Methode wurde bei höheren Säugetieren erfolgreich angewandt. Sogar bei Primaten.«

»Auch bei Menschen?«

»Nein.«

»Dann ...«

»Man hat tote Patienten benutzt. Gehirne in die Körper gerade Verstorbener verpflanzt. Doch in diesen Fällen stehen den Erfolgschancen zu große Hindernisse gegenüber. Immerhin ist es dreimal fast geglückt. Noch drei Jahre, Burris, und die Menschen werden Gehirne so leicht übertragen wie heute Arme und Beine.«

Burris gefiel das Gefühl intensiver Vorfreude nicht, das ihn durchtobte. Seine Hauttemperatur war unbehaglich hoch. Das Herz klopfte ihm bis zum Hals.

Chalk sagte: »Wir bauen einen synthetischen Körper für Sie, der möglichst genau Ihr ursprüngliches Aussehen hat; wir setzen einen Golem aus der Organbank zusammen, verstehen Sie, aber wir geben ihm kein Gehirn. Ihr Gehirn wird in diesen Körper verpflanzt. Natürlich wird es Unterschiede geben, aber im wesentlichen werden Sie vollständig sein. Interessiert?«

»Quälen Sie mich nicht, Chalk.«

»Ich gebe Ihnen mein Wort, daß ich es ernst meine. Wir müssen die Technik meistern, einen vollständigen Empfänger zusammenzusetzen, und wir müssen ihn am Leben erhalten, bis wir die Transplantation erfolgreich durchführen können. Ich sagte bereits, daß es drei Jahre dauern würde, letzteres zu erreichen. Sagen wir zwei weitere Jahre für den Bau des Golem. Fünf Jahre, Burris, und Sie werden wieder vollkommen menschlich sein.«

»Was wird das kosten?«

»Vielleicht hundert Millionen, vielleicht mehr.«

Burris lachte rauh. Seine Zunge – die einer Schlangenzunge jetzt sehr ähnlich war – blitzte hervor.

»Jetzt bauen Sie Luftschlösser.«

»Ich bitte Sie, auf meine Mittel zu vertrauen. Sind Sie bereit, sich von Ihrem jetzigen Körper zu trennen, wenn ich Ihnen dafür einen mehr der menschlichen Norm entsprechenden verschaffen kann?«

Das war eine Frage, mit der Burris nie gerechnet hatte. Er war verblüfft über das Ausmaß seiner eigenen Unentschlossenheit. Er verabscheute diesen Körper und war gebeugt vom Gewicht dessen, was an ihm begangen worden war. Und doch, begann er etwa, seine Fremdartigkeit zu lieben?

Nach einer kurzen Pause sagte er: »Je früher ich dieses Ding ablegen kann, desto besser.«

»Gut. Nun besteht da noch das Problem, Sie über die fünf Jahre oder so zu bringen, die das dauern wird; ich schlage vor, daß wir zumindest versuchen, das Aussehen Ihres Gesichts zu verändern, damit Sie sich in der Gesellschaft zurechtfinden, bis wir den Austausch vornehmen können. Sind Sie daran interessiert?«

»Das ist nicht zu machen. Ich habe die Idee bereits mit den Ärzten erwogen, die mich nach meiner Rückkehr untersuchten. Ich bin eine einzige Anhäufung fremder Antikörper, die jedes Transplantat abstoßen.«

»Glauben Sie, daß es wirklich so ist? Oder hat man Ihnen nur eine passende Lüge erzählt?«

»Ich denke, es ist so.«

»Ich möchte Sie in ein Krankenhaus schicken«, schlug Chalk vor. »Wir lassen ein paar Tests machen, um die frühere Behauptung zu bestätigen. Wenn es so ist, dann ist es eben so. Wenn nicht, können wir es Ihnen ein wenig leichter machen. Ja?«

»Warum tun Sie das, Chalk? Was ist das Quidproquo?«

Der fette Mann drehte sich um und beugte sich schwerfällig vor, bis seine Augen nur noch wenige Zentimeter von Burris' Gesicht entfernt waren. Burris beobachtete die merkwürdig zarten Lippen, die feine Nase, die immensen Wangen und die aufgequollenen Augenlider. Leise murmelte Chalk: »Der Preis ist gepfeffert. Er wird Sie anekeln. Sie werden den ganzen Handel abblasen.«

»Was ist es?«

»Ich bin Lieferant populärer Unterhaltung. Ich kann meine Investition nicht im entferntesten aus Ihnen herausholen, aber ich möchte zurückbekommen, was möglich ist.«

»Und der Preis?«

»Volle Rechte für die kommerzielle Auswertung Ihrer Story«, sagte Chalk. »Angefangen bei Ihrer Gefangennahme durch die Fremden über Ihre Rückkehr zur Erde und die schwierige Gewöhnung an Ihre Veränderungen bis zu der zukünftigen Periode Ihrer Wiederanpassung. Die Welt weiß bereits, daß drei Männer einen Planeten namens Manipool erreicht haben, daß zwei getötet wurden und einer als Opfer chirurgischer Experimente zurückkam. So viel wurde bekanntgegeben, und dann verschwanden Sie in der Versenkung. Ich möchte Sie wieder hervorholen. Ich möchte zeigen, wie Sie Ihr Menschsein wiederentdecken, wieder mit anderen zusammenkommen, wie Sie wieder aus der Hölle auftauchen und schließlich über Ihr katastrophales Erlebnis triumphieren und geläutert daraus hervorgehen. Das bedeutet häufiges Eindringen in Ihre Privatsphäre, und ich bin auf Ihre Ablehnung gefaßt. Schließlich würde man erwarten ...«

»Es ist eine neue Form der Folter, nicht wahr?«

»Eine Art Feuerprobe vielleicht«, gab Chalk zu. Seine breite Stirn war mit Schweißperlen bedeckt. Er sah rot und angestrengt aus, als nähere er sich einer Art innerem emotionalen Höhepunkt.

»Geläutert«, flüsterte Burris. »Sie bieten mir das Fegefeuer an.«

»Nennen Sie es so.«

»Ich verstecke mich wochenlang. Und dann stehe ich für fünf Jahre nackt vor der ganzen Welt. Hm?«

»Alle Spesen frei.«

»Alle Spesen frei«, sagte Burris. »Ja. Ja. Ich akzeptiere die Folter. Ich bin ihr Spielzeug, Chalk. Nur ein Mensch würde das Angebot ablehnen. Aber ich nehme an. Ich nehme an!«

10
Ein Pfund Fleisch

»Er ist im Krankenhaus«, sagte Aoudad. »Sie haben angefangen, ihn zu studieren.« Er zerrte an den Kleidern der Frau. »Zieh das aus, Elise.«

Elise Prolisse schob die forschende Hand beiseite. »Wird Chalk ihm wirklich wieder einen menschlichen Körper geben?«

»Daran habe ich keinen Zweifel.«

»Wenn Marco zurückgekommen wäre, hätte man ihm also auch einen neuen Körper geben können.«

Aoudad blieb unverbindlich. »Du verlierst dich in zu viele Wenn. Marco ist tot. Knöpf dein Kleid auf, Liebes.«

»Warte. Kann ich Burris im Krankenhaus besuchen?«

»Vermutlich. Was willst du von ihm?«

»Nur mit ihm sprechen. Er war der letzte, der meinen Mann lebend gesehen hat, weißt du das nicht mehr? Er kann mir sagen, wie Marco starb.«

»Du würdest es nicht wissen wollen«, sagte Aoudad sanft. »Marco starb, als sie versuchten, ihn zu der Art von Kreatur zu machen, die Burris jetzt ist. Wenn du Burris sehen würdest, würdest du sagen, es ist besser, daß Marco nicht mehr lebt.«

»Aber trotzdem ...«

»Du würdest es nicht wissen wollen.«

»Ich bat darum, ihn sehen zu dürfen, sobald er zurück war«, sagte Elise träumerisch. »Ich wollte mit ihm über Marco sprechen. Und der andere – Malcondotto –, er hatte auch eine Witwe. Aber sie ließen uns nicht in seine Nähe. Und danach verschwand Burris. Du könntest mich zu ihm bringen!«

»Es ist zu deinem eigenen Besten, nicht hinzugehen«, sagte Aoudad zu ihr. Seine Hände krochen an ihrem Körper entlang, langsam, suchten nach den Magnetverschlüssen und lösten sie. Das Kleid öffnete sich. Die schweren Brüste wurden sichtbar, schrecklich weiß, mit tiefroten Spitzen. Er fühlte das Würgen der Begier. Sie packte seine Hände, als er nach ihnen griff.

»Du wirst mir helfen, Burris zu sehen?« fragte sie.

»Ich ...«

»Du wirst mir helfen, Burris zu sehen.« Diesmal war es keine Frage.

»Ja. Ja.«

Die Hände, die ihn aufhielten, gaben den Weg frei. Zitternd schob Aoudad die Kleider zurück. Sie war eine hübsche Frau, über die erste Jugend hinaus, fleischig, aber hübsch. Die Italienerinnen! Weiße Haut, dunkles Haar. *Sensualissima!* Sollte sie Burris sehen, wenn sie unbedingt wollte! Würde Chalk Einwände erheben? Chalk hatte die Art von Ehestiftung, die er erwartete, bereits bezeichnet. Burris und die Witwe Prolisse? Aoudads Gedanken jagten einander.

Elise sah schmachtend zu ihm auf, als sich sein schlanker, sehniger Körper über sie beugte.

Ihr letztes Kleidungsstück wich seinem Angriff. Er starrte auf weiße Flächen, Inseln von Schwarz und Rot.

»Morgen wirst du es einrichten«, flüsterte sie.

»Ja. Morgen.«

Er ließ sich auf ihre Nacktheit fallen. Um den fleischigen Teil ihres linken Oberschenkels trug sie ein schwarzes Samtband. Ein Trauerflor für Marco Prolisse, auf unbegreifliche Weise von unbegreiflichen Wesen auf einer unbegreiflichen Welt zu Tode gebracht. *Pòver'uomo!* Ihr Fleisch brannte. Sie war weißglühend. Ein tropisches Tal öffnete sich vor ihm. Aoudad drang ein. Fast im selben Augenblick folgte ein erstickter, ekstatischer Schrei.

11
Fegefeuer

Das Krankenhaus lag am äußersten Rand der Wüste. Es war ein U-förmiges Gebäude, langgestreckt und niedrig, dessen Flügel nach Osten wiesen. Das Licht der aufgehenden Sonne strich an ihnen entlang, bis es voll auf den langen, horizontalen Trakt fiel, der die beiden parallelen Flügel miteinander verband. Das Gebäude bestand aus graurotem Sandstein. Direkt westlich davon – also hinter dem Hauptteil – befand sich ein schmaler Streifen Garten; jenseits des Gartens begann die Zone der trockenen, bräunlichen Wüste.

Die Wüste war nicht ohne eigenes Leben. Es gab zahlreiche dunkle Salbeibüsche. Unter der trockenen Oberfläche lagen die Gänge der Nagetiere. Nachts konnte man Känguruhmäuse sehen, tagsüber Grashüpfer. Kakteen, Wolfsmilch und andere Sukkulenten bedeckten den Boden.

Ein Teil des reichen Wüstenlebens war in das eigentliche Gelände des Krankenhauses eingedrungen. Der Garten auf der Rückseite war ein Wüstengarten, voll mit den dornigen Pflanzen der Trockenheit. Der Gartenhof zwischen den beiden Flügeln des U war gleichfalls mit Kakteen bepflanzt. Hier stand eine Saguaro, sechsmal größer als ein Mensch, mit zackigem Mittelstamm und fünf himmelwärts gerichteten Armen. Rechts und links neben ihr zwei Exemplare der bizarren Krebskaktee mit solidem Stamm, zwei kleinen, hilfeheischend ausgestreckten Armen und einem Büschel knorriger, verschlungener Triebe an der Spitze. Unten am Weg wuchs die baumhohe, groteske weiße Cholla. Ihr gegenüber, stämmig und derb, der dornengegürtete Rumpf einer

Wasserkaktee. Die stacheligen Rohre einer Opuntia; flache, grauschimmernde Polster von Feigendisteln; die rankende Schönheit eines Cereus. Zu anderen Jahreszeiten trugen diese prachtvollen, dornigen, schwerfälligen Sukkulenten zarte Blüten, gelb, violett und rosa, blaß und zerbrechlich. Doch jetzt war Winter. Die Luft war trocken, der Himmel von hartem Blau, wolkenlos, in dieser Gegend fiel nie Schnee. Ein zeitloser Ort: die Feuchtigkeit war fast gleich Null. Die Winde konnten zwar eisig sein, konnten vom Sommer zum Winter einen Temperatursturz um fünfzig Grad verursachen, doch sonst blieben sie immer unverändert.

Dies war der Ort, an den man Lona Kelvin im Sommer gebracht hatte, vor sechs Monaten, nach ihrem Selbstmordversuch. Damals waren die meisten Kakteen schon verblüht. Jetzt war sie wieder hier, und wieder hatte sie die Blütezeit versäumt. Diesmal war sie drei Monate zu früh statt drei Monate zu spät gekommen. Es wäre besser für sie gewesen, wenn sie ihre Selbstmordabsichten zeitlich etwas genauer abgestimmt hätte.

Die Ärzte standen an ihrem Bett und sprachen über sie, als sei sie gar nicht anwesend.

»Diesmal wird es leichter sein, sie zu reparieren. Nicht nötig, Knochen zu heilen. Nur eine Lungenverpflanzung, dann ist sie wieder in Ordnung.«

»Bis sie es wieder versucht.«

»Das ist nicht meine Sache. Soll man sie doch einer Psychotherapie unterziehen. Ich repariere nur den zerstörten Körper.«

»Nicht zerstört in diesem Fall. Nur mißbraucht.«

»Früher oder später wird sie es schaffen. Wirklich entschlossene Selbstmörder haben immer Erfolg. Sie betreten Nuklearkonverter oder tun sonst etwas Endgültiges. Aus dem neunzigsten Stock springen zum Beispiel. Einen Brei aus Molekülen können wir nicht mehr zusammenflicken.«

»Haben Sie keine Angst, daß Sie sie auf Ideen bringen?«

»Falls sie zuhört. Aber sie hätte selbst daran denken können, wenn sie gewollt hätte.«

»Da haben Sie etwas gesagt! Vielleicht ist sie keine wirklich entschlossene Selbstmörderin. Vielleicht will sie nur Aufmerksamkeit erregen.«

»Das wird es wohl sein. Zwei Selbstmordversuche in sechs Monaten, beide verpatzt – wo sie doch nur das Fenster öffnen und springen müßte ...«

»Wie steht es mit den Alveolen?«

»Nicht schlecht.«

»Ihr Blutdruck?«

»Steigend. Der adrenokortikale Fluß ist verringert. Atmung um zwei Einheiten erhöht. Sie kommt durch.«

»In drei Tagen haben wir sie so weit, daß sie durch die Wüste spaziert.«

»Sie wird Ruhe brauchen. Und jemanden, der mit ihr redet. Warum, zum Teufel, will sie überhaupt sterben?«

»Wer weiß? Ich glaube nicht, daß sie klug genug war, sich umbringen zu wollen.«

»Angst und Zittern. Tödlicher Überdruß.«

»Anomie ist vermutlich vorbehalten für komplexere ...«

Diskutierend entfernten sie sich von ihrem Bett. Lona öffnete nicht die Augen. Sie hatte nicht einmal unterscheiden können, wie viele von ihnen an ihrem Bett gestanden hatten. Drei, vermutete sie. Mehr als zwei, weniger als vier – so schien es. Aber ihre Stimmen waren einander so ähnlich. Und sie diskutierten nicht wirklich miteinander; sie setzten nur eine Feststellung auf die andere und klebten sie sorgfältig fest. Warum hatten sie sie gerettet, wenn sie so gering von ihr dachten?

Diesmal war sie sicher gewesen, daß sie sterben würde.

Es gibt verschiedene Arten zu sterben. Lona war scharfsinnig genug, um die verläßlichsten zu erkennen, doch irgendwie hatte sie sich nicht erlaubt, sie zu erproben, nicht aus Angst vor dem Tdod, sondern aus Angst vor dem, was ihr auf dem Weg dahin begegnen könnte. Damals hatte sie sich vor einen Lastwagen geworfen. Nicht auf die Autobahn, wo die mit zweihundertfünfzig Kilometern in der Stunde auf sie zurasenden Fahrzeuge sie schnell und wirksam zerschmettert hätten, sondern auf einer Stadtstraße, wo sie von einem Wagen erfaßt, hochgeschleudert und gegen eine Hauswand gedrückt wurde, zerbrochen, aber nicht völlig zerstört. So hatte man ihre Knochen geflickt, und nach einem Monat war sie wieder auf den Beinen. Sie hatte keine äußerlichen Narben.

Und gestern – es schien so einfach, durch den Keller nach unten in die Zersetzungskammer zu gehen, unter sorgfältiger Mißachtung der Vorschriften die Abfallbeseitigungsluke zu öffnen, ihren Kopf hineinzustecken und die ätzenden Dämpfe tief einzuatmen.

Kehle, Lunge und schlagendes Herz hätten sich auflösen sollen. Hätte man sie für eine Stunde zuckend auf dem kalten Boden liegenlassen, wäre das auch geschehen. Doch binnen Minuten war Lona in hilfreichen Händen. Jemand zwang eine neutralisierende Substanz in ihre Kehle. Sie wurde in einen Wagen geschoben. Erste-Hilfe-Station. Dann das Krankenhaus, fünfzehnhundert Kilometer von zu Hause entfernt.

Sie war am Leben.

Natürlich war sie verletzt. Sie hatte ihre Nasenwege verbrannt, ihre Kehle beschädigt, eine beträchtliche Menge Lungengewebe verloren. Die kleinen Schäden hatte man in der vorigen Nacht behoben. Nase und Kehle heilten bereits. In ein paar Tagen würden ihre Lungen wieder vollständig sein. Der Tod hatte in dieser Welt fast keine Gewalt mehr.

Bleiches Sonnenlicht streichelte ihre Wangen. Es war Spätnachmittag; die Sonne stand hinter dem Krankenhaus, sank dem Pazifik entgegen. Flatternd öffneten sich Lonas Lider. Weiße Kittel, weiße Laken, grüne Wände. Ein paar Bücher, ein paar Bänder. Eine Reihe medizinischer Geräte, vorsorglich hinter einer durchsichtigen Scheibe verschlossen. Ein Privatzimmer! Wer bezahlte das? Beim letzten Mal hatten die Wissenschaftler der Regierung bezahlt. Aber jetzt?

Von ihrem Fenster aus konnte sie die verzerrten, wie im Schmerz erstarrten, dornigen Formen der Kakteen im heiteren Garten sehen. Sie kniff die Augen zusammen und erkannte zwei Gestalten, die sich zwischen den bizarren Pflanzenreihen bewegten. Die eine, ein ziemlich großer Mann, trug einen gelblichen Morgenrock, wie ihn das Krankenhaus zur Verfügung stellte. Seine Schultern waren ungewöhnlich breit, Gesicht und Hände bandagiert. Er hat sich schwer verbrannt, dachte Lona. Der arme Mann. Neben ihm ging ein kleinerer Mann im Geschäftsanzug, mager, ruhelos. Der große zeigte dem anderen einen Kaktus. Sagte etwas zu ihm, hielt ihm vielleicht einen Vortrag über Kakteen. Jetzt streckte er eine bandagierte Hand aus. Berührte die langen, scharfen Stacheln. Vorsicht! Sie werden sich verletzen! Er drückt seine Hand fest in die Stacheln! Jetzt wendet er sich an den kleineren Mann, zeigt auf die Kakteen. Der Kleine schüttelt den Kopf – nein, er will sich nicht an den Stacheln stechen.

Der Große muß ein bißchen verrückt sein, entschied Lona.

Sie sah zu, wie die beiden sich ihrem Fenster näherten. Sie sah die spitzen Ohren und die grauen Knopfaugen des kleineren Mannes. Vom Gesicht des größeren konnte sie nichts erkennen. Nur winzige Schlitze öffneten sich in der weißen Wand seiner Bandagen. Rasch lieferten Lonas Gedanken die Einzelheiten seiner Einstellung: die verrunzelte, geriffelte Haut, das von den Flammen zerfurchte, zerfressene Fleisch, die in fixiertem Hohn zur Seite gezogenen Lippen. Aber sie konnten das reparieren. Gewiß konnten sie ihm ein neues Gesicht geben. Sie würden ihn wieder in Ordnung bringen.

Lona fühlte tiefen Neid. Ja, dieser Mann hatte Schmerzen erlitten, doch bald würden die Ärzte alles reparieren. Seine Schmerzen waren nur äußerlich. Sie würden ihn fortschicken, groß und stark und wieder gutaussehend, zurück zu seiner Frau zu seinen ...

... Kindern.

Die Tür wurde geöffnet. Eine Krankenschwester trat ein, eine menschliche Krankenschwester, kein Roboter. Ihr Lächeln war leer, unpersönlich.

»Ach, Sie sind wach, meine Liebe? Haben Sie gut geschlafen? Das ist fein! Ich bin gekommen, um Sie fertigzumachen. Wir werden Ihre Lungen ein bißchen erneuern. Sie werden überhaupt nichts spüren – Sie machen einfach die Augen zu, und wenn Sie aufwachen, funktionieren Ihre Lungen wie neu!«

Das war die reine Wahrheit, wie üblich.

Es war Morgen, als sie sie in ihr Zimmer zurückbrachten, daher wußte Lona, daß sie mehrere Stunden an ihr gearbeitet und sie dann in den Raum für frisch Operierte geschoben hatten. Jetzt war sie selbst in Verbände gehüllt. Sie hatten ihren Körper geöffnet, neue Lungensegmente eingesetzt und ihn wieder geschlossen. Sie fühlte keinen Schmerz, noch nicht. Das Klopfen würde später anfangen. Ob es eine Narbe geben würde? Selbst jetzt noch gab es Operationen, die manchmal Narben hinterließen, in den meisten Fällen allerdings nicht. Lona sah einen zackigen roten Strich vom Haaransatz aus zwischen ihren Brüsten verlaufen. Bitte, nein, keine Narbe.

Sie hatte gehofft, auf dem Operationstisch zu sterben. Es hatte ausgesehen, als sei das ihre letzte Chance. Jetzt würde sie heimgehen müssen, lebend, unverändert.

Der große Mann spazierte wieder durch den Garten. Diesmal war er allein. Und diesmal trug er keine Verbände. Onwohl er ihr den Rücken zudrehte, sah Lona den nackten Hals, den Rand seines Kiefers. Wieder untersuchte er die Kakteen. Was zog ihn an diesen häßlichen Pflanzen an? Jetzt kniete er nieder, griff in die Stacheln. Jetzt stand er auf. Drehte sich um.

Mein Gott, der arme Mann!

Erschüttert und verwirrt starrte Lona in sein Gesicht. Er war zu weit entfernt, als daß sie Einzelheiten hätte erkennen können, doch daß an seinem Gesicht nichts mehr stimmte, sah sie deutlich.

So müssen sie ihn operiert haben, dachte sie. Nach dem Feuer. Doch warum hatten sie ihm kein normales Gesicht geben können? Warum hatten sie ihm das angetan?

Sie konnte die Augen nicht abwenden. Der Anblick dieser künstlichen Züge faszinierte sie. Der Mann schlenderte auf das Gebäude zu, bewegte sich langsam, sicher. Ein starker Mann. Ein Mann, der Leid ertragen konnte. Er tut mir so leid. Ich wünschte, ich könnte etwas tun, um ihm zu helfen.

Sie sagte sich, daß das albern war. Er hatte eine Familie. Er würde zurechtkommen.

12
Dornen

Burris erhielt die schlechte Nachricht an seinem fünften Tag im Krankenhaus.

Er war im Garten, wie gewöhnlich. Aoudad kam zu ihm.

»Es können keine Hautverpflanzungen gemacht werden. Die Ärzte sagen nein. Sie sind voll von verrückten Antikörpern.«

»Das wußte ich schon.« Ruhig.

»Selbst Ihre eigene Haut stößt Ihre Haut ab.«

»Ich kann es ihr kaum übelnehmen«, sagte Burris.

Sie gingen an der Saguaro vorbei. »Sie können irgendeine Art Maske tragen. Es würde ein bißchen unbequem sein, aber sie sind heutzutage ganz gut. Die Maske atmet. Poröses Plastikmaterial, direkt auf der Haut. Sie würden sich binnen einer Woche daran gewöhnen.«

»Ich werde es mir überlegen«, versprach Burris. Er kniete neben einem kleinen Rohrkaktus nieder. Konvexe Stachelreihen erstreckten sich in einem großen Bogen zum Pol hin. Blütenknospen schienen sich zu bilden. Auf dem kleinen, glänzenden Schild am Boden stand *Echinocactus grusoni*. Burris las es laut vor.

»Diese Kakteen faszinieren Sie sehr«, sagte Aoudad. »Warum? Was haben sie für Sie Besonderes?

»Schönheit.«

»Die hier? Sie bestehen doch nur aus Stacheln!«

»Ich liebe Kakteen. Ich wünschte, ich könnte für immer in einem Kakteengarten leben.« Seine Fingerspitze berührte einen Stachel. »Wissen Sie, daß Sie auf Manipool fast nichts anders als dornige Sukkulenten finden?

Ich würde sie natürlich nicht Kakteen nennen, aber der allgemeine Eindruck ist derselbe. Es ist eine trockene Welt, Regengürtel an den Polen und dann zunehmende Trockenheit, je näher man dem Äquator kommt. Am Äquator regnet es alle Millionen Jahre einmal, in den gemäßigten Zonen nur wenig häufiger.«

»Heimweh?«

»Kaum. Aber dort habe ich die Schönheit von Dornen kennengelernt.«

»Dornen? Sie stechen.«

»Das ist ein Teil ihrer Schönheit.«

»Jetzt hören Sie sich wie Chalk an«, murmelte Aoudad. »Er sagt, Schmerz sei lehrreich. Schmerz sei Gewinn. Und Dornen seien schön. Mir ist eine Rose lieber.«

»Rosensträucher haben auch Stacheln«, bemerkte Burris gelassen.

Aoudad sah betrübt aus. »Dann eben Tulpen. Tulpen!«

Burris sagte: »Der Dorn ist nur eine hochentwickelte Blattform. Eine Anpassung an eine rauhe Umgebung. Kakteen können es sich nicht leisten, Wasser zu verdunsten wie Blattpflanzen. Also passen sie sich an. Schade, daß Sie eine so elegante Anpassung als häßlich empfinden.«

»Ich glaube, ich habe mir nie viel Gedanken darüber gemacht. Hören Sie, Burris, Chalk hätte gern, daß Sie noch für eine oder zwei Wochen hierbleiben.«

»Aber wenn eine Gesichtsplastik unmöglich ist ...«

»Man möchte Sie einer Generaluntersuchung unterziehen. Mit besonderem Augenmerk auf die spätere Körpertransplantation.«

»Ich verstehe.« Burris nickte kurz. Er wandte sich zur Sonne, ließ die schwachen, winterlichen Strahlen sein Gesicht berühren. »Wie gut es tut, wieder im Sonnenschein zu stehen! Ich bin Ihnen dankbar, Bart, wissen Sie das? Sie haben mich aus diesem Zimmer gezerrt, dieser dunklen Nacht der Seele. Jetzt fühle ich, wie alles in mir auftaut, aufbricht, sich bewegt. Verwechsle ich die Metaphern? Sie sehen doch, wieviel weniger starr ich schon bin.«

»Sind Sie flexibel genug, um sich mit einem Besucher zu unterhalten?«

»Mit wem?« Sofort argwöhnisch.

»Marco Prolisses Witwe.«

»Elise? Ich dachte, sie sei in Rom.«

»Von Rom nach hier ist es nur eine Stunde. Sie wünscht sehnlichst, Sie zu sprechen. Sie sagt, die Behörden hätten Sie von ihr ferngehalten. Ich möchte Sie nicht zwingen, aber ich meine, Sie müßten sie zu sich lassen. Vielleicht könnten Sie die Verbände wieder anlegen.«

»Nein. Keine Verbände. Nie mehr. Wann wird sie hier sein?«

»Sie ist bereits hier. Sagen Sie ein Wort, und ich bringe sie her.«

»Dann bringen Sie sie. Ich werde sie im Garten begrüßen. Hier ist es fast so wie auf Manipool.«

Aoudad war merkwürdig still. Nach einer Weile sagte er: »Treffen Sie sie in Ihrem Zimmer.«

Burris zuckte die Achseln. »Wie Sie meinen.« Er streichelte die Dornen.

Krankenschwestern, Pfleger, Ärzte, Techniker, Patienten in Rollstühlen, alle starrten ihn an, als er das Gebäude betrat. Selbst zwei Arbeitsroboter musterten ihn merkwürdig, versuchten, ihn in ihre programmierten Kenntnisse von den körperlichen Erscheinungsformen des Menschen einzufügen. Burris machte sich nichts daraus. Das Bewußtsein seiner Einstellung wich schnell, von Tag zu Tag mehr. Die Verbände, die er an seinem ersten Tag hier getragen hatte, erschienen ihm jetzt als absurder Einfall. Es war, wie wenn man in der Öffentlichkeit nackt herumlief, dachte er: Zuerst scheint es undenkbar, dann, mit der Zeit, wird es erträglich, schließlich Gewohnheit. Man muß sich an sein Ich gewöhnen.

Trotzdem fühlte er sich unbehaglich, als er auf Elise Prolisse wartete.

Er stand am Fenster und betrachtete den Innenhof, als es klopfte. Irgendein Impuls (Takt oder Angst?) veranlaßte ihn in letzter Minute, mit dem Rücken zur Tür stehenzubleiben, als sie eintrat. Schüchtern wurde die Tür geschlossen. Er hatte Elise seit fünf Jahren nicht mehr gesehen, doch er hatte sie als üppig in Erinnerung, ein wenig verblüht, aber eine hübsche Frau. Sein geschärftes Gehör sagte ihm, daß sie allein eingetreten war, ohne Aoudad. Ihr Atem ging rauh und unregelmäßig. Er hörte, wie sie die Tür verschloß.

»Minner«, sagte sie sanft, »Minner, drehen Sie sich um und sehen Sie mich an. Es ist in Ordnung. Ich kann es verkraften.«

Dies war anders, als sich namenlosem Krankenhauspersonal zu zeigen. Zu seiner Bestürzung merkte Burris, wie sich die scheinbar dauerhafte Gelassenheit der letzten paar Tage rasch auflöste. Panik ergriff ihn. Er sehnte sich danach, sich zu verstecken. Doch die Bestürzung erzeugte Grausamkeit, eine eisige Entschlossenheit, Schmerz zuzufügen. Er drehte sich auf den Absätzen und schwang herum, um seinen Anblick in Elise Prolisses große, dunkle Augen zu schleudern.

Gesteh es ihr zu: sie ist anpassungsfähig.

»Mein Gott«, flüsterte sie. »Mein Gott, Minner, es ist«, ein leichter Ruck, »nicht so schrecklich. Ich hörte, es sei viel schlimmer.«

»Glauben Sie, ich sei hübsch?«

»Sie erschrecken mich nicht. Ich dachte, es würde vielleicht erschreckend sein.« Sie kam auf ihn zu. Sie trug ein enganliegendes schwarzes Kleid, das vermutlich aufgesprüht war; hohe Brüste waren wieder in Mode, und so trug Elise ihre hoch, fast aus dem Schlüsselbein entspringend und deutlich geteilt. Eine Brustplastik war das Geheimnis. Die prallen Fleischhügel waren ganz unter dem Kleid verborgen, aber was konnte eine dünne Sprayschicht schon verbergen? Ihre Hüften waren geschwungen, ihre Schenkel Säulen. Doch sie hatte etwas abgenommen. Zweifellos hatte in den letzten anstrengenden Monaten Schlaflosigkeit einige Zentimeter von diesem kontinentalen Hinterteil abgetragen. Sie war ihm jetzt ganz nahe. Irgendein verwirrendes Parfüm hüllte ihn ein, und ohne bewußte Anstrengung verschloß Burris seinen Geruchssinn davor.

Seine Hand glitt zwischen ihre Hände.

Seine Augen trafen ihre. Sie wich zurück, aber nur für den Bruchteil einer Sekunde.

»Ist Marco tapfer gestorben?« fragte sie.

»Er starb wie ein Mann. Wie der Mann, der er war.«

»Haben Sie es gesehen?«

»Nein, nicht die letzten Augenblicke. Ich sah, wie sie ihn fortbrachten. Während wir warteten, daß wir an die Reihe kämen.«

»Dachten Sie, daß Sie auch sterben würden?«

»Ich war davon überzeugt. Ich sprach die letzten Worte für Malcondotto. Er sprach sie für mich. Doch ich kam zurück.«

»Minner, Minner, Minner, wie schrecklich muß es gewesen sein!« Immer noch hielt sie seine Hand umklammert. Sie streichelte seine Finger ... streichelte sogar den kleinen Greifwurm dicht neben seinem kleinen Finger. Burris spürte den fast unmerklichen entsetzten Ruck, als sie das ekelhafte Ding berührte. Ihre Augen waren groß, ernst, ohne Tränen. Sie hat zwei Kinder, oder sind es drei? Aber immer noch jung. Immer noch vital. Er wünschte, sie würde seine Hand loslassen. Ihre Nähe war verwirrend. Er spürte die von ihren Schenkeln ausgehende Wärmestrahlung, ziemlich niedrig auf dem elektromagnetischen Spektrum, aber wahrnehmbar. Er hätte sich auf die Lippen gebissen, um seine plötzliche Erregung zu dämpfen, wenn er die Lippe noch zwischen die Zähne hätte schieben können.

»Wann erhielten Sie die Nachricht über unser Schicksal?« fragte er.

»Als sie von der Aufnahmestation auf Ganymed kam. Man brachte es mir sehr schonend bei. Aber ich habe schreckliche Dinge gedacht. Ich muß sie Ihnen gestehen. Ich wollte von Gott wissen, warum Marco gestorben war und Sie noch lebten. Es tut mir leid, Minner.«

»Es braucht Ihnen nicht leid zu tun. Wenn ich die Wahl hätte, wäre ich tot und er am Leben. Beide, Marco und Malcondotto. Glauben Sie mir. Ich rede das nicht so dahin, Elise. Ich würde tauschen.«

Er fühlte sich wie ein Heuchler. Lieber tot als verstümmelt, natürlich! Aber so würde sie seine Worte nicht verstehen. Sie würde nur das edle Motiv sehen, den unverheirateten Überlebenden, der wünscht, er könne sein Leben hergeben, um die toten Ehemänner und Väter zu retten. Was konnte er ihr sagen? Er hatte sich geschworen, nicht zu jammern.

»Erzählen Sie mir, wie es war«, sagte sie. Sie hielt immer noch seine Hand, setzte sich auf den Bettrand und zog ihn mit sich. »Wie sie euch gefangen haben. Wie sie euch behandelten. Wie es war. Ich muß es wissen!«

»Eine gewöhnliche Landung«, sagte Burris. »Eine Standardlandung mit den üblichen Kontaktprozeduren. Keine schlechte Welt; trocken; wenn man ihr Zeit gibt, wird sie wie Mars. Noch zwei Millionen Jahre. Im Moment ist sie eine Mischung aus Arizona, Sonora und Sahara. Wir haben die Wesen getroffen. Sie haben uns getroffen.«

Er schloß seine entstellten Augenlider. Er fühlte die sengende Hitze des Windes von Manipool. Er sah die Kakteenformen, schlangenhafte graue Pflanzen, die sich verschlungen und dornig Hunderte von Metern weit über den Sand erstreckten. Wieder kamen die Fahrzeuge der Eingeborenen auf ihn zu.

»Sie waren höflich zu uns. Man hatte sie schon früher besucht, sie kannten die ganze Kontaktroutine. Sie selbst betrieben keine Raumfahrt, aber nur, weil sie sich nicht dafür interessierten. Sie sprachen einige Sprachen. Malcondotto konnte mit ihnen reden; er beherrschte einen sirianischen Dialekt, und sie konnten ihm folgen. Sie waren höflich, distanziert – fremd. Sie nahmen uns mit.«

Über seinem Kopf ein Dach, in dem Geschöpfe wuchsen. Doch keine Dinge auf niedriger Entwicklungsstufe. Keine fluoreszierenden Pilze. Es waren schwarzknochige Kreaturen, die aus dem gewölbten Dach sprossen. Röhren gärender Gemische mit anderen lebenden Wesen darin. Winzige, rosige, zweiästige Gebilde mit heftig strampelnden Beinen. Burris sagte: »Ein seltsamer Ort. Aber nicht feindlich. Sie schubsten uns ein bißchen herum, stießen uns. Wir sprachen. Wir beobachteten. Nach einer Weile dämmerte uns, daß wir gefangen waren.«

Elises Augen glänzten. Sie hingen an seinen Lippen, die die Worte formten.

»Eine hochentwickelte, wissenschaftlich gebildete Kultur, zweifellos. Fast schon nachwissenschaftlich. Sicherlich nachindustriell. Malcondotto dachte, daß sie Kernenergie verwendeten, aber wir waren nie ganz sicher. Nach dem dritten oder vierten Tag hatten wir keine Gelegenheit, das nachzuprüfen.«

Er merkte plötzlich, daß sie das überhaupt nicht interessierte. Sie hörte kaum zu. Warum war sie dann gekommen? Warum hatte sie gefragt? Die Geschichte, die im Mittelpunkt seines Daseins stand, sollte auch sie angehen, doch sie saß da, sah ihn stirnrunzelnd und mit großen Augen an, ohne zuzuhören. Finster starrte er sie an. Die Tür war verschlossen. Sie kann nichts anderes tun als zuhören. *Und so sprach dann der alte Seemann, im Auge glüh'nde Qual.*

»Am sechsten Tag kamen sie und holten Marco fort.«

Ein Anflug von Wachsamkeit. Ein Sprung in der glatten Oberfläche sinnlicher Sanftheit.

»Wir sahen ihn nicht mehr lebend wieder. Wir spürten gleich, daß sie uns etwas Schlimmes antun würden. Marco ahnte es zuerst. Er war immer ein bißchen wie ein Hellseher.«

»Ja. Ja, das war er. Ein wenig.«

»Er ging. Malcondotto und ich stellten Vermutungen an. Einige Tage vergingen, dann kamen sie auch Malcondotto holen. Marco war nicht zurückgekehrt. Malcondotto sprach mit ihnen, bevor sie ihn mitnahmen. Er erfuhr, daß sie mit Marco eine Art ... Experiment vorgenommen hatten. Ein Mißerfolg. Sie begruben ihn, ohne ihn uns zu zeigen. Dann machten sie sich bei Malcondotto an die Arbeit.«

Ich habe sie wieder verloren, merkte er. Es ist ihr gleichgültig. Ein Schimmer von Interesse, als ich ihr sagte, wie Prolisse starb. Dann ... *nulla.*

Sie kann nichts anderes tun als zuhören.

»Nach Tagen kamen sie mich holen. Sie zeigten mir Malcondotto, tot. Er sah ... ähnlich aus wie ich jetzt. Anders. Schlimmer. Ich konnte nicht verstehen, was sie zu mir sagten. Ein dröhnendes Summen, ein schnatternder, krächzender Ton. Was für ein Geräusch würden Kakteen machen, wenn sie sprechen könnten? Sie brachten mich zurück und ließen mich eine Weile warten. Ich nehme an, daß sie die ersten beiden Experimente noch einmal durchgingen, herauszufinden versuchten, was sie falsch gemacht hatten, an welchen Organen man nicht herumspielen durfte. Ich wartete eine Million Jahre auf ihre Rückkehr. Sie kamen. Sie legten mich auf einen Tisch, Elise. Den Rest können Sie sehen.«

»Ich liebe dich«, flüsterte sie.

...?

»Ich begehre dich, Minner. Ich brenne.«

»Es war eine einsame Heimreise. Sie setzten mich in

mein Schiff. Ich konnte immer noch einigermaßen damit umgehen. Sie rehabilitierten mich. Ich flog auf dieses System zu. Es war eine schlimme Reise.«

»Aber du hast es geschafft, zur Erde zurückzukommen.«

Wie kommt's dann, daß du außerhalb der Hölle?

Ich bin nicht außerhalb, dies hier ist Hölle!

»Ich habe es geschafft, ja«, sagte er. »Ich hätte Sie nach der Landung besucht, Elise, aber Sie müssen verstehen, daß ich nicht tun konnte, was ich wollte. Zuerst hielten sie mich fest. Dann ließen sie mich gehen, und ich rannte davon. Sie müssen mir verzeihen.«

»Ich verzeihe dir. Ich liebe dich.«

»Elise ...«

Sie berührte etwas an ihrem Hals. Die polymerisierten Ketten ihres Kleides lösten sich auf. Schwarzer Stoff lag zu ihren Füßen, sie stand nackt vor ihm.

So viel Fleisch. Berstend vor Vitalität. Ihre Hitze war überwältigend.

»Elise ...«

»Komm, berühre mich. Mit deinem seltsamen Körper. Mit diesen Händen. Ich möchte das gekrümmte Ding spüren, das du an jeder Hand hast. Spüren, wie es mich streichelt.«

Sie hatte breite Schultern. Ihre Brüste waren fest verankert an den starken Schulterknochen, den straffen Bändern. Die Hüften, Gesäß und die Schenkel einer Kurtisane. Sie war ihm schrecklich nahe, er fröstelte in der Glut; dann trat sie zurück, damit er sie ganz sehen konnte.

»Das ist nicht richtig, Elise.«

»Aber ich liebe dich! Fühlst du nicht, wie stark das ist?«

»Ja. Ja.«

»Du bist alles, was ich habe. Marco ist fort. Du hast ihn zuletzt gesehen. Du bist meine Verbindung zu ihm. Und du bist so ...«

Du bist Helena, dachte er.

»... schön.«

»Schön? Bin ich schön?«

Chalk hatte es gesagt, Duncan der Korpulente. *Ich möchte sogar behaupten, daß eine Menge Frauen Ihnen zu Füßen liegen würden ... das Groteske hat seine Anziehungskraft.*

»Bitte. Elise, ziehen Sie sich an.«

Jetzt sprühte Zorn aus ihren sanften, warmen Augen. »Du bist nicht krank. Du bist stark!«

»Vielleicht.«

»Aber du weist mich zurück?« Sie zeigte auf seine Brust. »Diese Fremden – sie haben dich nicht zerstört. Du bist immer noch ein ... Mann.«

»Vielleicht.«

»Dann ...«

»Ich habe so viel durchgemacht, Elise.«

»Ich etwa nicht?«

»Sie haben Ihren Mann verloren. Das ist so alt wie die Welt. Was mit mir passiert ist, ist völlig neu. Ich möchte nicht ...«

»Hast du Angst?«

»Nein.«

»Dann zeig mir deinen Körper. Zieh den Mantel aus. Da ist das Bett.«

Er zögerte. Sicher kannte sie seine geheime Schuld. Er hatte sie jahrelang begehrt. Aber man spielt nicht mit den Frauen seiner Freunde, und sie war Marcos Frau. Jetzt war Marco tot. Elise stand da, sinnlich selbst in ihrem Zorn. Eine Helena.

Sie warf sich ihm entgegen.

Die fleischigen Hügel drängten gegen seine Brust, der feste Bauch preßte sich an ihn, die Hände umklammerten seine Schultern. Sie war eine große Frau. Er sah das Aufblitzen ihrer Zähne. Dann küßte sie ihn, verschlang seinen Mund, der starr zwischen ihren Lippen zuckte.

Es saugen ihre Lippen meine Seele aus mir – da fliegt sie, schau!

Seine Hände lagen auf der seidigen Glätte ihres Rükkens. Seine Nägel gruben sich in ihr Fleisch. Die kleinen Tentakel bewegten sich in engen Kreisen. Sie drängte ihn nach hinten, auf das Bett, die Gottesanbeterin, die ihr Männchen gepackt hält.

Komm, Helena, komm, gib küssend mir meine Seele wieder!

Zusammen fielen sie auf das Bett. Ihr schwarzes Haar klebte schweißnaß an ihren Wangen. Ihre Brüste tanzten in Erregung, ihre Augen glänzten wie Jade. Sie zerrte an seinem Mantel.

Es gibt Frauen, die Bucklige suchen, Amputierte; Frauen, die Gelähmte, Krüppel, Aussätzige begehren. Elise begehrte ihn. Die heiße Flut ihrer Sinnlichkeit überschwemmte ihn. Sein Mantel teilte sich, und er war nackt vor ihr.

Er ließ sie sehen, wie er jetzt war.

Es war eine Probe; er betete, daß sie sie nicht bestehen möge, doch sie bestand sie, denn der Anblick seines Körpers schürte ihre Glut nur noch mehr. Er sah ihre geweiteten Nüstern, ihre gerötete Haut. Er war ihr Gefangener, ihr Opfer.

Sie siegt. Aber ich werde etwas gewinnen.

Er wandte sich ihr zu, griff nach ihren Schultern, zwang sie auf die Matratze und lehnte sich über sie. Das war ihr letzter Triumph einer Frau, im Moment des Sieges zu verlieren, sich im letzten Augenblick zu ergeben. Ihre Schenkel verschlangen ihn. Ihre seidige Haut umfing sein allzu kaltes Fleisch. In einem Ausbruch dämonischer Wut stieß er zu und drang ihr bis ins Innerste.

13
Rosenfingrige Eos

Tom Nikolaides trat in den Raum. Das Mädchen war jetzt wach und blickte durch das Fenster in den Garten. Nikolaides trug einen kleinen Blumentopf mit einem Kaktus, einem häßlichen Kaktus, mehr grau als grün und bewehrt mit bösartigen Stacheln.

»Na, geht es Ihnen jetzt besser?«

»Ja«, sagte Lona, »viel besser. Soll ich nach Hause?«

»Noch nicht. Wissen Sie, wer ich bin?«

»Nicht genau.«

»Tom Nikolaides. Nennen Sie mich Nick. Ich habe mit Public Relations zu tun. Reaktionsingenieur.«

Sie nahm die Information verblüfft auf. Er stellte den Kaktus auf den Tisch neben ihrem Bett.

»Ich weiß alles über Sie, Lona. Ich hatte am Rande mit dem Babyexperiment im vorigen Jahr zu tun. Vielleicht haben Sie es vergessen, aber ich habe Sie interviewt. Ich arbeite für Duncan Chalk. Vielleicht wissen Sie, wer das ist?«

»Sollte ich das?«

»Einer der reichsten Männer der Welt. Einer der mächtigsten. Ihm gehören Nachrichtensender ... Videostationen ... Ihm gehört die Arkade. Er hat großes Interesse an Ihnen.«

»Warum haben Sie mir diese Pflanze gebracht?«

»Später. Ich ...«

»Sie ist sehr häßlich.«

Nikolaides lächelte. »Lona, wie würde es Ihnen gefallen, ein paar von Ihren Babys zu haben? Zwei vielleicht, um sie selbst großzuziehen.«

»Ich finde das nicht sehr witzig.«

Nikolaides beobachtete, wie Farbe in ihre hohlen Wangen kam und ein harter Funke des Begehrens in ihren Augen aufglomm. Er kam sich vor wie ein elender Wicht.

Er sagte: »Chalk kann das für Sie arrangieren. Sie *sind* ihre Mutter, wissen Sie. Er könnte Ihnen einen Jungen und ein Mädchen verschaffen.«

»Ich glaube Ihnen nicht.«

Nikolaides beugte sich vor und versuchte es mit väterlicher Herzlichkeit. »Sie müssen mir glauben, Lona. Sie sind ein unglückliches Mädchen, ich weiß. Und ich weiß auch, *warum* Sie unglücklich sind. Diese Babys. Hundert Kinder, aus Ihrem Körper genommen, Ihnen weggenommen. Und dann stieß man Sie beiseite, vergaß Sie. Als wären Sie einfach eine Sache, ein Roboter, der Babys macht.«

Sie begann sich zu interessieren, war aber immer noch skeptisch.

Er nahm den kleinen Kaktus wieder auf und spielte mit dem glänzenden Topf, steckte einen Finger in das Abflußloch im Boden und zog ihn wieder heraus. »Wir können Ihnen zwei von diesen Babys verschaffen«, sagte er mit ernster Miene, »aber es wird nicht leicht sein. Chalk müßte eine Menge Fäden ziehen. Er wird es tun, aber er möchte, daß Sie als Gegenleistung auch etwas für ihn tun.«

»Wenn er so reich ist, was kann ich dann für ihn tun?«

»Sie könnten einem andern unglücklichen Menschen helfen und damit Mr. Chalk einen persönlichen Gefallen tun. Und dann wird er Ihnen helfen.«

Sie war verblüfft.

Nikolaides beugte sich zu ihr herunter. »Ein Mann ist hier in diesem Krankenhaus. Vielleicht haben Sie ihn gesehen. Vielleicht haben Sie von ihm gehört. Er ist Raumfahrer. Er flog zu einem fremden Planeten und wurde von Monstren gefangengenommen. Sie haben ihn verpfuscht. Sie nahmen ihn auseinander und setzten ihn falsch zusammen.«

»Das haben sie mit mir auch gemacht. Nur ohne mich vorher auseinanderzunehmen«, sagte Lona.

»Also gut. Er ging im Garten spazieren. Ein großer Mann. Aus der Entfernung merkt man vielleicht nicht, daß mit ihm etwas nicht stimmt, wenn man sein Gesicht nicht sehen kann. Er hat Augen, die sich *so* öffnen.« Er krümmte seine Zeigefinger über die Augen. »Und einen Mund – ich kann Ihnen nicht zeigen, was mit seinem Mund ist, aber er ist nicht menschlich. Aus der Nähe gesehen ist er ziemlich erschreckend. Aber innerlich ist er nach wie vor ein Mensch, und er ist ein wunderbarer Mensch, nur natürlich sehr verbittert über alles, was man ihm angetan hat. Chalk möchte ihm helfen. Er möchte ihm dadurch helfen, daß jemand nett zu ihm ist. Sie wissen, was Leiden ist, Lona. Setzen Sie sich mit diesem Mann in Verbindung. Seien Sie gut zu ihm. Zeigen Sie ihm, daß er immer noch ein Mensch ist, daß jemand ihn lieben kann. Bringen Sie ihn zu sich selbst zurück. Und wenn Sie das tun, wird Chalk sehen, daß Sie Ihre Babys bekommen.«

»Erwartet man von mir, daß ich mit ihm schlafe?«

»Man erwartet von Ihnen, daß Sie nett zu ihm sind. Ich habe nicht vor, Ihnen zu sagen, was das bedeutet. Tun Sie, was immer ihn glücklich machen würde. Sie müssen das beurteilen. Nehmen Sie einfach Ihre eigenen Gefühle, wenden Sie sie um, das Innere nach außen. Sie wissen wohl ungefähr, was er durchmacht.«

»Weil man ihn zu einer Mißgeburt gemacht hat. Und mich ebenfalls.«

Nikolaides fiel keine taktvolle Entgegnung auf diese Feststellung ein. Er nahm sie schweigend zur Kenntnis.

Er sagte: »Dieser Mann heißt Minner Burris. Sein Zimmer liegt Ihrem direkt gegenüber auf der anderen Seite der Halle. Zufällig interessiert er sich für Kakteen, Gott weiß warum. Ich dachte, Sie könnten ihm diesen

Kaktus als Aufmunterungsgeschenk schicken. Das wäre eine hübsche Geste. Sie könnte zu größeren Dingen führen. Ja?«

»Wie war der Name?«

»Nikolaides.«

»Nicht Ihrer. Seiner.«

»Minner Burris. Und sehen Sie, Sie können eine Karte mitschicken. Tippen Sie sie nicht mit der Maschine, schreiben Sie sie von Hand. Ich werde sie Ihnen diktieren, und Sie können sie ändern, wie es Ihnen gefällt.« Sein Mund war trocken. »Hier. Hier ist ein Stift ...«

14
Und wenn sie nicht gestorben sind ...

Da zwei seiner engsten Gehilfen sich im Westen aufhielten und mit Burris und Lona einen komplizierten, ballettartigen Pas de quatre aufführten, war Duncan Chalk gezwungen, sich fast ausschließlich auf Leontes d'Amore zu verlassen. Natürlich war d'Amore fähig, sonst hätte er es nie so weit gebracht. Dennoch fehlten ihm Nikolaides' Charakterstabilität und Aoudads verzehrende Mischung aus Ehrgeiz und Unsicherheit. D'Amore war schlau, aber unstet, ein Mann wie Treibsand.

Chalk war zu Hause, in seinem Palast am See. Überall um ihn herum tickten Fernschreiber und Nachrichtenbänder, doch er konnte sie mit Leichtigkeit aus seinem Bewußtsein ausschließen. Während d'Amore hinter seinem linken Ohr stand, meisterte Chalk geduldig und zügig den sich auftürmenden Stapel der täglichen Arbeit. Wie es hieß, bewältigte der Kaiser Ts'in Schi-huang-ti täglich mehr als einhundertzwanzig Pfund Dokumente und fand trotzdem noch Zeit, die Chinesische Mauer zu bauen. Natürlich wurden Dokumente damals auf Bambustafeln geschrieben, die wesentlich schwerer wogen als Mikrostreifen. Doch der alte Schi-huang-ti war zu bewundern. Er war einer von Chalks Vorbildern.

Er sagte: »Um welche Zeit gab Aoudad diesen Bericht durch?«

»Eine Stunde bevor Sie aufwachten.«

»Man hätte mich wecken sollen. Sie wissen das. Er weiß das.«

D'Amores Lippen verzogen sich zu einer eleganten

Grimasse der Betrübnis. »Da keine Krise vorlag, dachten wir ...«

»Sie hatten unrecht.« Chalk drehte sich um und nagelte d'Amore mit einem kurzen Blick fest. D'Amores Unbehagen stillte Chalks Bedürfnis bis zu einem gewissen Grade, doch nicht ausreichend. Das unbedeutende ängstliche Sichwinden von Untergebenen war nicht nahrhafter als Stroh. Er brauchte Fleisch. Er sagte: »Also haben Burris und das Mädchen sich kennengelernt.«

»Mit großem Erfolg.«

»Ich wünschte, ich hätte es sehen können. Wie verhielten sie sich zueinander?«

»Sie sind beide sehr reizbar. Aber im Grunde finden sie einander sympathisch. Aoudad meint, alles würde klappen.«

»Habt ihr schon eine Reiseroute für sie geplant?«

»Wir sind dabei. Luna Tivoli, Titan, die ganze interplanetarische Rundfahrt. Aber wir lassen sie in der Antarktis anfangen. Die Unterbringung, die Details – alles ist unter Kontrolle.«

»Gut. Kosmische Flitterwochen. Vielleicht sogar ein Bündel Freude, um die Geschichte etwas aufzuhellen. Das wäre etwas, wenn sich herausstellte, daß er fruchtbar ist! Daß *sie* es ist, wissen wir ja, bei Gott!«

Besorgt sagte d'Amore: »Was das betrifft: die Frau von Prolisse wird immer noch untersucht.«

»Also habt ihr sie erwischt! Großartig. Großartig! Hat sie Widerstand geleistet?«

»Man erzählte ihr eine ganz plausible Geschichte. Sie meint, sie würde auf fremdartige Viren untersucht. Bis sie aufwacht, haben wir die Samenanalyse und unsere Antwort.«

Chalk nickte brüsk. D'Amore verließ ihn, und der dicke Mann nahm das Band mit der Aufzeichnung von Elises Besuch bei Burris aus der Kassette und schob es in das Vorführgerät, um es nochmals ablaufen zu lassen.

Zuerst war Chalk gegen den Einfall gewesen, sie Burris besuchen zu lassen, trotz Aoudads dringender Empfehlungen. Doch bald hatte er auch einige Vorteile darin gesehen. Burris hatte seit seiner Rückkehr zur Erde keine Frau gehabt. Signora Prolisse war, wenn man Aoudad glauben durfte (und er mußte es ja wissen), geradezu wild auf den entstellten Körper des Gefährten ihres verstorbenen Mannes. Also sollten sie ruhig zusammenkommen; man würde Burris' Reaktion sehen. Man sollte einen Preisbullen schließlich nicht ohne einige vorbereitende Tests zur öffentlichen Paarung schicken.

Das Band war anschaulich und ausführlich. Drei versteckte Kameras mit einem Linsendurchmesser von nur wenigen Molekülen hatten alles aufgezeichnet. Chalk hatte den Film dreimal gesehen, doch immer wieder gab es neue Feinheiten zu entdecken. Es verursachte ihm keinen besonderen Nervenkitzel, ahnungslose Paare beim Liebesakt zu beobachten; er zog sein Vergnügen aus raffinierteren Darbietungen. Der Anblick des Tiers mit zwei Rücken war nur für Heranwachsende interessant. Aber es war nützlich, etwas über Burris' Leistung zu wissen.

Nach der einleitenden Konversation beschleunigte er das Band. Wie gelangweilt sie wirkt, während er von seinem Abenteuer erzählt! Wie furchtsam er aussieht, als sie ihren Körper zur Schau stellt! Was erschreckt ihn so? Frauen sind nichts Neues für ihn. Obwohl das natürlich in seinem alten Leben war. Vielleicht fürchtet er, sie werde seinen neuen Körper abstoßend finden und sich im entscheidenden Moment von ihm abwenden. Der Augenblick der Wahrheit. Chalk überlegte. Die Kameras konnten Burris' Gedanken nicht enthüllen, nicht einmal seine gefühlsmäßige Konstellation, und Chalk hatte selbst noch keine Schritte unternommen, um seine innersten Gefühle aufzuspüren. So konnte er nur Schlüsse ziehen.

Gewiß war Burris widerwillig. Gewiß war die Dame zu allem entschlossen. Chalk studierte die nackte Tigerin, wie sie ihr Revier absteckte. Für eine Weile sah es so aus, als werde Burris sie zurückweisen – nicht an Sex interessiert oder nicht an Elise interessiert. Zu edel, um sich mit der Witwe seines Freundes zu paaren? Oder immer noch ängstlich, sich ihr hinzugeben, selbst angesichts ihres bedingungslosen Verlangens? Nun, jetzt war er nackt. Elise immer noch nicht abgeschreckt. Die Ärzte, die Burris nach seiner Rückkehr untersucht hatten, sagten, er sei immer noch zum Liebesakt fähig – soweit sie das beurteilen könnten –, und nun war offensichtlich, daß sie recht gehabt hatten.

Elises Arme und Beine bewegten sich in der Luft. Chalk zupfte an seinem Doppelkinn, während die kleinen Gestalten auf der Leinwand den Ritus vollzogen. Ja, Burris war auch jetzt noch zur Liebe fähig. Chalk verlor das Interesse, während die Paarung ihrem Höhepunkt zustrebte. Nach einem letzten Schwenk auf schlaffe, erschöpfte Gestalten, die Seite an Seite auf dem zerwühlten Bett lagen, lief der Film aus. Er war zur Liebe fähig, aber wie war es mit Babys? Chalks Leute hatten Elise bald nach dem Verlassen von Burris' Zimmer abgefangen. Vor ein paar Stunden hatte das muntere Mädchen bewußtlos auf dem Untersuchungstisch eines Arztes gelegen, die schweren Schenkel gespreizt. Doch Chalk spürte, daß er diesmal auf jeden Fall enttäuscht werden würde. Vieles stand in seiner Macht, aber nicht alles.

D'Amore kam zurück. »Der Bericht ist da.«

»Und?«

»Kein zeugungsfähiges Sperma. Sie können nicht ganz klären, was sie da eigentlich bekommen haben, aber sie schwören, es sei nicht fortpflanzungsfähig. Die Fremden müssen auch daran irgend etwas verändert haben.«

»Zu schade«, seufzte Chalk. »Damit müssen wir eine

Möglichkeit von der Liste streichen. Die zukünftige Mrs. Burris wird von ihm keine Kinder bekommen.«

D'Amore lachte. »Sie hat ja auch schon genug Babys, oder?«

15
Seelenhochzeit

Für Burris besaß das Mädchen wenig sinnliche Anziehungskraft, da sie so kurz nach Elise Prolisse erschien. Doch er mochte sie. Sie war ein freundliches, rührendes, zerbrechliches Kind. Sie meinte es gut. Der Kaktus im Blumentopf rührte ihn. Er schien eine zu bescheidene Geste, um irgend etwas anderes als Freundlichkeit zu sein.

Und sie war nicht entsetzt über seine Erscheinung. Bewegt, ja. Ein wenig unbehaglich, ja. Aber sie blickte ihm direkt in die Augen, verbarg jede Bestürzung, die sie vielleicht empfinden mochte.

»Sind Sie hier aus der Gegend?« fragte er.

»Nein. Ich komme aus dem Osten. Bitte setzen Sie sich. Stehen Sie meinetwegen nicht auf.«

»Das ist schon in Ordnung. Ich bin wirklich ganz kräftig, wissen Sie.«

»Wird man hier im Krankenhaus irgend etwas für Sie tun?«

»Nur Tests. Sie haben so eine Vorstellung, daß sie mich aus diesem Körper nehmen und in einen menschlichen verpflanzen können.«

»Wie wunderbar!«

»Sagen Sie es niemandem, aber ich vermute, daß es nicht klappen wird. Die ganze Sache hängt noch so hoch wie der Mond, und bevor sie sie zur Erde herunterholen ...« Er drehte den Kaktus auf dem Nachttisch. »Aber warum sind Sie im Krankenhaus, Lona?«

»Sie mußten meine Lungen in Ordnung bringen. Und die Nase und den Hals.«

»Heufieber?« fragte er.

»Ich habe den Kopf in den Zersetzungsschacht gesteckt«, sagte sie einfach.

Ein Krater öffnete sich unter Burris' Füßen. Er kämpfte um sein Gleichgewicht. Was ihn ebensosehr erschütterte wie das, was sie gesagt hatte, war die tonlose Stimme, mit der sie es gesagt hatte. Als sei es gar nichts, seine Bronchien von Säuredämpfen zerfressen zu lassen.

»Sie versuchten sich umzubringen?« stieß er hervor.

»Ja. Aber sie fanden mich zu schnell.«

»Aber – warum? In Ihrem Alter!« Gönnerhaft, sich selbst wegen dieses Tons hassend. »Sie haben doch das ganze Leben noch vor sich!«

Ihre Augen wurden groß. Trotzdem fehlte es ihnen an Tiefe; unwillkürlich verglich er sie mit den glühenden Kohlen von Elises Augen. »Haben Sie nicht von mir gehört?« fragte sie mit schüchterner Stimme.

Burris lächelte. »Tut mir leid, nein.«

»Lona Kelvin. Vielleicht haben Sie den Namen nicht gelesen. Oder vielleicht haben Sie ihn vergessen. Wer weiß? Sie waren noch im Weltraum, als das alles passierte.«

»Sie sind mir um zwei Runden voraus.«

»Ich war an einem Experiment beteiligt. Sie nannten es multiple Embryo-Ovartransplantation. Sie entnahmen mir ein paar hundert Eier, befruchteten sie und zogen sie auf. Einige im Körper anderer Frauen, einige in Inkubatoren. Ungefähr hundert von den Babys kamen zur Welt. Es dauerte sechs Monate. Das Experiment mit mir fand voriges Jahr etwa um diese Zeit statt.«

Die letzte Schicht falscher Vermutungen brach unter ihm zusammen. Burris hatte eine Oberschülerin gesehen, höflich, mit leerem Kopf, leicht betroffen von dem merkwürdigen Geschöpf im Zimmer auf der anderen Seite der Halle, doch hauptsächlich mit den Vorlieben und Moden, worin diese auch immer bestanden, ihrer Altersgenossen beschäftigt. Vielleicht war sie wegen einer Blinddarmoperation oder einer Nasenkorrektur hier. Wer konnte das wissen? Doch plötzlich hatte der Boden geschwankt, und Burris begann jetzt, sie in klarem kalten Licht zu sehen. Ein Opfer des Universums.

»Hundert Babys? Ich habe nie davon gehört, Lona.«

»Sie müssen fort gewesen sein. Es gab einen großen Wirbel.«

»Wie alt sind Sie?«

»Siebzehn jetzt.«

»Also haben Sie keines der Babys selbst ausgetragen?«

»Nein. Nein. Das war schon alles. Sie entnahmen mir die Eier, und damit war die Sache für mich zu Ende. Natürlich hatte ich eine Menge Publicity. Zu viel.« Sie sah ihn schüchtern an. »Ich langweile Sie mit all diesem Gerede über mich selbst.«

»Aber ich möchte es wissen.«

»Es ist nicht sehr interessant. Ich war häufig im Video. Und in den Nachrichten. Sie gaben einfach keine Ruhe. Ich hatte nicht viel zu erzählen, weil ich ja nichts *getan* hatte, verstehen Sie? Ich war nur die Spenderin. Doch als mein Name bekannt wurde, kamen sie zu mir. Dauernd Reporter. Nie allein und doch immer allein, verstehen Sie? Dann konnte ich es nicht ertragen. Alles, was ich wollte – ein paar Babys aus meinem eigenen Körper, nicht hundert Babys aus Maschinen. Also versuchte ich mich umzubringen.«

»Indem Sie Ihren Kopf in den Zersetzungsschacht steckten.«

»Nein, das war beim zweiten Mal. Beim ersten Mal warf ich mich unter einen Lastwagen.«

»Wann war das?« fragte Burris.

»Vorigen Sommer. Sie brachten mich hierher und flickten mich wieder zusammen. Dann schickten sie mich zurück in den Osten. Ich wohnte in einem Zimmer. Ich fürchtete mich vor allem. Ich wurde ängstlich, und schließlich ging ich durch den Keller in die Abfallkammer, öffnete die Zersetzungsluke und – nun ja ... ich habe es wieder nicht geschafft. Ich lebe immer noch.«

»Wollen Sie noch immer unbedingt sterben, Lona?«

»Ich weiß nicht.« Die mageren Hände vollführten matt in die Luft greifende Bewegungen. »Wenn ich nur etwas hätte, an dem ich hängen könnte ... Aber sehen Sie, ich soll nicht über mich reden. Ich wollte nur, daß Sie ungefähr wissen, warum ich hier bin. Sie sind derjenige, der ...«

»Sie sollen nicht über sich selbst reden? Wer sagt das?«

Rote Flecken traten auf die eingefallenen Wangen. »Oh, ich weiß nicht. Ich meine, ich bin wirklich nicht wichtig. Lassen Sie uns über den Weltraum sprechen, Colonel Burris.«

»Nicht Colonel. Minner.«

»Dort draußen ...«

»Sind Wesen, die uns einfangen und von Grund auf verändern. Das ist der Weltraum, Lona.«

»Wie schrecklich!«

»Das finde ich auch. Aber bestärken Sie mich nicht in meiner Überzeugung.«

»Das verstehe ich nicht.«

»Ich tue mir selbst schrecklich leid«, sagte Burris. »Wenn Sie mir die geringste Chance gäben, würde ich Ihnen die hübschen Ohren volljammern. Ich würde Ihnen erzählen, wie unfair ich es finde, daß sie mir das angetan haben. Ich würde mich über die Ungerechtigkeit eines blinden Universums auslassen. Ich würde eine Menge dummes Zeug reden.«

»Aber Sie haben ein Recht, darüber zornig zu sein. Sie wollten niemandem etwas Böses tun. Und man hat Sie einfach genommen und ...«

»Ja.«

»Das war nicht anständig von ihnen.«

»Ich weiß, Lona. Und ich habe lang und breit darüber geredet, meist mit mir selbst, aber auch mit jedem, der mir zuhörte. Es ist praktisch das einzige, was ich sage oder denke. Und auf diese Weise habe ich eine zweite Verwandlung durchgemacht; zuerst von einem Menschen zu einem Monstrum, und dann von einem Monstrum zu einer wandelnden Verkörperung der Ungerechtigkeit.«

Sie sah verwirrt aus. Das ist zu hoch für sie, dachte Burris.

»Ich meine«, sagte er, »ich habe es zugelassen, daß ich zu der Sache *wurde,* die mit mir passiert ist. Ich bin eine Sache, eine Ware, ein moralisches Geschehnis. Andere Menschen haben Ambitionen, Wünsche, Begabungen, Fertigkeiten. Ich habe meine Einstellung. Und sie verschlingt mich. *Hat* mich verschlungen. Darum versuche ich, ihr zu entkommen.«

»Sie meinen, Sie würden lieber nicht über das sprechen, was Ihnen zugestoßen ist?«

»So ungefähr.«

Sie nickte. Er sah, wie ihre Mundwinkel zuckten, ihre dünnen Lippen kräuselten sich in lebhafter Bewegung. Schließlich erschien ein kleines Lächeln. »Wissen Sie, Col ... Minner, mit mir ist es ganz ähnlich. Ich meine, ein Opfer zu sein und all das und sich selbst so sehr zu bedauern. Mir hat man auch etwas Böses angetan, und seither gehe ich nur noch rückwärts, denke darüber nach und bin zornig. Oder elend. Dabei sollte ich eigentlich vergessen und mich etwas Neuem zuwenden.«

»Ja.«

»Aber ich kann nicht. Statt dessen versuche ich weiter, mir das Leben zu nehmen, weil ich das Gefühl habe, daß ich es nicht ertragen kann.« Zaudernd blickte sie zu Boden. »Darf ich Sie fragen, ob – haben Sie – haben Sie je versucht ...«

Eine Pause.

»Mich umzubringen, nachdem das passierte? Nein.

Nein, Lona. Ich grüble nur. Aber das ist auch eine Art schleichender Selbstmord.«

»Wir sollten einen Tausch machen«, sagte sie. »Statt daß ich mich bedaure und Sie sich bedauern, lassen Sie mich Mitleid mit Ihnen haben, und Sie haben Mitleid mit mir. Wir werden einander sagen, wie schrecklich die Welt mit dem anderen umgegangen ist. Aber nicht mit uns selbst. Ich bringe die Worte ganz durcheinander, aber verstehen Sie, was ich meine?«

»Eine gegenseitige Sympathiegesellschaft. Opfer des Universums, vereinigt euch!« Er lachte. »Ja, ich verstehe. Eine gute Idee, Lona! Genau das, was ich – was wir brauchen. Ich meine, genau das, was *Sie* brauchen.«

»Und was *Sie* brauchen.«

Sie sah aus, als freue sie sich über sich selbst. Sie lächelte glücklich, und Burris war überrascht, wie sehr sich ihr Aussehen veränderte, als diese strahlende Zuversicht ihr Gesicht erhellte. Sie schien um ein oder zwei Jahre älter zu werden, fraulicher, an Stärke und Ausgeglichenheit zu gewinnen. Für einen Augenblick war sie nicht mehr das mürrische traurige Kind. Doch dann verblaßte der Glanz, und sie war wieder das kleine unscheinbare Mädchen.

»Spielen Sie gern Karten?«

»Ja.«

»Können Sie ›Zehn Planeten‹ spielen?«

»Wenn Sie es mir beibringen«, sagte Burris.

»Ich gehe die Karten holen.«

Sie lief aus dem Zimmer, der Morgenrock flatterte um ihren mageren Körper. Nach ein paar Augenblicken kam sie mit einem Päckchen wächsern aussehender Karten zurück und setzte sich mit auf sein Bett. Burris' flinke Augen ruhten auf ihr, als die mittlere Magnetschließe ihres Schlafanzugs sich öffnete, und er erhaschte einen Blick auf eine kleine, straffe weiße Brust. Einen Moment später drückte sie den Verschluß mit der Hand zu. Sie war noch nicht ganz Frau, sagte sich Burris, aber auch kein Kind mehr. Und dann erinnerte er sich daran: dieses schlanke Mädchen ist die Mutter (?) von hundert Babys.

»Haben Sie das Spiel schon einmal gespielt?« fragte sie.

»Ich fürchte nein.«

»Es ist ganz einfach. Zuerst bekommt jeder zehn Karten ...«

16
Aufbruch

Sie standen zusammen vor dem Kraftwerk des Krankenhauses und blickten durch die transparente Wand. Innen peitschte und vibrierte ein faseriges Gebilde, während es aus dem nächsten Mast Energie abzapfte und diese in den Transformatorspeicher fütterte. Burris erklärte Lona, wie auf diese Weise Energie drahtlos übertragen wurde. Lona versuchte zuzuhören, aber ihr lag nicht genug daran, um wirklich zu verstehen. Es war schwierig, sich auf etwas zu konzentrieren, das ihrer Erfahrungswelt so fern lag. Vor allem, wenn *er* an ihrer Seite war.

»Ein ziemlicher Gegensatz zu früheren Tagen«, sagte er gerade. »Ich kann mich noch an eine Zeit erinnern, als sich Leitungen von einer Million Volt durch die Landstraße zogen und man davon sprach, die Spannung auf eineinhalb Millionen zu erhöhen ...«

»Sie wissen so viele Dinge. Wie fanden Sie die Zeit, alles über Elektrizität zu lernen, wo Sie doch auch Raumfahrer sein mußten?«

»Ich bin schrecklich alt«, sagte er.

»Ich wette, Sie sind nicht einmal achtzig.«

Sie scherzte, aber er schien es nicht zu merken. Sein Gesicht verzog sich auf diese merkwürdige Art, die Lippen (konnte man sie noch Lippen nennen?) schoben sich seitwärts zu den Wangen. »Ich bin vierzig«, sagte er rauh. »Ich nehme an, für Sie sind vierzig und achtzig so ungefähr dasselbe.«

»Nicht ganz.«

»Wir wollen uns den Garten ansehen.«

»Diese grauen, dornigen Gewächse!«

»Sie mögen sie nicht«, sagte er.

»O doch, sehr sogar«, beteuerte Lona schnell. Er mag Kakteen, sagte sie sich. Ich darf nicht Dinge kritisieren, die er gern hat. Er braucht jemanden, der dieselben Dinge liebt wie er. Selbst wenn sie nicht sonderlich hübsch sind.

Sie schlenderten auf den Garten zu. Es war Mittag, die blasse Sonne schnitt scharfe Schatten in die bröckelige, trockene Erde. Lona fröstelte. Sie trug einen Mantel über der Krankenhauskleidung, dennoch war es selbst hier in der Wüste ein kalter Tag. Burris, der leicht gekleidet war, schien die Kälte nichts auszumachen. Lona fragte sich, ob sein neuer Körper sich vielleicht wie der einer Schlange der Temperatur anpassen konnte. Doch sie fragte ihn nicht. Sie versuchte, nicht mit ihm über seinen Körper zu sprechen. Und je mehr sie darüber nachdachte, desto mehr schien es ihr, als bestehe die Anpassung einer Schlange an kaltes Wasser darin, sich zu verkriechen und einzuschlafen. Sie ließ den Gedanken fallen.

Er erzählte ihr eine Menge über Kakteen.

Sie spazierten durch den Garten, auf und ab, zwischen den Reihen stacheliger Pflanzen hindurch. Kein Blatt, nicht einmal ein Zweig. Auch keine Blüte. Doch hier sind Knospen, erläuterte er ihr. Diese Pflanze hier wird im Juni eine rote, apfelähnliche Frucht tragen. Aus dieser hier macht man Zucker. Aus den Dornen und allem? O nein, nicht aus den Dornen. Er lachte. Sie lachte ebenfalls. Sie wollte die Hand ausstrecken und seine ergreifen. Wie würde es sein, diese gekrümmten Anhängsel an den Fingern zu spüren? Wie fühlten sie sich an?

Sie hatte erwartet, daß sie sich vor ihm fürchten würde. Es überraschte sie, aber sie spürte keine Angst.

Trotzdem wünschte sie, er würde mit ihr hineingehen.

Er wies auf eine verschwommene Form, die über einer der garstigen Kaktuspflanzen schwebte. »Sehen Sie, dort!«

»Ein großer Falter?«

»Ein Kolibri, Dummchen. Er muß sich verirrt haben.« Burris trat vor, offensichtlich aufgeregt. Lona sah, daß die Gebilde an seinen Händen sich wanden, wie sie es oft taten, wenn er nicht darauf achtete. Er hatte sich auf ein Knie niedergelassen und betrachtete den Kolibri. Sie sah ihn im Profil, betrachtete das kräftige Kinn, das flache Trommelfell aus schwirrender Haut anstelle des Ohrs. Dann blickte sie auf den Vogel, weil er wünschen würde, daß sie es tat. Sie sah einen winzigen Körper und einen langen, geraden Schnabel. Eine dunkle Wolke umgab den Vogel.

»Sind das seine Flügel?« fragte sie.

»Ja. Sie bewegen sich unglaublich schnell. Sie können sie nicht sehen, oder?«

»Nur einen Schatten.«

»Ich sehe die einzelnen Flügel! Lona, das ist unglaublich! Ich sehe die Flügel! Mit diesen Augen!«

»Das ist wunderbar, Minner.«

»Der Vogel hat sich verirrt. Gehört vermutlich nach Mexiko und wünscht sich, er wäre jetzt dort. Er verhungert hier, ehe er eine Blume findet. Ich wünschte, ich könnte etwas tun.«

»Ihn einfangen? Von jemandem nach Mexiko bringen lassen?«

Burris betrachtete seine Hände, als erwäge er die Möglichkeit, den Kolibri mit einem blitzschnellen Griff zu fangen. Dann schüttelte er den Kopf. »Meine Hände wären nicht schnell genug, auch jetzt nicht. Oder ich würde ihn beim Fangen zerdrücken. Ich – da fliegt er weg!«

Und er flog fort. Lona sah den braunen Schatten am anderen Ende des Gartens verschwinden. Wenigstens fliegt er nach Süden, dachte sie. Sie wandte sich Burris zu.

»Manchmal gefällt er Ihnen, nicht wahr?« fragte sie. »Sie mögen ihn ... ein wenig.«

»Was?«

»Ihren neuen Körper.«

Er zitterte leicht. Sie wünschte, sie hätte es nicht erwähnt.

Er schien eine impulsive Antwort zu unterdrücken. Er sagte: »Er hat einige Vorzüge, das gebe ich zu.«

»Minner, mir ist kalt.«

»Sollen wir hineingehen?«

»Wenn es Ihnen nichts ausmacht.«

»Ganz wie Sie möchten, Lona.«

Seite an Seite gingen sie auf die Tür zu. Ihre Schatten glitten in einem scharfen Winkel links neben ihnen her. Er war viel größer als sie, mehr als einen Kopf. Und sehr stark. Ich wünsche mir, daß er mich in seine Arme nimmt.

Sie war von seiner Erscheinung keineswegs abgestoßen.

Natürlich hatte sie nur seinen Kopf und seine Hände gesehen. Vielleicht hatte er ein großes, starrendes Auge mitten auf der Brust. Oder einen Mund unter jedem Arm. Oder einen Greifschwanz. Große, purpurne Flekken. Doch während ihr diese Phantasien durch den Kopf gingen, wurde ihr klar, daß selbst diese Dinge alle nicht wirklich erschreckend wären. Wenn sie sich an sein Gesicht und seine Hände gewöhnen konnte, und das hatte sie sehr schnell getan, was würden dann weitere Verunstaltungen ausmachen? Er hatte keine Ohren, seine Nase war keine Nase, seine Augen und seine Lippen waren bizarr, seine Zunge und seine Zähne wie Gebilde aus einem Alptraum. Und jede Hand hatte dieses Anhängsel. Trotzdem hatte sie sehr bald aufgehört, all das zu bemerken. Seine Stimme war angenehm und normal, und er war so klug, so interessant. Und er schien sie zu mögen. Sie überlegte, ob er wohl verheiratet war. Wie konnte sie fragen?

Die Tür des Krankenhauses glitt nach innen, als sie näher kamen.

»Mein Zimmer?« fragte er. »Oder Ihres?«

»Was werden wir jetzt tun?«

»Uns hinsetzen. Reden. Karten spielen.«

»Karten spielen langweilt Sie.«

»Habe ich ein Wort davon gesagt?« fragte er.

»Sie waren zu höflich. Aber ich habe es bemerkt. Ich konnte sehen, daß Sie es verbergen wollten. Es stand in Ihrem ...«, ihre Stimme stockte, »... Gesicht geschrieben.«

Immer wieder stoße ich darauf, verletze ihn, dachte sie.

»Hier ist mein Zimmer«, sagte sie.

Es spielte kaum eine Rolle, in wessen Zimmer sie gingen. Sie waren völlig gleich, eines mit Blick auf den Garten, in dem sie gerade gewesen waren, eines zum Innenhof hin gelegen. Ein Bett, ein Schreibpult, ein Bord mit medizinischen Geräten. Er nahm den Stuhl. Sie setzte sich auf das Bett. Sie wünschte, er würde herüberkommen, ihren Körper berühren, sie wärmen, doch natürlich wagte sie nicht, es ihm vorzuschlagen.

»Minner, wann werden Sie das Krankenhaus verlassen?

»Bald. In ein paar Tagen. Und Sie, Lona?«

»Ich nehme an, ich könnte jetzt jederzeit gehen. Was werden Sie tun, wenn Sie hier herauskommen?«

»Ich weiß es noch nicht. Vielleicht werde ich reisen. Mir die Welt ansehen, mich von der Welt ansehen lassen.«

»Ich wollte immer gern reisen«, sagte sie. Zu offensichtlich? »Ich bin nie irgendwo hingekommen.«

»Wohin zum Beispiel?«

»Luna Tivoli«, sagte sie. »Oder der Kristallplanet. Oder – nun ja, überallhin. China. Die Antarktis.«

»Es ist nicht schwer, dort hinzukommen. Sie besteigen ein Schiff und fliegen los.« Für einen Moment verschloß sich sein Gesicht, und sie wußte nicht, was sie denken sollte; die Lippen glitten zusammen, die Augen verschwanden hinter den Irisblenden. Sie dachte an eine Schildkröte. Dann öffnete sich Burris wieder und sagte zu ihrem Erstaunen: »Wie wär's, wenn wir einige von diesen Orten gemeinsam besuchen würden?«

17
Nimm diese Scherben

Etwas oberhalb der Atmosphäre schwebte Chalk. Er überblickte seine Welt und fand sie gut. Die Meere waren grün mit blauen Rändern oder blau mit grünen Rändern, und es schien ihm, als könne er treibende Eisberge erkennen. Im Norden war das Land winterlich braun; unter der mittleren Wölbung lag sommerliches Grün.

Er verbrachte einen großen Teil seiner Zeit in niedrigen Umlaufbahnen. Das war die beste und ästhetisch befriedigendste Art, der Schwerkraft zu entgehen. Vielleicht fühlte sein Pilot sich unbehaglich, da Chalk die Verwendung von Umkehr-Gravitronen hier oben nicht erlaubte, nicht einmal irgendwelche Zentrifugalkräfte, um eine Illusion von Gewicht zu schaffen. Doch sein Pilot wurde gut genug bezahlt, um solche Unannehmlichkeiten in Kauf zu nehmen.

Für Chalk war Gewichtslosigkeit nicht im geringsten unangenehm. Er behielt zwar seine Masse, eine wundervolle, brontosaurierhafte Masse, doch er spürte keinen ihrer Nachteile.

»Dies ist eine der wenigen Gelegenheiten«, sagte er zu Lona und Burris, »bei denen man auf legitime Weise für nichts etwas bekommen kann. Bedenken Sie: Wenn wir starten, lassen wir die Schwerkraft der Beschleunigung durch Gravitronen aufheben, so daß der zusätzliche Druck verschwindet und wir in aller Bequemlichkeit aufsteigen. Wir brauchen uns nicht anzustrengen, um dort hinzukommen, wo wir sind, und brauchen nicht durch zusätzliches Gewicht zu bezahlen, bevor wir schwerelos sind. Wenn wir landen, behandeln wir das

Problem der Abbremsung auf die gleiche Art. Normales Gewicht, schwerelos, wieder normales Gewicht, und zu keinem Zeitpunkt irgendein Andruck.«

»Aber ist das wirklich gratis?« fragte Lona. »Ich meine, es muß doch eine Menge kosten, die Gravitronen zu betreiben. Wenn Sie alles abwägen, die Unkosten für Start und Landungen, haben Sie doch nicht wirklich etwas für nichts bekommen, oder?«

Chalk sah amüsiert zu Burris hinüber. »Sie ist sehr klug, haben Sie das bemerkt?«

»Allerdings habe ich das.«

Lona errötete. »Sie machen sich über mich lustig.«

»Nein, das tun wir nicht«, sagte Burris. »Sie sind ganz allein auf den Begriff der Erhaltung der Energie gekommen, sehen Sie das nicht? Aber Sie sind zu streng mit unserem Gastgeber. Er betrachtet die Dinge von einer eigenen Warte aus. Wenn er das Ansteigen der Schwerkraft nicht selbst fühlen muß, kostet es ihn im wahrsten Sinne des Wortes nichts. Jedenfalls nicht im Hinblick auf das Ertragen hohen Andrucks. Die Gravitronen absorbieren all das. Sehen Sie, es ist, als begehe man ein Verbrechen, Lona, und bezahle jemand anderen dafür, die Strafe abzusitzen. Gewiß, es kostet bares Geld, einen Stellvertreter zu finden. Aber man selbst hat sein Verbrechen gehabt, und der andere nimmt die Strafe auf sich. Der Gegenwert in Bargeld ...«

»Lassen Sie es gut sein«, sagte Lona. »Auf jeden Fall ist es schön hier oben.«

»Gefällt Ihnen die Schwerelosigkeit?« fragte Chalk. »Haben Sie sie schon einmal erlebt?«

»Nicht wirklich. Ein paar kurze Trips.«

»Und Sie, Burris? Erleichtert die Schwerelosigkeit Ihre Beschwerden etwas?«

»Ein wenig, danke. Es besteht kein Druck auf die Organe, die nicht da sind, wo sie eigentlich sein sollten. Ich spüre das verdammte Ziehen in der Brust nicht mehr. Eine geringe Wohltat, aber ich bin dankbar.«

Trotzdem war Burris, wie Chalk spürte, immer noch in ein Bad von Schmerzen getaucht. Vielleicht etwas lauer, aber noch heiß genug. Wie war es, ständig physische Beschwerden zu empfinden? Chalk wußte darüber einiges, einfach wegen der Anstrengung, seinen Körper bei voller Schwerkraft herumzuschleppen. Aber er war schon so lange aufgedunsen. Er war an den ständigen, schmerzenden Druck gewöhnt. Doch Burris? Das Gefühl, als würden Nägel in sein Fleisch gehämmert? Er protestierte nicht. Nur hin und wieder trat die bittere Rebellion an die Oberfläche. Burris machte Fortschritte, lernte, sich an das zu gewöhnen, was für ihn die Condition humaine war. Doch Chalk, empfindsam wie er war, fing immer noch die Ausstrahlungen des Schmerzes auf. Nicht nur physischen Schmerzes, auch psychischen Schmerzes. Burris war ruhiger geworden, hatte sich aus dem schwarzen Abgrund der Depression erhoben, in dem Aoudad ihn zuerst angetroffen hatte, doch er war noch längst nicht auf Rosen gebettet.

Das Mädchen war in vergleichsweise besserem Zustand, schloß Chalk. Sie war kein derart komplizierter Mechanismus.

Sie sahen glücklich aus, Seite an Seite, Burris und das Mädchen.

Das würde sich natürlich mit der Zeit ändern.

»Sehen Sie Hawaii?« fragte Chalk. »Und dort, am Rand der Welt, China. Die Große Mauer. Ein großer Teil ist restauriert. Sehen Sie, sie zieht sich dort direkt über diesem Golf vom Meer aus ins Hinterland. Der Mittelteil ist verschwunden, das Stück in der Ordossteppe. Aber das war damals schon nichts Großartiges, nur ein Wall aus Morast. Und dahinter, in Richtung auf Sinkiang, sehen Sie sie dort auftauchen? Wir haben entlang der Mauer einige Vergnügungszentren. Auf der mongolischen Seite ist kürzlich ein neues eröffnet worden. Kublai Khans Vergnügungsdom.« Chalk lachte. »Aber nicht staatlich. Alles andere als staatlich.«

Chalk beobachtete, daß sie sich bei den Händen hielten.

Er konzentrierte sich darauf, ihre Gefühle aufzufangen. Noch nichts Brauchbares. Von dem Mädchen ging eine Art sanfter, breiiger Zufriedenheit aus, ein eindeutig mütterliches Gefühl. Ja, sie würde es tun. Und von Burris? Bisher so gut wie gar nichts. Er war entspannt, entspannter, als Chalk ihn je gesehen hatte. Burris mochte das Mädchen. Sie amüsierte ihn offensichtlich. Ihm gefiel die Aufmerksamkeit, die sie ihm schenkte. Aber er empfand kein starkes Gefühl für sie; von ihrer Persönlichkeit hatte er keine allzu hohe Meinung. Sie würde ihn in Kürze von Herzen lieben. Chalk hielt es nicht für wahrscheinlich, daß ihr Gefühl erwidert würde. Aus diesen verschiedenen Voltstärken könnte ein interessanter Strom entstehen, vermutete Chalk. Ein Thermoelementeneffekt, sozusagen. Man würde sehen.

Das Schiff raste in westlicher Richtung über China hinweg, überquerte Kansu, zog seine Bahn über der alten Seidenstraße.

»Ich hörte, daß Sie beide morgen zu Ihrer Reise starten«, sagte Chalk. »Nick hat mir das jedenfalls berichtet.«

»Das stimmt. Die Reiseroute ist geplant«, erwiderte Burris.

»Ich kann es gar nicht erwarten. Ich bin so schrecklich aufgeregt!« rief Lona.

Dieser schulmädchenhafte Ausbruch ärgerte Burris. Chalk, der jetzt gut auf ihre wechselnden Stimmungen eingestellt war, grub seine Rezeptoren in den aufflakkernden Zorn, der von Burris ausging, und verschlang ihn gierig. Das hervorbrechende Gefühl war ein plötzlicher Riß in einer nahtlosen Samtmaske. Ein gezackter, dunkler Chalk. Ein Anfang.

»Es müßte eine fabelhafte Reise werden«, sagte er. »Milliarden Menschen wünschen Ihnen alles Gute.«

18
Zum Jahrmarkt

Wer sich in der Obhut von Duncan Chalk befand, kam rasch voran. Chalks Günstlinge hatten Lona und Burris vom Krankenhaus ohne Zwischenstation zu Chalks privatem Raumhafen gebracht. Dann, nach ihrem Flug um die Welt, waren sie in ihr Hotel begleitet worden. Es war das prachtvollste Hotel, das die westliche Hemisphäre je gesehen hatte, eine Tatsache, die Lona anscheinend blendete und Burris auf irgendeine Art lästig war ...

Als er in die Halle trat, glitt er aus und stolperte.

Das passierte ihm jetzt, wo er sich in der Öffentlichkeit bewegte, immer häufiger. Er hatte nie wirklich gelernt, wie er seine Beine benutzen mußte. Seine Knie waren sehr sinnreich konstruierte Mechanismen aus Kugeln und Pfannen, die offenbar ohne Reibung arbeiten sollten und gelegentlich unerwartet unter ihm nachgaben. Das geschah eben jetzt. Er hatte das Gefühl, als löse sich sein linkes Bein unter seinem Gewicht auf; der dicke, gelbe Teppich kam immer näher.

Wachsame Robotpagen eilten ihm zu Hilfe. Aoudad, dessen Reflexe nicht ganz so schnell waren, streckte verspätet die Hand nach ihm aus. Doch Lona war am nächsten. Sie ging leicht in die Knie und drückte ihre Schultern gegen seine Brust. Sie stützte ihn, während er sich festhielt, um sein Gleichgewicht wiederzufinden. Burris war überrascht, wie stark sie war. Sie hielt ihn aufrecht, bis die anderen ihn erreichten.

»Alles in Ordnung?« fragte sie atemlos.

»Mehr oder weniger.« Er schwang sein Bein vor und zurück, bis er sicher war, daß das Knie wieder fest an seinem Platz saß. Brennender Schmerz schoß durch seine Hüfte. »Sie sind stark. Sie hielten mich aufrecht.«

»Alles ging so schnell. Ich wußte gar nicht, was ich tat. Ich bewegte mich einfach, und da waren Sie.«

»Aber ich bin doch schwer.«

Aoudad hatte ihn am Arm gepackt. Als merke er das erst jetzt, ließ er los und fragte: »Schaffen Sie es nun allein? Was war passiert?«

»Ich vergaß eine Sekunde lang, wie meine Beine funktionieren«, sagte Burris. Der Schmerz machte ihn fast blind. Er gab sich Mühe, ihn zu überwinden, nahm Lonas Hand und führte das Gefolge auf die Gravitronbank zu. Nikolaides kümmerte sich um ihre routinemäßige Anmeldung. Sie würden zwei Tage hierbleiben. Aoudad bestieg mit ihnen den nächsten Lift, und sie fuhren aufwärts.

»Zweiundachtzig«, sagte Aoudad in das Aufnahmegerät des Lifts.

»Ist es ein großes Zimmer?« fragte Lona.

»Es ist eine Suite«, sagte Aoudad. »Sie hat viele Zimmer.«

Insgesamt waren es sieben. Mehrere Schlafzimmer, eine Küche, ein Wohnraum und ein großes Konferenzzimmer, in dem sich später die Pressevertreter versammeln würden. Auf Burris' ruhige Aufforderung hin hatten er und Lona nebeneinanderliegende Schlafzimmer erhalten. Noch war nichts Körperliches zwischen ihnen. Burris wußte, daß es um so schwieriger sein würde, je länger er wartete; trotzdem hielt er sich zurück. Er konnte die Tiefe ihrer Gefühle nicht abschätzen, und über die Aufrichtigkeit seiner eigenen Gefühle hegte er große Zweifel.

Chalk hatte keine Kosten gescheut, als er sie hier unterbrachte. Es war eine verschwenderisch ausgestattete Suite, behangen mit Draperien anderer Welten, die von innen her leuchteten und flackerten. Hauchdünne Glasornamente auf dem Tisch sangen süße Melodien, wenn man sie in der Hand wärmte. Sie waren teuer. Das Bett in Burris' Schlafzimmer bot Platz für ein ganzes Regiment. Lonas Bett war rund und drehte sich auf einen Knopfdruck. Die Decken der Schlafzimmer bestanden aus Spiegeln. Man konnte sie verstellen zu Diamantenfacetten, glitzernden Scherben oder einer glatten, reflektierenden Fläche, die ein größeres und schärferes Bild zeigte als die Natur. Sie ließen sich auch verdunkeln. Burris zweifelte nicht daran, daß die Zimmer auch noch mit anderen Spielereien ausgestattet waren.

»Sie essen heute abend im Galaktischen Saal«, kündigte Aoudad an. »Morgen früh um elf geben Sie eine Pressekonferenz. Nachmittags treffen Sie Chalk. Am folgenden Morgen reisen Sie ab zum Pol.«

»Großartig.« Burris setzte sich hin.

»Soll ich einen Arzt heraufschicken, der sich um Ihr Bein kümmert?«

»Das wird nicht nötig sein.«

»Ich komme in eineinhalb Stunden wieder und führe Sie zum Dinner. Kleider finden Sie in den Wandschränken.«

Aoudad zog sich zurück.

Lonas Augen glänzten. Sie war im Wunderland. Burris, der durch Luxus nicht leicht zu beeindrucken war, interessierte sich zumindest für das Ausmaß der Bequemlichkeiten. Er lächelte ihr zu. Das Strahlen ihrer Augen verstärkte sich. Er zwinkerte.

»Wir wollen uns noch einmal umsehen«, murmelte sie.

Sie machten einen Rundgang durch die Suite. Ihr Schlafzimmer, seines, die Küche. Sie berührte den Programmknopf des Speiseautomaten. »Wir könnten heute abend hier essen«, schlug er vor. »Wenn Ihnen das lieber ist, hier können wir alles bekommen, was wir wollen.«

»Lassen Sie uns trotzdem ausgehen.«

»Natürlich.«

Er brauchte sich nicht zu rasieren, nicht einmal zu waschen: kleine Vorzüge seiner neuen Haut. Doch Lona war menschlicher. Er ließ sie in ihrem Zimmer zurück, wo sie die Vibradusche in der Schlafnische anstarrte. Die Kontrolltafel war fast so kompliziert wie die eines Raumschiffes. Nun, sollte sie damit spielen.

Er inspizierte seine Garderobe.

Sie hatten ihn ausgestattet, als müßte er als Star eines dreidimensionalen Videoschauspiels auftreten. Auf einem Regal standen etwa zwanzig Spraydosen, jede mit einer leuchtenden Abbildung des Inhalts. Da eine grüne Smokingjacke mit einer glitzernden, mit purpurnen Fäden durchwebten Tunika. Hier ein einteiliges, fließendes Gewand, das von innen her leuchtete. Dort eine prunkvolle, pfauenbunte Angelegenheit mit Epauletten und vorstehenden, rippenartigen Streifen. Seinem persönlichen Geschmack sagten einfachere Formen und sogar konventionellere Materialien mehr zu. Leinen, Baumwolle, die alten Stoffe. Doch sein privater Geschmack war bei diesem Unternehmen nicht maßgebend. Wenn man ihn nach seinem privaten Geschmack handeln ließe, würde er sich in sein schäbiges Zimmer in den Martlet-Türmen verkriechen und mit seinem Gespenst Zwiesprache halten. Doch er war hier, eine freiwillig an Chalks Fäden tanzende Marionette, und er mußte die richtigen Schritte tanzen. Dies war sein Fegefeuer. Er wählte das Kostüm mit den Epauletten und Streifen.

Aber würde das Spray wirken?

Seine Haut war fremdartig, porös, hatte andere physikalische Eigenschaften. Sie könnte das Gewand abstoßen. Oder – ein Alptraum – sie könnte geduldig die haftenden Moleküle auflösen, so daß seine Kleidung im Galaktischen Saal binnen Augenblicken zusammenfiel und ihn inmitten einer Menschenmenge nicht nur nackt, sondern ausgeliefert in all seinem unheimlichen Anderssein zurückließ. Er würde es riskieren. Sollten sie doch starren! Sollten sie doch alles sehen! Das Bild von Elise Prolisse kam ihm in den Sinn, wie sie die

Hand auf einen verborgenen Knopf legte, in einem Moment ihr schwarzes Kleid auflöste und ihre verführerische Weiße enthüllte. Auf diese Kleider konnte man sich nicht verlassen. Doch sollte es ruhig sein. Burris zog sich aus und schob die Spraydose in den Verteiler. Dann stellte er sich darunter. Geschmeidig legte sich das Gewand um seinen Körper.

Das Auftragen dauerte nicht einmal fünf Minuten. Im Spiegel prüfte Burris seine Pracht und war nicht unzufrieden. Lona würde stolz auf ihn sein.

Er wartete auf sie.

Fast eine Stunde verging. Er hörte nichts aus ihrem Zimmer. Sicher war sie inzwischen fertig. »Lona?« rief er, aber er erhielt keine Antwort.

Panik erfaßte ihn. Das Mädchen hatte zweimal Selbstmord begehen wollen. Der Pomp und die Eleganz des Hotels reichten vielleicht aus, um sie endgültig die Schwelle überschreiten zu lassen. Sie befanden sich hier in einer Höhe von etwa dreihundert Metern, dieser Versuch würde ihr nicht mißglücken. Ich hätte sie niemals allein lassen dürfen, fluchte Burris grimmig.

»Lona!«

Er eilte zur Zwischentür und riß sie auf. Er sah sie sofort und war wie betäubt vor Erleichterung. Sie stand in ihrem Ankleidezimmer, nackt mit dem Rücken zu ihm. Schmale Schultern, schmale Hüften, die keinen Kontrast zu ihrer schlanken Taille bildeten. Das Rückgrat trat hervor wie das Gerippe eines Tunnelbaus, steil und umschattet. Ihr Gesäß war knabenhaft. Er bereute, daß er hier eingedrungen war. »Ich habe Sie nicht gehört«, sagte er. »Ich machte mir Sorgen, und als Sie nicht antworteten ...«

Sie drehte sich um, und Burris sah, daß sie ganz andere Dinge im Sinn hatte als verletztes Schamgefühl. Ihre Augen waren rotgerändert, ihre Wangen zeigten Tränenspuren. Verschämt hob sie einen dünnen Arm vor ihre kleinen Brüste, aber die Geste war instinktiv und verbarg nichts. Ihre Lippen zitterten. Unter seiner äußeren Haut fühlte Burris den Schock, den der Anblick ihres Körpers auslöste, und er fragte sich, warum eine so dürftig ausgestattete Blöße derart stark auf ihn wirkte. Weil sie jenseits einer Barriere gelegen hatte, entschied er, die jetzt durchbrochen war.

»O Minner, Minner, ich schämte mich, Sie zu rufen! Ich stehe hier seit einer halben Stunde!«

»Was ist denn?«

»Ich finde nichts zum Anziehen!«

Er kam vollends ins Zimmer. Sie wandte sich zur Seite, trat vom Wandschrank zurück, stand neben seinem Ellbogen und ließ die Hand über ihre Brust sinken. Er blickte in den Schrank. Dutzende von Spraydosen standen darin. Fünfzig, hundert.

»Und?«

»*Diese* da kann ich nicht tragen!«

Er nahm eine Dose auf. Nach der Abbildung auf dem Etikett enthielt sie ein Gebilde aus Nacht und Nebel, elegant, edel, großartig.

»Warum nicht?«

»Ich möchte etwas Einfaches. Hier gibt es nichts Einfaches.«

»Einfach? Für den Galaktischen Saal?«

»Ich habe Angst, Minner.«

Sie hatte wirklich Angst. Ihr nackter Körper zitterte. Sie hatte eine Gänsehaut.

»Sie können manchmal wirklich wie ein kleines Kind sein«, sagte er barsch.

Die Worte trafen sie wie Pfeile. Sie schrak zurück, wirkte nackter denn je, und neue Tränen rannen aus ihren Augen. Die Grausamkeit der Worte schien wie eine schlammige Ablagerung im Raum zu stehen, nachdem die Worte selbst schon verklungen waren.

»Wenn ich ein Kind bin«, sagte sie, »warum gehe ich dann in den Galaktischen Saal?«

Sie in die Arme nehmen? Sie trösten? Burris war unsicher. Mit einer Mischung aus väterlichem Ärger und kameradschaftlicher Ermunterung sagte er: »Seien Sie nicht dumm, Lona. Sie sind eine wichtige Person. Die ganze Welt wird Sie heute abend ansehen und sagen, wie schön und glücklich Sie sind. Ziehen Sie etwas an, das Kleopatra gefallen hätte. Und dann sagen Sie sich, daß Sie Kleopatra sind.«

»Sehe ich aus wie Kleopatra?«

Seine Augen glitten über ihren Körper. Er spürte, daß sie genau das wollte. Und er mußte sich eingestehen, daß sie auf ihre besondere Art sinnlich wirkte. Vielleicht suchte sie auch diesen Eindruck bei ihm zu provozieren. Doch auf ihre unaggressive Art war sie attraktiv. Sogar fraulich. Sie war eine Mischung aus schelmischer Mädchenhaftigkeit und neurotischer Fraulichkeit.

»Nehmen Sie eins von diesen und ziehen Sie es an«, sagte er. »Sie werden großartig aussehen. Sie brauchen sich nicht unbehaglich zu fühlen. Ich trage doch auch diese merkwürdige Verkleidung, und ich finde sie ganz lustig. Sie müssen zu mir passen. Also los.«

»Das ist das zweite Problem. Es gibt so viele Kleider. Ich kann mich nicht entschließen.«

Sie hatte nicht unrecht. Burris starrte auf die Batterie Dosen im Schrank. Die Auswahl war überwältigend. Selbst Kleopatra wäre verwirrt gewesen, und dieses arme Kind war völlig durcheinander. Verlegen suchte er herum und hoffte, er würde auf Anhieb etwas finden, das zu Lona paßte. Doch keines dieser Kleider war für hilflose Kinder entworfen, und solange er Lona so sah, konnte er keine Auswahl treffen. Zuletzt kam er auf das zurück, was er auf gut Glück herausgegriffen hatte, das elegante und dezente Kleid. »Das hier«, sagte er. »Ich glaube, das ist genau richtig.«

Zweifelnd betrachtete sie das Etikett. »In so einem modischen Kleid würde ich mich unbehaglich fühlen.«

»Dieses Thema haben wir bereits erledigt, Lona; ziehen Sie es an.«

»Ich kann die Maschine nicht benutzen. Ich weiß nicht, wie man das macht.«

»Das ist doch ganz einfach!« rief er und schalt sich selbst wegen der Leichtigkeit, mit der er ihr gegenüber in einen herrischen Ton verfiel. »Die Gebrauchsanweisung steht auf der Dose. Sie stecken die Dose in den Verteiler ...«

»Tun Sie es für mich.«

Er tat es. Sie stand unter der Verteilerzone, schlank, blaß und nackt, während das Kleid in einem feinen Nebel hervortrat und sie einhüllte. Burris begann zu argwöhnen, daß er manipuliert worden war, und zwar recht geschickt. Mit einem einzigen großen Satz hatten sie die Barriere der Nacktheit übersprungen, und jetzt zeigte sie sich ihm so beiläufig, als sei sie seit Jahrzehnten seine Frau, bat ihn um Rat beim Ankleiden, zwang ihn, dabeizustehen, während sie sich unter dem Verteiler drehte und wendete und sich in Eleganz hüllte. Die kleine Hexe. Er bewunderte ihre Technik. Die Tränen, der magere, nackte Körper, die Kleinmädchenallüren. Oder sah er in ihrem Verhalten viel mehr, als es tatsächlich enthielt? Vielleicht. Wahrscheinlich.

»Wie sehe ich aus?« fragte sie und trat vor.

»Großartig.« Er meinte es ernst. »Da ist ein Spiegel. Sehen Sie selbst.«

Ihre Freude war geradezu überwältigend. Burris kam zu dem Schluß, daß er sich über ihre Motive getäuscht hatte, sie war gar nicht so kompliziert, war angesichts der Eleganz zuerst wirklich erschrocken und stand jetzt ehrlich entzückt vor der schließlich erzielten Wirkung.

Und die Wirkung war großartig. Der Verteiler hatte ein Gewand versprüht, das nicht völlig durchsichtig und nicht ganz hauteng war. Es umfing sie wie eine Wolke, verhüllte die mageren Schenkel und die abfallenden Schultern und verlieh ihr kunstvoll den Anschein einer Sinnlichkeit, die höchstens in Andeutungen vorhanden war. Niemand trug Unterwäsche unter einem Spraykleid, und so war der nackte Körper nur teilweise verhüllt; doch die Modeschöpfer waren geschickt, der lose Fall des Kleides ließ seine Trägerin größer und voller wirken. Auch die Farben waren delikat. Durch irgendeinen molekularen Zauber waren die Polymeren nicht fest an ein Segment des Spektrums gebunden. Wenn Lona sich bewegte, veränderte das Kleid seine Farbe, changierte von Nebelgrau zum Blau eines Sommerhimmels, wurde dann schwarz, graubraun, perlgrau, malvenfarbig.

Das Kleid gab Lona irgendwie den Anschein von Blasiertheit. Sie schien größer, älter, wendiger, selbstsicherer. Sie hielt sich sehr gerade, ihre Brüste traten überraschend vorteilhaft hervor.

»Gefällt es Ihnen?« fragte sie scheu.

»Es ist wundervoll, Lona.«

»Ich fühle mich darin so seltsam. Ich habe noch nie so etwas getragen. Plötzlich bin ich Aschenbrödel, die zum Ball geht.«

»Mit Duncan Chalk als guter Fee?«

Sie lachten. »Ich hoffe, er verwandelt sich um Mitternacht in einen Kürbis«, sagte Lona. Sie trat auf den Spiegel zu. »Minner, noch fünf Minuten, dann bin ich fertig, einverstanden?«

Er ging in sein Zimmer zurück. Sie brauchte nicht fünf Minuten, sondern fünfzehn, um die Tränenspuren von ihrem Gesicht zu entfernen, aber er verzieh ihr. Als sie schließlich erschien, erkannte er sie kaum wieder. Sie hatte ihrem Gesicht einen strahlenden Glanz gegeben, der sie völlig verwandelte. Ihre Augen waren jetzt mit glitzerndem Staub umrandet; die Lippen leuchteten üppig; an den Ohren trug sie goldene Ohrclips. Leicht wie ein Morgennebel schwebte sie in sein Zimmer. »Jetzt können wir gehen«, sagte sie leise.

Burris war überrascht und amüsiert zugleich. In einer Hinsicht war sie ein kleines Mädchen, das sich als Frau verkleidet hatte. In anderer Hinsicht war sie eine Frau, die gerade zu entdecken begann, daß sie kein Mädchen mehr war.

Hatte sich die Larve wirklich schon geöffnet? Auf jeden Fall freute er sich über ihr jetziges Aussehen. Sie war wirklich entzückend. Vielleicht würden die Leute mehr auf sie und weniger auf ihn blicken.

Zusammen gingen sie auf den Lift zu.

Bevor sie das Zimmer verließen, hatte Burris Aoudad verständigt, daß sie zum Dinner herunterkämen. Dann fuhren sie nach unten. Burris fühlte wilde Angst in sich aufsteigen und unterdrückte sie grimmig. Dies würde sein Auftritt vor dem größten Publikum seit seiner Rückkehr zur Erde sein. Ein Abendessen im Restaurant aller Restaurants; vielleicht würde sein fremdartiges Gesicht tausend anderen Gästen den Appetit auf ihren Kaviar verderben; von allen Seiten wandten sich ihm die Blicke zu. Er betrachtete es als Test. Irgendwie schöpfte er Kraft aus Lona, hüllte sich in einen Mantel aus Mut, wie sie sich in ihre ungewohnte Eleganz gehüllt hatte.

Als sie die Halle erreichten, hörte Burris die kurzen Seufzer der Zuschauer. Vergnügen? Furcht? Schauder lustvollen Entsetzens? Aus ihrem raschen Einatmen konnte er nicht auf ihre Motive schließen. Doch sie starrten, reagierten auf das seltsame Paar, das aus dem Lift getreten war.

Burris hatte Lona den Arm geboten und beherrschte eisern sein Gesicht. Seht euch nur satt an uns, dachte er höhnisch. Wir sind das Paar des Jahrhunderts. Der entstellte Raumfahrer und die jungfräuliche Mutter von hundert Babys. Die Schau der Epoche.

Und wie sie starrten! Burris fühlte, wie die Blicke über seinen ohrlosen Kiefer, seine fremdartigen Augenlider und seinen grotesken Mund glitten. Er staunte selbst, wie gering seine Reaktion auf ihre vulgäre Neugier war. Sie starrten auch Lona an, doch Lona hatte ihnen weniger zu bieten. Sie trug ihre Narben innerlich.

Plötzlich entstand links von Burris Bewegung.

Einen Augenblick später brach Elise Prolisse durch die Menge, eilte auf ihn zu, rief gellend: »Minner! Minner!«

Sie sah aus wie eine Furie. Ihr Gesicht war bizarr, in einer wilden, monströsen Parodie von Verschwörung bemalt: blaue Streifen auf den Wangen, rote Schatten über den Augen. Diesmal trug sie kein aufgesprühtes Kostüm, sondern ein loses Kleid aus raschelndem, verführerischem, natürlichem Stoff, tief ausgeschnitten, um die milchweißen Halbkugeln ihrer Brüste zu zeigen. Hände mit leuchtenden Krallen streckten sich ihm entgegen.

»Ich habe versucht, zu dir zu kommen«, keuchte sie. »Sie wollten mich nicht in deine Nähe lassen. Sie ...«

Aoudad lief auf sie zu. »Elise!«

Mit den Fingernägeln zerkratzte sie seine Wange. Aoudad fuhr fluchend zurück, und Elise wandte sich Burris zu. Giftig sah sie Lona an. Sie zerrte an Burris' Arm und sagte: »Komm mit mir. Jetzt, wo ich dich wiedergefunden habe, lasse ich dich nicht mehr fort!«

»Lassen Sie die Hände von ihm!« rief Lona. Jede Silbe scharf wie eine Messerklinge.

Die ältere Frau starrte das Mädchen an. Burris, verwirrt, dachte, sie würden sich prügeln. Elise wog mindestens vierzig Pfund mehr als Lona, und sie war stark, wie er aus Erfahrung wußte. Doch auch Lona hatte Kräfte, die man bei ihr nicht vermutete.

Eine Szene mitten in der Halle, dachte er mit seltsamer Klarheit. Uns bleibt nichts erspart.

»Ich liebe ihn, du kleine Hure!« schrie Elise heiser.

Lona antwortete nicht. Doch ihre Hand schoß mit einer schnellen, hackenden Geste auf Elises ausgestreckten Arm zu. Wie der Blitz traf ihre Handkante Elises fleischigen Unterarm. Elise zischte. Sie zog den Arm zurück. Wieder formten ihre Hände Krallen. Lona wich aus, ging leicht in die Knie, wartete sprungbereit.

All das hatte nur Sekunden gedauert. Jetzt bewegten sich die verblüfften Zuschauer. Burris, der sich von seiner kurzen Lähmung erholt hatte, trat vor und schirmte Lona vor Elises Zorn ab. Aoudad packte Elises Arm. Sie versuchte, sich zu befreien, ihre nackten Brüste wogten vor Erregung. Nikolaides eilte von der anderen Seite auf sie zu. Elise schrie, trat um sich, wollte sich losreißen. Die Robotpagen hatten einen Kreis gebildet. Burris sah zu, wie sie Elise fortzerrten.

Lona lehnte sich an eine Onyxsäule. Ihr Gesicht war dunkelrot, doch nicht einmal ihr Make-up hatte gelitten. Sie wirkte eher verblüfft als erschreckt.

»Wer war das?« fragte sie.

»Elise Prolisse. Die Witwe eines meiner Schiffsgefährten.«

»Was wollte sie?«

»Wer weiß?« log Burris.

Lona ließ sich nicht täuschen. »Sie sagte, daß sie Sie liebt.«

»Das ist ihre Sache. Vermutlich sind ihre Nerven etwas mitgenommen.«

»Ich habe sie im Krankenhaus gesehen. Sie besuchte Sie.« Grüne Flämmchen der Eifersucht flackerten in Lonas Augen. »Was will sie von Ihnen? Warum machte sie diese Szene?«

Aoudad kam ihm zu Hilfe. Ein Tuch gegen seine blutende Wange drückend sagte er: »Wir haben ihr ein Beruhigungsmittel gegeben. Sie wird Sie nicht mehr belästigen. Die Sache tut mir schrecklich leid. Eine dumme, hysterische Person ...«

»Wir wollen wieder nach oben gehen«, sagte Lona. »Mir ist jetzt nicht nach einem Essen im Galaktischen Saal zumute.«

»O nein«, sagte Aoudad, »sagen Sie nicht ab. Ich gebe Ihnen einen Relaxer, und Sie fühlen sich sofort besser. Sie dürfen sich von so einer dummen Episode nicht den wundervollen Abend verderben lassen.«

»Wir wollen wenigstens diese Halle verlassen«, sagte Burris kurz.

Die kleine Gruppe wurde in einen hell erleuchteten Nebenraum geleitet. Lona sank auf einen Diwan. Burris, der erst jetzt seine Anspannung spürte, hatte Schmerzen in den Schenkeln, den Handgelenken, in der Brust. Aoudad holte eine Taschenpackung Relaxer hervor, nahm selbst davon und gab Lona gleichfalls ein Röhrchen. Burris lehnte ab, denn er wußte, daß die Droge auf ihn keine Wirkung haben würde. Binnen Sekunden lächelte Lona wieder.

Burris wußte, daß er sich nicht getäuscht hatte, als er die Eifersucht in ihren Augen bemerkte. Elise war aufgetaucht wie ein Taifun aus Fleisch, hatte gedroht, alles fortzuwirbeln, was Lona besaß, und Lona hatte sich standhaft gewehrt. Burris war geschmeichelt und gleichzeitig beunruhigt. Er konnte nicht leugnen, daß es ihm wie jedem Mann gefiel, das Objekt eines solchen Zweikampfes zu sein. Und doch hatte ihm dieser aufschlußreiche Augenblick gezeigt, wie eng Lona schon mit ihm verbunden war. Er selbst fühlte keine so tiefe Zuneigung. Er mochte das Mädchen, ja, war ihr für ihre Gesellschaft dankbar, doch weit davon entfernt, sie zu lieben. Er zweifelte sehr daran, daß er sie überhaupt je lieben würde, sie oder jemand anderen. Doch Lona hatte sich offenbar in ihrer Phantasie eine Liebesgeschichte aufgebaut, obwohl nicht einmal eine körperliche Beziehung zwischen ihnen bestand. Burris wußte, daß sich daraus Probleme ergeben würden.

Da Aoudads Entspannungsmittel ihre Verkrampfung gelöst hatte, erholte sich Lona schnell von Elises Angriff. Sie standen auf; trotz seiner Verletzung strahlte Aoudad wieder.

»Wollen Sie jetzt essen gehen?« fragte er.

»Ich fühle mich schon viel wohler«, sagte Lona. »Alles kam so plötzlich – es hat mich überrumpelt.«

»Fünf Minuten im Galaktischen Saal, und Sie haben

die ganze Sache vergessen«, sagte Burris. Er bot ihr wieder den Arm. Aoudad begleitete sie zu dem Spezialaufzug, der nur in den Galaktischen Saal führte. Sie stiegen auf die Schwerkraftplattform und schwebten aufwärts. Das Restaurant lag im obersten Stockwerk des Hotels, überblickte den Himmel aus seiner luftigen Höhe wie ein privates Observatorium, ein sybaritisches Uraniborg des Essens. Burris, der nach Elises unerwartetem Angriff immer noch zitterte, fühlte, wie neue Angst in ihm hochstieg, als sie die Vorhalle des Restaurants erreichten. Äußerlich blieb er ruhig, doch er fürchtete, der überirdische Glanz des Galaktischen Saals werde in ihm eine Panik auslösen.

Er war schon einmal dort gewesen, vor langer Zeit. Doch das war in einem anderen Körper gewesen, und außerdem war das Mädchen tot.

Der Lift hielt an, und sie traten hinaus in ein Bad aus lebendem Licht.

Mit großer Geste sagte Aoudad: »Der Galaktische Saal! Ihr Tisch wartet. Viel Vergnügen!«

Er verschwand. Gezwungen lächelte Burris Lona zu, die vor Glück und Angst benommen und verwirrt aussah. Die Kristalltüren öffneten sich vor ihnen. Sie traten ein.

19
Le Jardin des Supplices

Nie hatte es jenseits von Babylon ein solides Restaurant gegeben. Reihe über Reihe hoben sich die Terrassen der sternenbesetzten Kuppel entgegen. Hier gab es keine Lichtbrechung, der Speisesaal schien offen unter dem Himmel zu liegen, doch in Wirklichkeit waren die eleganten Gäste vollkommen vor den Elementen geschützt. Eine Wand aus schwarzem Licht umrahmte die Fassade des Hotels und hielt die Helligkeit der Stadtbeleuchtung fern, so daß über dem Galaktischen Saal die Sterne strahlten wie über einer Waldlichtung.

Die fernen Welten des Universums schienen so beinahe zum Greifen nahe. Die Produkte dieser Welten, die Ernte von den Sternen, gaben dem Saal Glanz. Das Material seiner gewölbten Wände bestand aus einer Ansammlung fremdartiger Kunsterzeugnisse: Bergkristalle in hellen Farben, Scherben, Gemälde, klingende Zauberbäume aus merkwürdigen Legierungen, zickzackförmige Konstruktionen aus lebendem Licht, jede in ihre eigene Nische in der Prozession der Terrassen eingebettet. Die Tische schienen aus dem mit beinahe empfindungsfähigem Organismus bedeckten Boden zu wachsen, den man auf einer der Welten des Aldebaran gefunden hatte. Dieser Teppich unterschied sich, um es offen zu sagen, nicht allzusehr von irdischem Schlickboden, doch die Geschäftsführung gab sich keine besondere Mühe, ihn zu identifizieren, und seine Wirkung war äußerst luxuriös.

Andere Gebilde wuchsen an auserlesenen Stellen des Galaktischen Saals: in Kübel gepflanzte Stauden, süß duftende Blütengewächse, sogar Zwergbäume, alles (so hieß es) von anderen Welten importiert. Selbst der Kronleuchter war das Produkt fremder Hände: eine riesige Blüte aus goldenen Tränen, gearbeitet aus dem bernsteinähnlichen Sekret eines großen Meerestieres, das an den grauen Ufern eines Centauriplaneten lebte.

Sanft ergoß sich sein Licht in den riesigen Raum.

Es kostete unermeßliche Summen, im Galaktischen Saal zu speisen. Doch allabendlich waren sämtliche Tische besetzt. Man gab seine Bestellung Wochen im voraus auf. Wer das Glück gehabt hatte, sich für diesen Abend zu entscheiden, konnte als zusätzliche Attraktion den Raumfahrer und das Mädchen sehen, das die vielen Babys hatte. Doch die Gäste, größtenteils selbst Prominente, hatten nur flüchtiges Interesse an dem vielzitierten Paar. Ein schneller Blick, dann wandte man sich wieder den Genüssen auf dem eigenen Teller zu.

Lona klammerte sich an Burris' Arm, als sie die massiven, durchsichtigen Türen durchschritten. Ihre schmalen Finger drückten so fest zu, daß es ihn schmerzen mußte. Sie stand auf einer schmalen, erhöhten Plattform und blickte über einen riesigen, leeren Raum unter leuchtendem Sternenhimmel. Der Hohlraum des kuppelförmigen Restaurants war leer und hatte einen Durchmesser von über hundert Metern; die Tischreihen zogen sich in Spiralen an den gewölbten Wänden hoch, so daß jedem Gast ein Fensterplatz zur Verfügung stand.

Sie hatte ein Gefühl, als falle sie nach vorn und taumele in den offenen Abgrund, der sich vor ihr auftat.

»Oh!« Entsetzt. Mit zitternden Knien und trockener Kehle wiegte sie sich auf den Absätzen, öffnete und schloß die Augen. Tausendfacher Schrecken erfaßte sie. Sie könnte fallen und sich in diesem Abgrund verlieren; ihr Spraykleid könnte sich auflösen und sie nackt den Blicken der eleganten Menge preisgeben; diese Furie mit den riesigen Eutern könnte zurückkommen und sie angreifen, während sie beim Essen saßen; sie könnte bei

Tisch irgendeinen schrecklichen Fauxpas begehen oder von plötzlicher, heftiger Übelkeit befallen werden und den Teppich mit Erbrochenem besudeln. Alles war möglich. Das Restaurant war ein Traum, doch nicht unbedingt ein angenehmer Traum.

Eine einschmeichelnde Stimme aus dem Nichts murmelte: »Mr. Burris, Miß Kelvin, willkommen im Galaktischen Saal. Bitte treten sie näher.«

»Wir steigen auf die Schwerkraftplatte«, flüsterte Burris ihr zu.

Die kupferfarbene Scheibe, wenige Zentimeter dick und zwei Meter im Durchmesser, trat aus dem Rand ihrer Plattform hervor. Burris führte sie darauf, und sofort glitt die Scheibe aus ihrer Verankerung, bewegte sich schräg aufwärts. Lona sah nicht nach unten. Die schwebende Platte brachte sie zur gegenüberliegenden Wand des großen Raumes und hielt neben einem freien Tisch, der gefährlich dicht am Rande eines freitragenden Simses stand. Burris trat hinüber und half Lona auf den Sims. Die Scheibe, die sie hergebracht hatte, glitt davon und kehrte an ihren Platz zurück. Einen Augenblick lang sah Lona sie von der Seite, umgeben von einem bunten Lichtreflex.

Der einbeinige Tisch schien organisch aus dem Sims zu wachsen. Dankbar setzte sich Lona auf einen Stuhl, der sich sofort ihren Körperformen anpaßte. Etwas Obszönes lag in dieser vertraulichen Umklammerung; dennoch war sie tröstlich: der Stuhl, dachte Lona, würde sie nicht loslassen, falls ihr so dicht neben dem Abgrund zu ihrer Linken schwindlig würde.

»Wie gefällt es Ihnen?« fragte Burris und sah ihr in die Augen.

»Es ist unglaublich. So hätte ich es mir nie vorgestellt.« Sie sagte ihm nicht, daß der Eindruck sie beinahe krank machte.

»Wir haben einen besonders guten Tisch. Vermutlich ist es Chalks eigener Platz, wenn er hier speist.«

»Ich wußte nicht, daß es so viele Sterne gibt!«

Sie sahen hoch. Von ihrem Platz aus konnten sie den Himmel ungehindert in einem Bogen von fast hundertfünfzig Grad überblicken. Burris zeigte ihr die Sterne und Planeten.

»Mars«, sagte er. »Das ist einfach: der große, orangefarbene Stern. Aber können Sie den Saturn sehen? Die Ringe sind natürlich nicht sichtbar, aber ...« Er nahm ihre Hand, führte sie und beschrieb die Lage der Gestirne, bis sie zu sehen glaubte, was er meinte. »Bald werden wir dort draußen sein, Lona. Titan ist von hier aus nicht sichtbar, nicht mit bloßem Auge, aber in Kürze werden wir selbst dort sein. Und dann werden wir diese Ringe sehen! Schauen Sie, dort: Orion. Und Pegasus.« Er zählte ihr die Konstellationen auf. Er benannte die Sterne mit sinnlichem Vergnügen am Klang ihrer alten Namen: Sirius, Arkturus, Polaris, Bellatrix, Rigel, Algol, Antares, Beteigeuze, Aldebaran, Prokyon, Ularkab, Deneb, Wega Alphecca. »Jeder eine Sonne«, sagte er. »Die meisten haben Welten. Und da sind sie alle vor uns ausgebreitet!«

»Haben Sie viele andere Sonnen besucht?«

»Elf. Neun mit Planeten.«

»Sind irgendwelche von denen dabei, die Sie eben nannten? Diese Namen gefallen mir.«

Er schüttelte den Kopf. »Die Sonnen, die ich besuchte, haben Zahlen, keine Namen. Zumindest keine Namen, die Erdbewohner ihnen gegeben hätten. Die meisten tragen andere Namen. Einige habe ich kennengelernt.« Sie sah, daß sich seine Mundwinkel öffneten und rasch wieder schlossen: ein Zeichen seiner Spannung, wie Lona gelernt hatte. Sollte ich mit ihm über die Sterne reden? Vielleicht will er nicht erinnert werden.

Doch unter diesem leuchtenden Baldachin konnte sie das Thema nicht fallenlassen.

»Werden Sie je wieder dort hinaus gehen?« fragte sie.

»Aus unserem System heraus? Kaum. Ich bin jetzt

nicht mehr im Dienst. Und wir haben noch keine Touristenflüge zu benachbarten Sternen. Aber natürlich werde ich die Erde wieder verlassen. Mit ihnen: die planetarische Rundreise. Nicht ganz dasselbe. Aber sicherer.«

»Können Sie – können Sie«, sie zögerte und hastete dann weiter, »mir den Planeten zeigen, wo Sie – gefangengenommen wurden?«

Sein Mund verzerrte sich dreimal rasch.

»Es ist eine bläuliche Sonne. Man kann sie von dieser Hemisphäre aus nicht erkennen. Sogar aus dem Orbit kann man sie nicht mit bloßem Auge sehen. Sechs Planeten. Manipool ist der vierte. Als wir ihn umkreisten, bereit zur Landung, spürte ich eine seltsame Erregung. Als ziehe mein Schicksal mich an diesen Ort. Vielleicht habe ich eine hellseherische Ader, hm, Lona? Sicher spielte Manipool in meinem Schicksal eine wichtige Rolle. Aber ich weiß, daß ich kein Hellseher bin. Von Zeit zu Zeit überkommt mich die feste Überzeugung, daß es meine Bestimmung ist, dorthin zurückzukehren. Und das ist absurd. *Dort* noch einmal hinzugehen ... *ihnen* wieder gegenüberzutreten ...« Plötzlich ballte er die Hand zur Faust, straffte sich mit einem krampfartigen Ruck, der seinen ganzen Arm nach hinten schleuderte. Eine Vase mit fleischigen blauen Blüten wäre beinahe in den Abrund gefallen, Lona fing sie auf. Als er seine Hand schloß, hatte sie bemerkt, daß der kleine Fühler sich sauber um seine Finger wickelte. Sie legte ihre beiden Hände fest auf seine Hand und hielt ihn am Knöchel fest, bis die Spannung verebbte und seine Finger sich wieder öffneten.

»Sprechen wir nicht von Manipool«, schlug sie vor. »Die Sterne sind trotzdem schön.«

»Ja. Ich habe sie nie wirklich auf diese Art betrachtet, bis ich nach meiner ersten Reise auf die Erde zurückkehrte. Von hier unten aus sehen wir sie nur als Lichtpunkte. Aber wenn man dort draußen mitten im Sternenlicht ist und hierhin und dorthin springt, wie einen die Sterne treiben, dann ist es anders. Sie hinterlassen ein Zeichen an uns. Wissen Sie, Lona, daß Sie von hier aus einen fast so eindrucksvollen Blick über den Himmel haben wie aus einem Raumschiff?«

»Wie machen sie das? Ich habe noch nie so etwas gesehen.«

Er versuchte, ihr den Vorhang aus schwarzem Licht zu erklären. Nach dem dritten Satz kam Lona nicht mehr mit, aber sie starrte intensiv in seine fremdartigen Augen, tat so, als höre sie zu, und wußte, daß sie ihn nicht enttäuschen durfte. Er wußte so viel! Und doch hatte er Angst in diesem Raum des Entzückens, genau wie sie selbst. Solange sie sprachen, bildeten die Worte einen Damm gegen die Angst. Doch in den Pausen wurde sich Lona peinlich der vielen reichen, blasierten Leute um sie herum bewußt, des Abgrunds neben ihr, ihrer eigenen Unwissenheit und Unerfahrenheit. Sie fühlte sich nackt unter dem Glanz der Sterne. In den Gesprächspausen wurde selbst Burris ihr wieder fremd; seine chirurgischen Entstellungen, die sie schon beinahe nicht mehr bemerkt hatte, stachen plötzlich wieder unübersehbar ins Auge.

»Ein Drink?« fragte er.

»Ja. Ja, bitte. Bestellen Sie. Ich weiß nicht, was ich nehmen soll.«

Kein Kellner, weder Mensch noch Roboter, war in Sicht, und auch an den anderen Tischen bemerkte Lona keinerlei Bedienung. Burris bestellte, indem er einfach in das goldene Gitter neben seinem linken Ellbogen sprach. Seine lässige Sicherheit schüchterte Lona ein, und halb argwöhnte sie, daß das beabsichtigt war. Sie fragte: »Haben Sie oft hier gegessen? Sie scheinen sich auszukennen.«

»Ich war einmal hier. Vor mehr als zehn Jahren. Das ist kein Ort, den man schnell vergißt.«

»Waren Sie damals auch schon Raumfahrer?«

»O ja. Ich hatte ein paar Reisen hinter mir. Ich war auf Urlaub. Da war dieses Mädchen, dem ich Eindruck machen wollte ...«

»Oh.«

»Ich machte keinen Eindruck. Sie heiratete einen anderen. Sie kamen um, als das Große Rad auseinanderbrach; es war ihre Hochzeitsreise.«

Vor mehr als zehn Jahren, dachte Lona. Sie war noch nicht sieben gewesen. Neben ihm fühlte sie sich klein in ihrer Jugend. Sie war froh, als die Getränke kamen.

Auf einem kleinen Gravitrontablett schwebten sie durch den Abgrund. Es erschien Lona verblüffend, daß die Serviertabletts, von denen sie jetzt viele bemerkte, nie zusammenstießen, während sie zu den Tischen glitten. Doch es war natürlich kein besonderes Kunststück, die Bewegung von Körpern auf Umlaufbahnen zu programmieren, daß diese sich nicht schnitten.

Ihr Drink wurde in einem Kelch aus schwarzem, poliertem Stein serviert, der sich in der Hamd plump, an den Lippen aber grazil anfühlte. Lona nahm den Kelch auf und hob ihn automatisch an den Mund; als sie gerade trinken wollte, bemerkte sie ihren Irrtum. Burris wartete lächelnd; sein eigenes Glas stand noch vor ihm.

Er wirkt verdammt schulmeisterlich, wenn er so lächelt, dachte sie. Weist mich zurecht, ohne ein Wort zu sagen. Ich weiß, was er denkt: daß ich eine unwissende Göre ohne Manieren bin.

Sie ließ den Ärger abflauen. Nach einem Moment merkte sie, daß sie sich eigentlich über sich selbst und nicht über ihn geärgert hatte. Das zu spüren machte es ihr leichter, die Ruhe zurückzugewinnen.

Sie blickte auf seinen Drink.

Etwas schwamm darin.

Das Glas war aus durchscheinendem Quarz. Es war zu drei Fünfteln mit einer seimigen, grünen Flüssigkeit gefüllt. Ein winziges, tränenförmiges Tier bewegte sich darin träge hin und her; seine violette Haut hinterließ ein schwaches Glühen in der Flüssigkeit.

»Gehört das da hinein?«

Burris lachte. »Ich habe einen sogenannten Deneb-Martini. Ein widersinniger Name. Spezialität des Hauses.«

»Und darin?«

»So etwas wie eine Kaulquappe. Eine amphibische Lebensform aus einer der Aldebaranwelten.«

»Und man trinkt es?«

»Ja. Lebendig.«

»Lebendig?« Lona schüttelte sich. »Warum? Schmeckt es so gut?«

»Eigentlich ist es vollkommen geschmacklos. Reine Dekoration. Blasiertheit in höchster Potenz, die wieder zurück zur Barbarei führt. Ein Schluck, und weg ist es.«

»Aber es ist lebendig! Wie können Sie es töten?«

»Haben Sie je eine Auster gegessen, Lona?«

»Nein. Was ist eine Auster?«

»Eine Molluske. Früher einmal recht beliebt; sie wurde in der Schale serviert. Lebend. Man träufelt Zitronensaft darüber – Zitronensäure, wissen Sie – und die Auster windet sich. Dann ißt man sie. Sie schmeckt nach Meer. Tut mir leid, Lona. So ist es nun einmal. Austern wissen nicht, was mit ihnen geschieht. Sie haben keine Hoffnungen, Ängste, Träume. Und dieses Geschöpf hier auch nicht.«

»Aber es zu töten ...«

»Wir töten, um zu essen. Wenn wir eine wirkliche Ernährungsmoral hätten, dürften wir nur synthetische Nahrung essen.« Burris lächelte freundlich. »Tut mir leid. Ich hätte es nicht bestellt, wenn ich gewußt hätte, daß es Sie kränkt. Soll ich es fortbringen lassen?«

»Nein. Vermutlich würde dann ein anderer es trinken. Ich habe das alles nicht so gemeint. Ich war nur ein bißchen bestürzt, Minner. Aber es ist Ihr Drink. Genießen Sie ihn.«

»Ich werde ihn zurückschicken.«

»Bitte.« Sie berührte den Fühler an seiner linken Hand. »Wissen Sie, warum es mich stört? Weil es ist, als mache man sich selbst zum Gott, wenn man ein lebendes Wesen verschluckt. Ich meine, da sind Sie, riesengroß, und zerstören einfach etwas, das nie erfahren wird warum. Die Art ...«

»Die Art, wie fremde Wesen einen schwächeren Organismus packen und operieren, ohne sich die Mühe zu machen, etwas zu erklären?« fragte er. »Die Art, wie Ärzte mit den Ovarien eines Mädchens komplizierte Experimente durchführen können, ohne die späteren psychologischen Auswirkungen zu bedenken? Mein Gott, Lona, wir müssen solche Gedanken beiseite schieben, wir dürfen nicht ständig darauf zurückkommen.«

»Was haben Sie für mich bestellt?« fragte sie.

»Gaudax. Ein Aperitif aus einer Centauriwelt. Mild und süß. Er wird Ihnen schmecken. Zum Wohl, Lona.«

»Zum Wohl.«

Er bewegte sein Glas in einem Kreis um ihren schwarzen Steinkelch herum. Dann tranken sie. Der Centauriaperitif prickelte auf ihrer Zunge; es war eine schwach ölige Flüssigkeit, doch delikat, köstlich. Sie erschauerte vor Vergnügen. Nach drei schnellen Schlukken setzte sie den Kelch ab.

Das kleine, schwimmende Gebilde war aus Burris' Glas verschwunden.

»Möchten Sie von meinem Drink kosten?« fragte er.

»Bitte. Nein.«

Er nickte. »Dann wollen wir das Essen bestellen. Verzeihen Sie mir meine Gedankenlosigkeit?«

Zwei dunkelgrüne Würfel, zehn Zentimeter groß, lagen nebeneinander in der Mitte des Tisches. Lona hatte sie für eine Dekoration gehalten, doch jetzt, als Burris ihr einen davon zuschob, stellte sie fest, daß es Speisekarten waren. Als sie den Würfel in die Hand nahm, strömte warmes Licht durch sein Inneres, und Leuchtbuchstaben erschienen, scheinbar einige Zentimeter unter der glatten Oberfläche. Sie drehte den Würfel nach allen Seiten. Suppen, Fleischgerichte, Vorspeisen, Süßspeisen …

Nichts auf der Karte war ihr bekannt.

»Ich sollte nicht hier sitzen, Minner. Ich esse nur ganz gewöhnliche Dinge. Dies hier ist so geheimnisvoll, daß ich gar nicht weiß, wo ich anfangen soll.«

»Soll ich für Sie bestellen?«

»Das wäre sicher besser. Nur wird es hier die Sachen nicht geben, die ich wirklich möchte. Wie zum Beispiel ein Proteinhacksteak und ein Glas Milch.«

»Vergessen Sie das Proteinhacksteak. Kosten Sie eine der selteneren Delikatessen.«

»Aber das ist so falsch! Ausgerechnet ich sollte vorgeben, ein Feinschmecker zu sein!«

»Sie sollen nichts vorgeben. Essen Sie und genießen Sie. Proteinhacksteaks sind nicht das einzige Gericht im Universum.«

Etwas von seiner Ruhe ging auf Lona über. Er bestellte für beide. Lona war stolz auf seine Gewandtheit. Es gehörte nicht allzuviel dazu, sich in der Speisekarte eines solchen Restaurants auszukennen, doch er wußte so viel. Er war erschreckend. Sie ertappte sich bei dem Gedanken: *Hätte ich ihn nur gekannt, bevor sie …* – dann ließ sie ihn wieder fallen. Keine denkbaren Umstände hätten Sie mit dem noch nicht entstellten Minner Burris in Kontakt gebracht. Er hätte sie gar nicht bemerkt; damals mußte er mit Frauen wie dieser wabbeligen alten Elise zu tun gehabt haben. Die ihn immer noch begehrte, ihn aber jetzt nicht haben konnte. Er gehört mir, dachte Lona wild. Er gehört mir! Sie haben mir ein zerbrochenes Wesen zugeschoben, ich helfe, es wieder in Ordnung zu bringen, und niemand wird es mir wegnehmen.

»Würden Sie gern eine Suppe und eine Vorspeise essen?« fragte er.

»Ich bin eigentlich nicht hungrig.«

»Kosten Sie trotzdem ein wenig.«

»Es wäre an mich nur verschwendet.«

»Über Verwendung macht sich hier niemand Gedanken. Und wir brauchen dieses Essen nicht zu bezahlen. Probieren Sie.«

Ein Gericht nach dem anderen erschien. Jedes war eine Spezialität irgendeiner fernen Welt, entweder direkt importiert oder mit größter Kunstfertigkeit auf der Erde nachgemacht. Rasch füllte sich der Tisch mit Fremdartigem. Platten, Schüsseln, Tassen, angefüllt mit Merkwürdigkeiten, serviert in überwältigender Üppigkeit. Burris zählte ihr die Namen auf und versuchte, ihr die Gerichte zu erklären, aber ihr schwindelte, sie war kaum fähig, seine Worte zu erfassen. Was war dieses flockige weiße Fleisch? Und die goldenen, in Honig getauchten Beeren? Diese Suppe, blaß und mit aromatischem Käse bestreut? Allein die Erde brachte so viele verschiedene Küchen hervor; aus einer ganzen Galaxis wählen zu müssen war ein so betäubender Gedanke, daß ihr der Appetit verging.

Lona kostete. Sie geriet in Verwirrung. Ein Bissen von dem, ein Schluck von jenem. Sie wartete ständig darauf, daß der nächste Becher wieder irgendein lebendiges kleines Geschöpf enthielt. Noch ehe der Hauptgang serviert wurde, war sie gesättigt. Burris hatte zwei Sorten Wein bestellt. Er goß sie zusammen, und sie veränderten die Farbe, Türkis und Rubinrot mischten sich zu einer unerwarteten, undurchsichtigen Schattierung. »Katalytische Reaktion«, sagte er. »Man sorgt hier nicht nur für guten Geschmack, sondern auch für einen ästhetischen Anblick. Bitte.« Doch sie konnte nur einen winzigen Schluck trinken.

Bewegten sich die Sterne jetzt in unregelmäßigen Kreisen?

Sie hörte das Summen der Gespräche überall um sich herum. Länger als eine Stunde hatte sie so tun können, als befänden sich Burris und sie in privater Abgeschiedenheit, doch jetzt brach die Gegenwart der anderen Gäste wieder durch. Sie sahen sie an. Sprachen über sie. Bewegten sich umher, schwebten auf ihren Gravitronscheiben von Tisch zu Tisch. Haben Sie gesehen? Was halten Sie davon? Wie charmant! Wie seltsam! Was halten Sie davon? Wie charmant! Wie seltsam! Wie grotesk!

»Minner, lassen Sie uns von hier fortgehen.«

»Aber wir haben unser Dessert noch nicht bekommen.«

»Ich weiß. Es ist mir gleich.«

»Likör von der Prokyongruppe. Kaffee à la Galaxis.«

»Minner, nein.« Sie sah, wie sich seine Augen zu voller Größe öffneten, und wußte, daß irgendein Ausdruck auf Ihrem Gesicht ihn tief betroffen haben mußte. Ihr war beinahe übel. Vielleicht sah er das.

»Wir gehen«, sagte er zu ihr. »Wir kommen ein anderes Mal zum Dessert hierher.«

»Es tut mir so leid, Minner«, murmelte sie. »Ich wollte uns dieses Essen nicht verderben. Aber das Restaurant ... ich fühle mich an einem Ort wie diesem fehl am Platz. Er macht mir Angst. Alle diese fremden Gerichte. Die starrenden Augen. Alle sehen uns an, nicht wahr? Wenn wir in unser Zimmer zurückgehen könnten, wäre alles so viel besser.«

Er rief die Schwebeplatte herbei. Der Stuhl entließ Lona aus seinem vertraulichen Griff. Als sie aufstand, schienen ihre Beine unter ihr nachzugeben. Sie wußte nicht, wie sie einen Schritt tun sollte, ohne zu stürzen. Während sie noch zögerte, sah sie mit merkwürdiger Klarheit einzelne Ausschnitte der sie umgebenden Szenerie. Eine dicke, juwelenbehangene Frau mit zahlreichen Doppelkinnen. Ein vergoldetes Mädchen in transparentem Kleid, nicht viel älter als sie selbst, aber

Zwischendurch:

Lonas Abendessen ist schon ein zwiespältiges Abenteuer: Sie muß sich auf allerhand exotische Genüsse gefaßt machen. Vor allem aber fühlt sie sich ständig beobachtet, fehl am Platz.

Wer kennt solch beklommene Stimmung nicht? Nur gut, wenn man sich in den eigenen vier Wänden auch einmal ganz ungezwungen entspannen kann. Für's leibliche Wohl sorgt dann etwas, das ganz schnell zwischendurch zubereitet ist: Man braucht für eine kleine warme Mahlzeit ja nur kochendes Wasser, einen Löffel und die . . .

unendlich viel selbstsicherer. Zwei Ebenen tiefer ein Garten mit kleinen, gabelförmig verzweigten Bäumen. Die Bänder aus lebendem Licht, die sich wie Girlanden durch den freien Raum zogen. Ein schwebendes Tablett und drei Becher mit dunklem, glänzendem, unbekanntem Inhalt. Lona schwankte. Burris hielt sie fest und hob sie auf die Scheibe, doch er tat es so diskret, daß ein Beobachter nicht bemerkt hätte, wie kräftig er sie stützen mußte.

Sie blickte starr geradeaus, während sie den Abgrund bis zur Eingangsplattform überquerten.

Ihr Gesicht war rot und schweißnaß. Ihr schien, als seien die fremdartigen Kreaturen wieder zum Leben erwacht und würden geduldig in ihren Verdauungssäften schwimmen. Irgendwie gelangten Burris und sie durch die Kristalltüren. Mit einem Schnellift fuhren sie hinunter in die Halle; ein anderer Aufzug brachte sie wieder hinauf in ihre Suite. Lona erhaschte einen Blick auf Aoudad, der im Gang herumlungerte und schnell hinter einem dicken Pfeiler verschwand.

Burris legte die Handfläche auf die Tür. Sie öffnete sich vor ihnen.

»Ist Ihnen nicht gut?« fragte er.

»Ich weiß nicht. Ich bin froh, daß wir da heraus sind. Hier ist es so viel ruhiger. Haben Sie die Tür verschlossen?«

»Natürlich. Kann ich irgend etwas für Sie tun, Lona?«

»Lassen Sie mich ausruhen. Ein paar Minuten, allein.«

Er brachte sie in ihr Schlafzimmer und half ihr, sich auf das runde Bett zu legen. Dann ging er hinaus. Lona war überrascht, wie schnell sie jetzt, da sie nicht mehr im Restaurant war, ihr Gleichgewicht wiederfand. Zuletzt war es ihr so vorgekommen, als sei selbst der Himmel ein riesiges, neugieriges Auge.

Lona stand auf; sie war jetzt ruhiger und entschlossen, den Rest ihres falschen Glanzes abzuschütteln. Sie trat unter die Vibradusche. Augenblicklich verschwand das aufwendige Kleid. Sofort fühlte sie sich kleiner, jünger. Nackt machte sie sich für die Nacht fertig.

Sie schaltete eine gedämpfte Lampe ein, knipste die restliche Raumbeleuchtung aus und glitt zwischen die Laken. Sie waren kühl und angenehm auf ihrer Haut. Eine Kontrolltafel diente zur Regulierung von Bewegung und Form des Bettes, doch Lona ignorierte sie. Leise sagte sie in die Sprechanlage dicht neben ihrem Kopfkissen: »Minner, möchten Sie jetzt hereinkommen?«

Er trat sofort ein. Noch immer trug er seinen überladenen Abendanzug samt Umhang und allem anderen. Die flammenden, rippenähnlichen Streifen waren so grotesk, daß sie die Fremdartigkeit seines Körpers nahezu vergessen ließen.

Das Abendessen war ein Mißerfolg gewesen, dachte sie. Das Restaurant, so glanzvoll es war, hatte für sie einer Folterkammer geglichen. Doch vielleicht war der Abend noch zu retten.

»Halten Sie mich fest«, sagte sie mit dünner Stimme. »Ich bin immer noch ein bißchen durcheinander.«

Burris kam zu ihr. Er setzte sich neben sie, und sie richtete sich ein wenig auf, ließ dabei das Laken heruntergleiten und ihre Brüste enthüllen. Er streckte die Arme nach ihr aus, doch die vorstehenden Rippen auf seinem Anzug bildeten ein unüberwindliches Hindernis, machten jede Berührung unmöglich.

»Ich ziehe diesen Aufputz besser aus.«

»Die Vibradusche ist dort drüben.«

»Soll ich das Licht ausmachen?«

»Nein. Nein.«

Sie wandte die Augen nicht von ihm ab, als er durch den Raum ging.

Er trat auf die Platte der Vibradusche und stellte sie an. Die Dusche war dazu bestimmt, die Haut von jeder anhaftenden Substanz zu reinigen; ein Sprayanzug würde sich natürlich zuerst auflösen. Burris' fremdländische Gewandung verschwand.

Lona hatte seinen Körper nie zuvor gesehen.

Reglos, auf alle katastrophalen Enthüllungen gefaßt, sah sie zu, wie sich der nackte Mann zu ihr umwandte. Ihr Gesicht war ebenso starr und beherrscht wie seines, denn dies war eine doppelte Prüfung; sie würde zeigen, ob sie den Schock ertragen konnte, mit dem Unbehagen konfrontiert zu werden, und ob er den Schock ertragen konnte, ihre Reaktion zu sehen.

Seit Tagen hatte sie vor diesem Augenblick gezittert. Jetzt war er da, und voller Verwunderung stellte sie fest, daß sie den gefürchteten Moment ohne Schaden durchlebt und überstanden hatte.

Er war nicht annähernd so schrecklich anzusehen, wie sie befürchtet hatte.

Natürlich war er seltsam. Wie an Gesicht und Armen war auch die Haut seines Körpers glänzend und unwirklich, eine nahtlose Umhüllung, wie sie nie zuvor ein Mensch getragen hatte. Er war unbehaart und besaß weder Brustwarzen noch Nabel, eine Tatsache, die Lona erst bemerkte, als sie herauszufinden suchte, was an ihm nicht stimmte.

Seine Arme und Beine waren auf ungewohnte Weise mit dem Rumpf verbunden und befanden sich, um einige Zentimeter verschoben, an ungewohnten Stellen. Der Brustkorb schien zu tief im Verhältnis zur Breite der Hüften. Seine Knie wölbten sich nicht nach vorn wie normale Knie. Wenn er sich bewegte, kräuselten sich die Muskeln seines Körpers auf merkwürdige Weise.

Doch diese Dinge waren unwesentlich und keine echten Deformierungen. Er hatte keine scheußlichen Narben, keine verborgenen zusätzlichen Gliedmaßen, keine unerwarteten Augen oder Münder am Körper. Die wirklichen Veränderungen waren innerlich und in seinem Gesicht.

Die größten Bedenken, die Lona gehabt hatte, erwiesen sich als grundlos. Entgegen aller Wahrscheinlichkeit schien seine Männlichkeit normal zu sein, zumindest soweit sie das beurteilen konnte.

Burris kam auf das Bett zu. Sie hob die Arme. Einen Augenblick später war er neben ihr, seine Haut an ihrer. Sie fühlte sich fremdartig, aber nicht unangenehm an. Burris schien jetzt merkwürdig scheu. Lona zog ihn enger an sich. Sie schloß die Augen. Sie wollte sein verändertes Gesicht in diesem Augenblick nicht sehen, und außerdem waren ihre Augen plötzlich selbst gegen das gedämpfte Licht der Lampe empfindlich. Sie streckte die Hand nach ihm aus. Ihre Lippen trafen seinen Mund.

Sie war nicht oft geküßt worden. Doch so war sie noch nie geküßt worden. Wer seinen Mund neu geschaffen hatte, hatte ihn nicht zum Küssen entworfen, und so war Burris gezwungen, sie unbeholfen zu berühren. Mund an Mund. Doch wieder war es nicht unangenehm. Und dann spürte Lona seine Finger auf ihrem Fleisch, sechs Finger an jeder Hand. Seine Haut hatte einen süßen, beißenden Geruch. Das Licht erlosch.

Eine Spiralfeder in ihrem Körper preßte sich immer fester zusammen ... fester ... fester ...

Eine Feder, die sich seit siebzehn Jahren immer enger zusammengepreßt hatte ... und nun wurde ihre Kraft in einem einzigen Augenblick freigesetzt.

Sie entzog ihm ihren Mund. Ihre Kiefer öffneten sich, ein Muskel in ihrem Hals bebte. Plötzlich blähte sich ein ernüchterndes Bild vor ihr auf: sie selbst auf einem Operationstisch, betäubt, ihr Körper der Sonde der Männer in Weiß geöffnet. Wie mit einem Blitzschlag zertrümmerte sie die Vorstellung, und sie zerbrach und stürzte zusammen.

Lona klammerte sich an Burris.

Endlich! Endlich!

Er würde ihr keine Kinder geben. Sie spürte das, und es störte sie nicht.

»Lona«, sagte er, das Gesicht an ihrem Schlüsselbein, seine Stimme erstickt und heiser. »Lona, Lona, Lona ...«

Helligkeit wie von einer explodierenden Sonne. Ihre Hand strich über seinen Rücken, auf und ab, und unmittelbar vor der Vereinigung kam ihr der Gedanke, daß seine Haut trocken war, daß er überhaupt nicht schwitzte. Dann stöhnte sie, spürte Schmerz und Freude in einer konvulsivischen Einheit und hörte verwundert die wilden, lauten Schreie der Lust, die ohne ihr Zutun aus ihrer Kehle drangen.

20
Armageddon

Es war ein nachapokalyptisches Zeitalter. Der Untergang, den die Propheten geweissagt hatten, war nie hereingebrochen, oder die Welt war durch ihn hindurch in eine ruhigere Zeit gegangen. Sie hatten das Schlimmste vorausgesagt, eine dunkle Ära allgemeinen Niedergangs. Ein Zeitalter der Axt, des Schwertes, des Sturmes, des Wolfes, eine Ära, in der die Welt erschüttert würde. Doch die Schilde wurden nicht gespalten, die Finsternis fiel nicht herab. Warum nicht? Was war geschehen? Duncan Chalk, einer der Hauptnutznießer der neuen Zeit, sann oft genüßlich über diese Frage nach.

Die Schwerter waren jetzt Pflugscharen.

Der Hunger war besiegt.

Die Bevölkerungsexplosion hatte nicht stattgefunden.

Der Mensch verseuchte nicht länger seine eigene Umwelt. Die Luft war verhältnismäßig rein, die Flüsse sauber. Es gab Seen aus blauem Kristall, Parks mit frischem Grün. Natürlich war das Zeitalter des Glücks und Friedens noch nicht ganz erreicht; es gab Verbrechen, Krankheit, Hunger, auch jetzt noch. Doch das war an den dunklen Orten. Für die meisten war es eine Ära des Müßiggangs und der Sorglosigkeit. Und *darin* sahen diejenigen, die immer schwarzsehen, den Niedergang.

Die Nachrichtenübermittlung geschah in Sekundenschnelle, jeder Punkt der Erde ließ sich in kürzester Zeit erreichen. Die unbewohnten Planeten des heimatlichen Sonnensystems waren all ihrer Metalle, Mineralien und sogar ihrer Gashüllen beraubt. Die Erde blühte. In einer Zeit der Fülle verfallen die Ideologien der Armut mit überraschender Schnelligkeit.

Und doch ist Fülle relativ. Bedürfnisse und Begierden

– die materialistischen Impulse – blieben. Der tiefere, dunklere Hunger wird nicht immer durch Geld allein gestillt. Ein Zeitalter bestimmt die charakteristischen Formen seiner Unterhaltung selbst. Chalk war einer der Schöpfer dieser Formen gewesen.

Sein Unterhaltungsimperium erstreckte sich über das halbe System. Es brachte ihm Reichtum, Macht, die Befriedigung des Ego und – soweit er es wünschte – Ruhm. Es führte ihn indirekt zur Erfüllung seiner inneren Bedürfnisse, die seiner physischen und psychologischen Konstellation entsprangen und die, hätte er in einem anderen Zeitalter gelebt, schwer auf ihm gelastet hätten. Jetzt war er auf schickliche Weise in der Lage, die Schritte zu unternehmen, die ihn in die gewünschte Position brachten.

Er brauchte ständig Nahrung, und seine Nahrung bestand nur zum Teil aus Fleisch und pflanzlichen Produkten.

Vom Zentrum seines Imperiums aus verfolgte Chalk die Taten seines vom Schicksal geschlagenen Liebespaares. Sie waren jetzt auf dem Weg in die Antarktis. Von Aoudad und Nikolaides, die über dem Bett der Liebe schwebten, erhielt er regelmäßige Berichte. Doch inzwischen brauchte Chalk seine Lakaien nicht mehr, um zu erfahren, was vorging. Er hatte den Kontakt hergestellt und bezog seine ihm genehme Art von Information aus den beiden zerbrochenen Menschen, die er zusammengeführt hatte.

Gerade jetzt spürte er in ihnen einen milden Wellenschlag von Glück. Unbrauchbar für Chalk. Doch er spielte sein Spiel geduldig. Gegenseitiges Mitleid hatte sie zueinander hingezogen, aber war Mitleid die geeignete Grundlage für unsterbliche Liebe? Chalk glaubte das nicht. Er war bereit, ein Vermögen aufs Spiel zu setzen, um seine Ansicht zu beweisen. Ihr Verhältnis zueinander würde sich ändern. Und Chalk würde daraus seinen Profit ziehen, sozusagen.

Aoudad war jetzt an der Leitung. »Wir kommen gerade an, Sir. Sie werden eben in ihr Hotel gebracht.«

»Gut. Sorgen Sie dafür, daß man ihnen jeden Komfort bietet.«

»Natürlich.«

»Aber halten Sie sich nicht zu viel in ihrer Nähe auf. Sie möchten miteinander allein sein und nicht von Anstandsdamen begleitet werden. Können Sie mir folgen, Aoudad?«

»Sie werden den ganzen Pol für sich allein haben.«

Chalk lächelte. Ihre Reise würde der Traum aller Verliebten sein. Es war ein elegantes Zeitalter, und wer den richtigen Schlüssel besaß, konnte eine Tür zum Vergnügen nach der anderen aufschließen. Burris und Lona würden ihre Freude haben.

Die Apokalypse kam erst später.

21
Gen Süden

»Ich verstehe nicht«, sagte Lona. »Wie kann hier Sommer sein? Als wir abreisten, war Winter.«

»In der nördlichen Hemisphäre, ja.« Burris seufzte. »Doch jetzt sind wir unterhalb des Äquators. So weit unterhalb des Äquators, wie man überhaupt nur sein kann. Hier sind die Jahreszeiten umgekehrt. Wenn es bei uns Sommer wird, haben sie hier Winter. Und jetzt ist hier Sommer.«

»Ja, aber warum?«

»Es hat mit der Neigung der Erdachse zu tun. Wenn sich die Erde um die Sonne dreht, wird ein Teil des Planeten vom Sonnenlicht stark erwärmt, ein anderer Teil nicht. Wenn ich einen Globus hätte, könnte ich es dir zeigen.«

»Aber wenn hier Sommer ist, warum gibt es dann so viel Eis?«

Der dünne, weinerliche Ton ihrer Fragen ärgerte ihn noch mehr als die Fragen selbst. Burris wurde plötzlich schwindlig. Ein Krampf machte sich in seinem Zwerchfell bemerkbar, als mysteriöse Organe ihre Sekrete des Ärgers in sein Blut spritzten.

»Verdammt, Lona, bist du denn nie zur Schule gegangen?« fuhr er sie an.

Sie wich vor ihm zurück. »Schrei mich nicht an, Minner. Bitte schrei nicht.«

»Hat man dir denn überhaupt nichts beigebracht?«

»Ich habe die Schule früh verlassen. Ich war keine gute Schülerin.«

»Und jetzt bin ich wohl dein Lehrer?«

»Das brauchst du nicht zu sein«, sagte Lona ruhig.

»Du brauchst gar nichts für mich zu sein, wenn du nicht willst.«

Plötzlich war er in der Defensive. »Ich wollte dich nicht anschreien.«

»Aber du hast es getan.«

»Ich habe die Geduld verloren. All diese Fragen ...«

»All diese *dummen* Fragen – das wolltest du doch sagen.«

»Hören wir auf damit, Lona. Es tut mir leid, daß ich dich so angefahren habe. Ich habe letzte Nacht nicht viel geschlafen, und meine Nerven sind strapaziert. Laß uns einen Spaziergang machen. Ich werde versuchen, dir die Jahreszeiten zu erklären.«

»Ich interessiere mich nicht im geringsten für die Jahreszeiten, Minner.«

»Auch gut. Dann laß uns spazierengehen. Wir wollen versuchen, uns zu beruhigen.«

»Glaubst du eigentlich, *ich* hätte letzte Nacht viel geschlafen?«

Er hielt ein Lächeln für angebracht. »Vermutlich nicht, nein, wirklich nicht.«

»Aber schreie ich vielleicht oder beklage mich?«

»Das tust du in der Tat. Also lassen wir das und machen einen Spaziergang zur Entspannung, einverstanden?«

»Also gut«, sagte sie mürrisch. »Einen Sommerbummel.«

»Einen Sommerbummel, ganz recht.«

Sie zogen leichte Thermalkleidung, Kapuzen und Handschuhe an. Die Temperatur war mild für diesen Erdteil: einige Grade über dem Gefrierpunkt. Die Antarktis erlebte eine Hitzewelle. Chalks Polarhotel war nur ein paar Kilometer vom eigentlichen Pol entfernt; es lag ›nördlich‹ davon, wie alle Dinge, und erstreckte sich in Richtung auf das Ross-Schelfeis. Es war eine ausgedehnte geodätische Kuppel, solide genug, um den Orkanen der Polarnacht standzuhalten, und leicht genug, um die eisige Natur der Antarktis gelten zu lassen.

Eine doppelte Schleuse bildete das Tor zu dem Eisreich draußen. Die Kuppel war von einem drei Meter breiten Gürtel nackten, braunen Bodens umgeben, der von den Erbauern als Abschirmzone angelegt worden war. Jenseits dieses Streifens lag die weiße Ebene. Als Burris und Lona nach draußen traten, eilte sofort ein stämmiger Fremdenführer grinsend auf sie zu.

»Eine Fahrt im Motorschlitten, die Herrschaften? In fünfzehn Minuten sind Sie am Pol. Amundsens Lager, rekonstruiert. Das Scott-Museum. Wir könnten auch in die andere Richtung fahren und einen Blick auf die Gletscher werfen. Sie brauchen es nur zu sagen, und ...«

»Nein.«

»Ich verstehe. Ihr erster Morgen hier, Sie möchten sich einfach ein bißchen umsehen. Habe volles Verständnis dafür. Nun, Sie schauen sich um, soviel Sie möchten. Und wenn Sie sich zu einer längeren Fahrt entschließen sollten ...«

»Bitte«, sagte Burris, »können wir weitergehen?«

Der Fremdenführer warf ihm einen verwunderten Blick zu und trat beiseite. Lona hakte Burris unter, und sie gingen hinaus auf das Eis. Als Burris sich umdrehte, sah er eine Gestalt aus der Kuppel kommen und den Führer beiseite rufen. Aoudad. Sie hatten eine ernsthafte Besprechung.

»Es ist so schön hier!« rief Lona.

»Auf eine sterile Art, ja. Die letzte Grenze. Fast unberührt, bis auf ein Museum hier und da.«

»Und Hotels.«

»Dies ist das einzige. Chalk hat ein Monopol.«

Die Sonne stand hoch über ihnen, hell, aber klein. So nahe am Pol schien der Sommertag nie zu enden; zwei Monate ununterbrochener Sonneneinstrahlung standen bevor, ehe das lange Eintauchen in die Dunkelheit begann. Gleißend blitzte das Licht über die eisbedeckte Ebene. Alles war flach hier, eine kilometerdicke Schicht von Weiße, die Berge und Täler begrub. Das Eis unter ihren Schuhsohlen fühlte sich fest an. Nach zehn Minuten hatten sie das Hotel weit hinter sich gelassen.

»In welcher Richtung liegt der Südpol?« fragte Lona.

»Hier. Geradeaus vor uns. Wir werden später hingehen.«

»Und hinter uns?«

»Das Königin-Maud-Gebirge. Es fällt ab zum Ross-Schelf. Das ist eine große Eistafel, dreihundert Meter dick und größer als Kalifornien. Die frühen Forscher schlugen darauf ihre Lager auf. In ein paar Tagen werden wir Klein-Amerika besichtigen.«

»Es ist so flach hier. Die Sonne und das Eis sind so hell.« Lona bückte sich, kratzte eine Handvoll Schnee zusammen und ließ ihn fröhlich durch die Finger rieseln. »Ich würde schrecklich gern Pinguine sehen. Minner, stelle ich zu viele Fragen? Plappere ich?«

»Soll ich ehrlich oder taktvoll sein?«

»Mach dir nichts daraus. Gehen wir einfach spazieren.«

Sie gingen. Er fand das flotte Gehen auf dem Eis ausnehmend bequem. Es federte leicht bei jedem Schritt und paßte sich ausgezeichnet seinen veränderten Beingelenken an. Betonpflaster war nicht so freundlich. Burris, der eine unruhige und schmerzensreiche Nacht hinter sich hatte, war die Veränderung willkommen.

Aufzuwachen, von Schmerzen gequält und zerschlagen, und dann diesem ununterbrochenen Strom kindlicher Fragen ausgesetzt zu sein ...

Betrachte auch die andere Seite, sagte er zu sich selbst. Er war mitten in der Nacht erwacht. Er hatte von Manipool geträumt und war natürlich schreiend aus dem Schlaf hochgefahren. Das war schon häufiger vorgekommen, doch nie zuvor war jemand bei ihm gewesen, warm und sanft, der ihn tröstete. Lona hatte das getan. Sie hatte sich nicht darüber beschwert, daß er auch ihre Nachtruhe störte. Sie hatte ihn gestreichelt und besänftigt, bis der Alptraum verblaßte. Er war dankbar dafür. Sie war so zärtlich. So liebevoll. Und so dumm.

»Hast du die Antarktis je vom Raum aus gesehen?« fragte Lona.

»Oft.«

»Wie sieht sie aus?«

»Genau wie auf den Landkarten. Mehr oder weniger rund, mit einem in Richtung Südamerika ausgestreckten Daumen. Und weiß. Überall weiß. Du wirst sie sehen, wenn wir nach Titan unterwegs sind.«

Sie kuschelte sich beim Gehen in seine Armbeuge. Sein Armgelenk war anpassungsfähig; er dehnte es aus und bildete einen bequemen Unterschlupf für sie. Dieser Körper hatte seine Vorzüge.

»Irgendwann möchte ich hierher zurückkommen und mir alle Sehenswürdigkeiten anschauen«, sagte Lona. »Den Pol, die Museen der Forscher, die Gletscher. Aber dann möchte ich mit meinen Kindern kommen.«

Ein Eiszapfen glitt sauber durch Burris' Kehle.

»Was für Kinder, Lona?«

»Es werden zwei sein. Ein Junge und ein Mädchen. Vielleicht wäre in acht Jahren etwa die richtige Zeit, sie hierher mitzunehmen.«

Unter der Thermalkapuze flatterten seine Augenblenden unkontrolliert. Sie knirschten wie die hallenden Felsen der Symplegaden. Leise, mit wütend beherrschter Stimme, sagte er: »Du solltest wissen, Lona, daß ich dir keine Kinder geben kann. Die Ärzte haben das festgestellt. Die inneren Organe sind einfach ...«

»Ja, ich weiß. Ich meinte keine Kinder von uns beiden, Minner.«

Er hatte das Gefühl, als kämen seine Eingeweide mit dem eisigen Boden in Berührung.

Mit sanfter Stimme fuhr sie fort: »Ich meine die Babys, die ich bereits habe. Die aus meinem Körper genommen wurden. Ich werde zwei von ihnen zurückbekommen – habe ich dir das nicht gesagt?«

Burris war seltsam erleichtert, als er erfuhr, daß sie nicht vorhatte, ihn wegen irgendeines biologisch unversehrten Mannes zu verlassen. Gleichzeitig überraschte es ihn, wie tief seine Erleichterung war. Wie selbstgefällig er angenommen hatte, daß sie erwartete, er werde der Vater ihrer Kinder sein! Wie niederschmetternd der Gedanke gewesen war, daß sie von einem anderen Kinder bekommen könnte!

Doch sie hatte ja bereits eine Menge Kinder. Fast hatte er es vergessen.

Er sagte: »Nein, du hast mir nichts erzählt. Du meinst, es ist ausgemacht, daß du einige von den Kindern bekommst und sie selbst großziehen darfst?«

»Mehr oder weniger.«

»Was soll das heißen?«

»Ich glaube nicht, daß es wirklich schon ausgemacht ist. Aber Chalk sagte, er werde es einrichten. Er hat es mir versprochen, hat mir sein Wort gegeben. Und ich weiß, daß er einflußreich genug ist, um es erreichen zu können. Es sind so viele Babys – sie können zwei der wirklichen Mutter überlassen, wenn sie sie haben möchte. Und ich will sie haben. Ich will sie haben. Chalk sagte, er werde mir die Kinder verschaffen, wenn ich ...«

Sie schwieg. Einen Augenblick lang waren ihre Lippen rund, dann schloß sie sie fest.

»Wenn du was, Lona?«

»Nichts.«

»Du wolltest etwas sagen.«

»Ich wollte sagen, daß er mir die Kinder verschafft, wenn ich sie haben will.«

Er sah sie an. »Das wolltest du nicht sagen. Wir wissen bereits, daß du sie haben willst. Was hast du Chalk dafür versprochen, daß er sie dir verschafft?«

Ihr Gesicht nahm einen schuldbewußten Ausdruck an.

»Was verheimlichst du mir?« fragte er.

Sie schüttelte stumm den Kopf. Er griff nach ihrer Hand, sie entzog sie ihm. Er sah auf sie herab. Sie war klein neben ihm; wie immer, wenn sich in seinem neuen Körper Gefühle bemerkbar machten, spürte er innerlich ein seltsames Klopfen und Pulsieren.

»Was hast du ihm versprochen?« fragte er.

»Minner, du siehst so merkwürdig aus. Dein Gesicht ist ganz fleckig. Rot und purpurn auf den Wangen ...«

»Was war es, Lona?«

»Nichts. Nichts. Alles, was ich ihm sagte, alles, was ich versprach, war ...«

»War?«

»Daß ich nett zu dir sein würde.« Leise. »Ich versprach ihm, daß ich dich glücklich machen würde. Und er wollte mir zwei von den Babys verschaffen. War das falsch, Minner?«

Er fühlte, wie Luft aus einem riesigen Einstich in seiner Brust entwich. Chalk hatte das alles arrangiert! Chalk hatte sie bestochen, sich um ihn zu kümmern! Chalk! Chalk!

»Minner, was ist los?«

Stürme tobten in seinem Innern. Die Erde kreiselte um ihre Achse, hob ihn auf, zermalmte ihn, die Kontinente brachen los und ergossen sich in einer mächtigen Kaskade über ihn.

»Sieh mich nicht so an«, bat sie.

»Wenn Chalk dir die Babys nicht angeboten hätte, wärst du dann je in meine Nähe gekommen?« fragte er gepreßt. »Hättest du mich überhaupt je angerührt, Lona?«

Tränen standen in ihren Augen. »Ich sah dich im Garten des Krankenhauses. Du hast mir so leid getan. Ich wußte nicht einmal, wer du warst. Ich dachte, du seist in ein Feuer geraten oder so. Dann lernte ich dich kennen. Ich liebe dich, Minner. Chalk hätte mich nicht dazu bringen können, dich zu lieben. Er konnte mich nur dazu bringen, gut zu dir zu sein. Aber das ist nicht Liebe.«

Er kam sich dumm vor, idiotisch, kraftlos, wie ein Haufen belebten Morasts. Er starrte sie an. Sie sah verblüfft aus. Dann bückte sie sich, nahm Schnee, formte ihn zu einem Ball und warf ihn ihm lachend ins Gesicht. »Hör auf, so unheimlich auszusehen«, sagte sie. »Fang mich, Minner. Fang mich!«

Sie rannte vor ihm davon. Nach einem Augenblick war sie unerwartet weit fort. Sie hielt inne, ein dunkler Fleck in der Weiße, und hob noch mehr Schnee auf. Er sah zu, wie sie einen weiteren Schneeball formte. Sie warf ihn linkisch, aus dem Ellbogen, wie Mädchen es tun, doch auch so flog er gut und landete nur ein paar Meter von seinen Füßen entfernt.

Er löste sich aus der Erstarrung, in die ihre unbedachten Worte ihn versetzt hatten. »Du kannst mich nicht fangen!« schrie Lona, und er begann zu laufen, rannte zum erstenmal, seit er Manipool verlassen hatte, stob mit langen, schwingenden Schritten über den Schneeteppich. Lona rannte ebenfalls, ihre Arme tanzten wie Windmühlenflügel, die Ellbogen stießen durch die dünne, frostige Luft. Burris fühlte Kraft in seine Glieder strömen. Seine Beine, die ihm mit ihren vielfachen Gelenken so unmöglich erschienen waren, trabten jetzt in perfekter Koordination dahin, brachten ihn gleichmäßig und schnell voran. Sein Herz klopfte kaum schneller. Mit einem Ruck warf er seine Kapuze zurück und ließ die kalte Luft über seine Wangen streichen.

Er brauchte nur ein paar Minuten, um sie einzuholen. Lona, die lachend und atemlos nach Luft rang, flog herum, als er sich ihr näherte, und warf sich in seine Arme. Sein Schwung trug ihn noch fünf Schritte weiter, ehe sie fielen. Sie rollten herum, behandschuhte Hände schlugen auf das Eis, und er schob auch ihre Kapuze zurück, kratzte eine Handvoll Schnee zusammen und warf sie ihr ins Gesicht. Das Eiswasser lief herunter, über ihren Hals, in ihren Mantel, unter ihre Kleidung, an ihren Brüsten und ihrem Bauch entlang. Sie kreischte in wilder Freude und Entrüstung.

»Minner! Nein, Minner! Nicht!«

Er warf noch mehr Schnee nach ihr. Sie verteidigte sich auf dieselbe Weise. Sich schüttelnd vor Lachen zwängte sie Schnee in seinen Kragen. Er war so kalt, daß er zu brennen schien. Miteinander rollten sie durch den Schnee. Dann war sie in seinen Armen, und er preßte sie an sich, zwang sie nieder auf den Boden des leblosen Kontinents. Es dauerte lange, bis sie wieder aufstanden.

22
Die Messer, mein Gott, die Messer

In dieser Nacht fuhr er wieder schreiend aus dem Schlaf.

Lona hatte damit gerechnet. Den größten Teil der Nacht war sie selbst wach gewesen, hatte neben ihm in der Dunkelheit gelegen und darauf gewartet, daß die unvermeidlichen Dämonen wieder von ihm Besitz ergriffen. Fast den ganzen Abend saß er da und war in düsteres Brüten versunken.

Der Tag war recht erfreulich gewesen – wenn man von diesem scheußlichen Augenblick am Morgen absah. Lona wünschte, sie könnte ihr Eingeständnis zurücknehmen: daß es in erster Linie Chalk gewesen war, der sie dazu gebracht hatte, sich ihm zu nähern. Doch wenigstens hatte sie das Belastendste für sich behalten: daß der geschenkte Kaktus Nikolaides' Idee gewesen war und daß Nikolaides sogar ihre kleine Karte diktiert hatte. Sie war sich jetzt klar darüber, wie dieses Wissen auf Burris wirken würde. Aber es war dumm gewesen, Chalks Versprechen, er werde ihr die Babys verschaffen, überhaupt zu erwähnen. Lona sah das jetzt ein. Aber nun war es zu spät. Sie konnte ihr Eingeständnis nicht mehr rückgängig machen.

Er hatte sich von diesem angespannten Augenblick erholt, und sie waren vergnügt gewesen. Eine Schneeballschlacht, eine Verfolgungsjagd in der pfadlosen Eiswildnis. Lona hatte Angst bekommen, als sie plötzlich merkte, daß das Hotel nicht mehr zu sehen war. Ringsum nichts als die flache weiße Ebene. Keine Bäume, die Schatten warfen, keine Sonnenbewegung, die die Himmelsrichtungen anzeigte, und kein Kompaß. Sie waren kilometerweit durch eine Landschaft gegangen, die sich nicht veränderte. »Können wir umkehren?« fragte sie, und er nickte. »Ich bin müde.« In Wirklichkeit war sie keineswegs müde, aber der Gedanke, sich hier zu verirren, erschreckte sie. Sie machten sich auf den Rückweg; zumindest sagte Burris das. Die neue Richtung sah genauso aus wie die alte. An einer Stelle lag ein länglicher dunkler Schatten unter dem Eis. Ein toter Pinguin, erklärte Burris ihr, und sie schauderte, aber dann tauchte wie durch ein Wunder das Hotel auf. Sie fragte sich, warum es überhaupt verschwunden war, wo doch die Welt hier so flach war. Und Burris erklärte ihr, wie er ihr so viele Dinge erklärt hatte (doch jetzt in geduldigerem Ton), daß die Welt hier nicht wirklich flach, sondern fast ebenso stark gewölbt war wie an jedem anderen Ort, so daß sie nur ein paar Kilometer zu gehen brauchten, damit vertraute Kennzeichen hinter dem Horizont verschwanden. Wie es mit dem Hotel geschehen war.

Doch das Hotel war wieder aufgetaucht, und sie hatten großen Hunger, aßen ein herzhaftes Mittagessen und spülten es mit zahlreichen Flaschen Bier hinunter. Hier trank niemand grüne Cocktails, in denen lebendige kleine Organismen schwammen. Bier, Käse, Fleisch – das war die richtige Nahrung für dieses Land ewigen Winters.

Nachmittags unternahmen sie eine Fahrt im Motorschlitten. Zuerst fuhren sie zum Südpol.

»Er sieht genauso aus wie alles hier«, sagte Lona.

»Was hast du denn erwartet?« fragte Burris. »Eine Achse, die aus dem Schnee ragt?«

Also wurde er wieder sarkastisch. Sie sah den Kummer in seinen Augen nach seiner spitzen Erklärung und sagte sich, daß er sie nicht hatte verletzen wollen. Für ihn war das natürlich, nichts weiter. Vielleicht hatte er so starke Schmerzen – wirkliche Schmerzen –, daß er ständig so bissig sein mußte.

Allerdings unterschied sich der Pol doch von der ihn umgebenden Leere der Polarebene. Hier gab es Gebäude. Eine runde Zone um den südlichsten Punkt der Erde, etwa zwanzig Meter im Durchmesser, war sakrosankt, unberührt. Daneben stand das restaurierte oder rekonstruierte Zelt des Norwegers Roald Amundsen, der vor ein oder zwei Jahrhunderten mit einem Hundeschlitten hierhergekommen war. Eine gestreifte Flagge flatterte über dem dunklen Zelt. Sie blickten hinein: nichts.

In der Nähe erhob sich ein kleiner Bau aus unbehauenem Holz. »Warum aus Holz?« fragte Lona. »Es gibt doch keine Bäume in der Antarktis?« Einmal eine kluge Frage. Burris lachte.

Das Gebäude war dem Andenken von Robert Falcon Scott geweiht, der Amundsen zum Pol gefolgt und im Gegensatz zu dem Norweger auf dem Rückweg umgekommen war. Im Haus befanden sich Tagebücher, Schlafsäcke, allerlei Expeditionsutensilien. Lona las die Plakette. Scott und seine Männer waren nicht hier gestorben, sondern viele Kilometer entfernt; Erschöpfung und die eisigen Stürme hatten sie überwältigt, als sie sich zu ihrem Basislager schleppten. Dies hier existierte nur um des Effekts willen. Die Falschheit störte Lona, und sie glaubte, daß sie auch Burris störte.

Aber es war beeindruckend, fast genau auf dem Südpol zu stehen.

»Jetzt liegt die ganze Welt nördlich von uns«, sagte Burris. »Wir hängen am untersten Ende. Von hier aus gesehen, befindet sich alles über uns. Aber wir fallen nicht hinunter.«

Sie lachte. Trotzdem erschien ihr die Welt in diesem Augenblick keineswegs ungewohnt. Das sie umgebende Land erstreckte sich nach allen Seiten und nicht nach oben und unten. Sie versuchte sich vorzustellen, wie die Welt von einem Raumschiff aus aussah, ein am Himmel hängender Ball, und sie selbst, kleiner als eine

Ameise, hing am tiefsten Punkt, die Füße wiesen auf den Mittelpunkt der Erde, der Kopf zu den Sternen. Irgendwie ergab das für sie keinen Sinn.

Neben dem Pol gab es einen Erfrischungsstand. Er war mit Schnee bedeckt, damit er unauffällig wirkte. Burris und Lona tranken dampfendheiße Schokolade.

Die ein paar hundert Meter entfernte unterirdische Beobachtungsstation besuchten sie nicht, obwohl Besucher willkommen waren. Wissenschaftler mit dichten Bärten lebten dort das ganze Jahr über und studierten den Magnetismus, das Wetter und ähnliches. Doch Lona legte keinen Wert darauf, wieder ein Laboratorium zu betreten. Sie wechselte Blicke mit Burris, er nickte, und der Fremdenführer brachte sie mit dem Motorschlitten zurück.

Es war zu spät am Tag, um noch den ganzen Weg bis zum Ross-Schelfeis zurückzulegen. Doch sie fuhren mehr als eine Stunde lang vom Pol aus in nordwestlicher Richtung auf eine Bergkette zu, die näher kam, und erreichten einen geheimnisvollen warmen Ort, wo kein Schnee lag; dort gab es nur nackte, braune Erde mit roten Flecken von Algen und Felsen, die von einer dünnen Schicht gelbgrüner Flechten überzogen waren. Dann wollte Lona gern Pinguine sehen und erfuhr, daß es um diese Zeit im Binnenland außer einzelnen verirrten Tieren keine Pinguine gab. »Es sind Meeresvögel«, sagte der Fremdenführer. »Sie bleiben dicht an der Küste und kommen nur ins Hinterland, wenn es Zeit ist, ihre Eier zu legen.«

»Hier ist doch Sommer. Sie müßten jetzt brüten.«

»Sie bauen ihre Nester mitten im Winter. Die Pinguinbabys werden im Juni und Juli ausgebrütet. Wenn Sie Pinguine sehen wollen, buchen Sie die Tour ins Adélieland. Dort werden Sie welche finden.«

Während der langen Schlittenfahrt zurück zum Hotel schien Burris gut gelaunt. Er neckte Lona und ließ den Führer unterwegs einmal anhalten, damit sie einen spiegelglatten Schneedamm herunterrutschen konnten. Doch als sie sich dem Hotel näherten, bemerkte Lona eine Veränderung an ihm. Es war, als senke sich die Dämmerung herab, doch zu dieser Jahreszeit gab es am Pol keine Dämmerung. Burris wurde düster. Sein Gesicht wirkte angespannt, er lachte und scherzte nicht mehr. Als sie die Doppeltüren des Hotels passierten, war er wie aus Eis gehauen.

»Was ist los?« fragte sie.

»Wer sagt, daß etwas los ist?«

»Würdest du gern etwas trinken?«

Sie gingen in die Cocktailbar. Es war ein großer Raum im Stil des zwanzigsten Jahrhunderts, holzgetäfelt und mit einem echten Kamin. Etwa zwei Dutzend Leute saßen an den schweren Eichentischen, unterhielten sich und tranken. Nur Paare, stellte Lona fest. Hier hielten sich fast ausschließlich Hochzeitsreisende auf. Frisch Getraute kamen hierher, um ihr gemeinsames Leben in der eisigen Reinheit der Antarktis zu beginnen. In den Bergen von Marie-Byrd-Land sollte es ausgezeichnete Skimöglichkeiten geben.

Köpfe wandten sich nach ihnen um, als Burris und Lona eintraten. Und ebensoschnell wandten sie sich in einem Reflex von Aversion wieder ab. Oh, tut mir leid. Wollte Sie nicht anstarren. Ein Mann mit Ihrem Gesicht läßt sich vermutlich nicht gern anstarren. Wir wollten nur sehen, ob unsere Freunde zu einem Drink heruntergekommen sind.

»Der Dämon beim Hochzeitsmahl«, murmelte Burris.

Lona war nicht sicher, ob sie richtig verstanden hatte. Doch sie bat ihn nicht, seine Worte zu wiederholen.

Ein Robotkellner nahm ihre Bestellung auf. Sie trank Bier, er Tee mit Rum. Sie saßen allein an einem Seitentisch. Plötzlich hatten sie einander nichts zu sagen. Die Unterhaltung um sie herum schien unnatürlich laut. Gespräche über zukünftige Ferien, Sport und die vielen Ausflugsmöglichkeiten, die hier geboten wurden.

Niemand kam herüber, um sich ihnen anzuschließen.

Burris saß steif aufgerichtet, die Schultern in einer Haltung, die ihm weh tun mußte, wie Lona wußte. Rasch trank er sein Glas leer. Er bestellte kein neues. Draußen wollte die blasse Sonne nicht untergehen.

»Es wäre so hübsch hier, wenn wir einen romantischen Sonnenuntergang hätten«, sagte Lona. »Blaue und goldene Streifen auf dem Eis. Aber es gibt keinen Sonnenuntergang, nicht wahr?«

Burris lächelte. Er antwortete nicht.

Ein Strom von Leuten ging ständig ein und aus. Um ihren Tisch machte man einen großen Bogen. Sie waren wie Felsen im Strom. Hände wurden geschüttelt, Küsse getauscht. Lona hörte, wie man sich miteinander bekannt machte. Dies war eine Art von Lokal, wo ein Paar sich ungezwungen zu einem anderen, fremden Paar gesellen konnte und herzlich aufgenommen wurde.

Niemand kam ungezwungen zu ihnen.

»Sie wissen, wer wir sind«, sagte Lona zu Burris. »Sie halten uns für Berühmtheiten, die so bedeutend sind, daß sie nicht belästigt werden wollen. Also lassen sie uns in Ruhe. Sie wollen nicht aufdringlich erscheinen.«

»Schon gut.«

»Warum gehen wir nicht zu jemandem hinüber? Brechen das Eis, zeigen, daß wir nicht unnahbar sind?«

»Nein. Laß uns einfach hier sitzen bleiben.«

Sie glaubte zu wissen, was an ihm nagte. Er war überzeugt, daß man ihren Tisch mied, weil er häßlich oder zumindest fremdartig war. Niemand wollte ihm voll ins Gesicht blicken müssen. Und man konnte ja nicht gut eine Unterhaltung führen, während man ständig an seinem Gesprächspartner vorbeisah. Also hielten die anderen sich fern. War es das, was ihn störte? War es das Bewußtsein seiner Entstellung? Sie fragte ihn nicht. Sie dachte, sie könne vielleicht etwas unternehmen.

Etwa eine Stunde vor dem Abendessen kehrten sie in

ihr Zimmer zurück. Es war ein einziger großer Raum mit unecht rustikaler Note. Die Wände bestanden aus halbierten Holzstämmen, doch die Luft war sorgfältig temperiert, und das Zimmer besaß jeden Komfort. Burris saß still da. Nach einer Weile stand er auf und begann, seine Beine zu untersuchen, indem er sie vor und zurück schwang. Seine Stimmung war jetzt so düster, daß Lona Angst bekam.

»Entschuldige mich«, sagte sie. »Ich bin in fünf Minuten wieder da.«

»Wohin gehst du?«

»Ich möchte sehen, welche Ausflüge für morgen angeboten werden.«

Er ließ sie gehen. Sie ging den gebogenen Korridor hinunter bis zur Haupthalle. Auf halbem Wege kam sie an einer riesigen Leinwand vorbei, auf die für eine Gruppe von Gästen eine Aurora Australis projiziert wurde. Grüne, rote und dunkelrote Muster flossen zukkend über den neutralen grauen Hintergrund. Es sah aus wie eine Szene aus dem Weltuntergang.

In der Halle nahm sich Lona eine Handvoll Ausflugsprospekte. Dann kehrte sie in den Vorführraum zurück. Sie sah ein Paar, das in der Cocktailbar gewesen war. Die Frau war Anfang Zwanzig, blond, mit kunstvollen grünen Streifen in der Frisur. Ihr Mann, falls er ihr Mann war, war älter, ungefähr vierzig, und trug einen kostspieligen Anzug. Ein Perpetuum-mobile-Ring aus einer der äußeren Welten drehte sich an seiner linken Hand.

Gespannt trat Lona auf sie zu. Sie lächelte.

»Hallo. Ich bin Lona Kelvin. Vielleicht haben Sie uns in der Bar bemerkt.«

Lona erntete gezwungenes, nervöses Lächeln. Sie wußte, daß sie dachten: *Was will sie von uns?*

Sie nannten ihre Namen. Lona verstand sie nicht, aber das war nicht wichtig.

Sie sagte: »Ich dachte, es wäre vielleicht nett, wenn

wir vier heute abend beim Essen zusammensitzen würden. Sie werden Minner sicher sehr interessant finden. Er ist auf so vielen Planeten gewesen ...«

Sie sahen aus, als habe Lona ihnen eine Falle gestellt. Die blonde Frau war einer Panik nahe. Der höfliche Ehemann kam ihr geschickt zu Hilfe.

»Wir würden schrecklich gern ... andere Verabredung ... Freunde von zu Hause ... vielleicht ein andermal ...«

Es gab nicht nur Tische für vier oder sogar sechs Personen. Für willkommene Gäste war immer noch Platz. Nach dieser Abfuhr wußte Lona, was Burris schon Stunden zuvor gespürt hatte. Man wollte sie nicht. Er war der Mann mit dem bösen Blick, der Unheil über ihre Feste brachte. Lona umklammerte die Broschüren und hastete zurück in ihr Zimmer. Burris stand am Fenster, blickte hinaus auf den Schnee.

»Laß uns zusammen diese Prospekte anschauen, Minner.« Ihre Stimme war um einen Ton zu hoch, zu schrill.

»Ist etwas Interessantes dabei?«

»Sie sehen alle interessant aus. Ich weiß wirklich nicht, was am besten ist. Du mußt die Auswahl treffen.«

Sie saßen auf dem Bett und sortierten die Hochglanzblätter. Da war der Halbtagsausflug zum Adélieland, um die Pinguine zu sehen. Eine Ganztagstour zum Ross-Schelfeis, einschließlich Besichtigung von Klein-Amerika und der anderen Expeditionslager am MacMurdo-Sund. Zwischenaufenthalt am aktiven Vulkan Mount Erebus. Oder eine längere Tour zu antarktischen Halbinsel, um Seehunde und Seeleoparden zu sehen. Ein Skiausflug zum Marie-Byrd-Land. Die Küstengebirgstour durch Victorialand zur Mertzgletscherzunge. Und ein Dutzend anderer Ausflüge. Sie wählten die Fahrt zu den Pinguinen, und als sie später zum Abendessen hinuntergingen, trugen sie ihre Namen in die Liste ein.

Beim Essen saßen sie allein.

»Erzähl mir von deinen Kindern, Lona«, sagte Burris. »Hast du sie je gesehen?«

»Nicht richtig. Nicht so, daß ich sie berühren konnte, bis auf ein einziges Mal. Nur auf Bildschirmen.«

»Und Chalk wird wirklich dafür sorgen, daß du zwei davon selbst großziehen darfst?«

»Er sagte, er werde es tun.«

»Glaubst du ihm?«

»Was kann ich sonst machen?« fragte sie. Sie legte ihre Hand auf seine. »Hast du Schmerzen in den Beinen?«

»Nicht wirklich.«

Keiner von ihnen aß viel. Nach dem Essen wurden Filme gezeigt: anschauliche dreidimensionale Darstellungen eines antarktischen Winters. Die Finsternis war die Finsternis des Todes. Ein tödlicher Wind heulte über die Ebene, hob die obere Schneeschicht auf und trieb sie durch die Luft wie Millionen Messer. Lona sah Pinguine über ihren Eiern stehen und sie wärmen. Dann sah sie zerzauste Pinguine, die vom Wind getrieben über das Land liefen, während am Himmel eine riesige Trommel geschlagen wurde und unsichtbare Höllenhunde auf schmalen Pfaden von Gipfel zu Gipfel eilten. Der Film endete mit dem Sonnenaufgang; in der Dämmerung nach sechsmonatiger Nacht färbte sich das Eis blutrot; der gefrorene Ozean brach auf, gigantische Eisschollen stießen krachend zusammen. Die meisten Hotelgäste begaben sich vom Vorführraum aus in die Bar. Lona und Burris gingen zu Bett. An diesem Abend liebten sie sich nicht. Lona spürte, wie der Sturm in ihm wuchs, und wußte, daß er ausbrechen würde, ehe der Morgen kam.

Sie lagen in Dunkelheit gewiegt; das Fenster mußte undurchsichtig gemacht werden, um die unermüdliche Sonne fernzuhalten. Lona lag auf dem Rücken neben ihm. Sie atmete langsam. Ihre Hüfte berührte seine. Irgendwann fiel sie in leichten, unruhigen Schlaf. Nach einer Weile wurde sie von ihren eigenen Phantomen heimgesucht. Schweißgebadet erwachte sie, fand sich nackt in einem fremden Zimmer neben einem fremden Mann. Ihr Herz schlug wie rasend. Sie preßte die Hände auf ihre Brüste und erinnerte sich, wo sie war.

Burris bewegte sich und stöhnte.

Windstöße peitschten das Gebäude. Lona erinnerte sich daran, daß Sommer war. Die Kälte durchdrang sie bis auf die Knochen. Sie hörte fernes Gelächter. Doch sie wich nicht von seiner Seite und versuchte auch nicht, wieder einzuschlafen.

Ihre Augen, an die Dunkelheit gewöhnt, beobachteten sein Gesicht. Der Mund war auf seine Art ausdrucksvoll; er öffnete sich, schloß sich, öffnete sich wieder. Einmal schoben sich auch seine Augenblenden auseinander, doch er sah nichts. Er ist wieder auf Manipool, dachte Lona. Sie sind gerade gelandet, er und ... und die mit den italienischen Namen. Gleich werden die Wesen kommen, um ihn zu holen.

Lona versuchte, sich Manipool vorzustellen. Den dürren, rötlichen Boden, die verschlungenen, dornigen Pflanzen. Wie waren die Städte? Gab es Straßen, Autos, Videogeräte? Burris hatte ihr nie davon erzählt. Sie wußte nur, daß es eine trockene Welt war, eine alte Welt, eine Welt, in der die Chirurgen große Kunstfertigkeit besaßen.

Und jetzt schrie Burris.

Der Laut begann tief in seiner Kehle, ein gurgelnder, stockender, röchelnder Schrei, der allmählich höher und lauter wurde. Lona drehte sich um, umarmte ihn, drückte ihn fest an sich. War seine Haut schweißnaß? Nein; unmöglich; das mußte sie selbst sein. Er schlug und trat um sich, die Decke fiel zu Boden. Lona fühlte, wie die Muskeln unter seiner Haut sich wanden und anschwollen. Mit einer schnellen Bewegung könnte er mich auseinanderbrechen, dachte sie.

»Alles ist gut, Minner. Ich bin hier. Ich bin hier. Alles ist gut!«

»Die Messer ... Prolisse ... mein Gott, die Messer!«

»Minner!«

Sie ließ ihn nicht los. Sein linker Arm hing jetzt schlaff herab, war am Ellbogen in die falsche Richtung abgewinkelt. Er wurde ruhiger. Sein Atem ging laut und keuchend. Lona langte über ihn hinweg und schaltete das Licht ein.

Wieder war sein Gesicht rot und fleckig. Drei- oder viermal öffneten und schlossen sich seine Augen auf ihre gräßliche Art, und er legte die Hand auf seine Lippen. Lona ließ ihn los, setzte sich auf. Sie zitterte leicht. In dieser Nacht war der Ausbruch heftiger gewesen als in der vorigen.

»Ein Glas Wasser?« fragte sie.

Er nickte. Er klammerte sich so fest an die Matratze, daß sie dachte, er werde sie zerreißen.

Er schluckte gierig. »War es so schlimm heute nacht?« fragte sie. »Haben sie dir weh getan?«

»Ich träumte, daß ich ihnen beim Operieren zusah. Zuerst Prolisse, und er starb. Dann schnitten sie Malcondotto auseinander. Er starb. Und dann ...«

»Warst du an der Reihe?«

»Nein«, sagte er verwundert. »Nein, sie legten Elise auf den Tisch. Sie schnitten sie auf, genau zwischen den ... den Brüsten. Sie hoben einen Teil ihrer Brust ab, ich sah ihre Rippen und ihr schlagendes Herz. Und sie griffen hinein.«

»Armer Minner.« Sie mußte ihn unterbrechen, bevor er diese Scheußlichkeiten vollends über sie ausschüttete. Warum hatte er von Elise geträumt? War es ein gutes Zeichen, daß er sah, wie sie verstümmelt wurde? Oder wäre es besser, dachte sie, wenn ich diejenige gewesen wäre, von der er träumte ... wenn ich in etwas verwandelt worden wäre, das ihm gleicht?

Sie nahm seine Hand und ließ sie auf der Wärme ihres Körpers ruhen. Sie konnte sich nur eine Methode denken, um seinen Schmerz zu lindern, und sie wandte sie an. Er reagierte, erhob sich, beugte sich über sie. Sie bewegten sich schnell und harmonisch.

Danach schien er zu schlafen. Lona, die nicht so entspannt war, rückte von ihm ab und wartete, bis sie wieder in einen leichten Schlummer fiel. Sie hatte unangenehme Träume. Ein heimkehrender Raumfahrer schien eine giftige Kreatur mitgebracht zu haben, eine Art plumpen Vampir, und er klebte an ihrem Körper und saugte sie aus ... machte sie leer. Es war ein gräßlicher Traum, doch nicht gräßlich genug, um sie aufzuwecken, und nach einer Weile fiel sie in tiefen, traumlosen Schlaf.

Als sie erwachten, hatte Lona dunkle Ringe unter den Augen. Ihr Gesicht war abgezehrt und eingefallen. Burris sah man die unterbrochene Nachtruhe nicht an; seine Haut konnte nicht so augenfällig auf kurzfristige katabolische Effekte reagieren. Er wirkte beinahe fröhlich, als er sich für den neuen Tag bereitmachte.

»Freust du dich auf die Pinguine?« fragte er sie.

Hatte er seine düstere Stimmung vom vergangenen Abend und die Schreckensschreie der Nacht vergessen? Oder versuchte er nur, sie beiseite zu schieben?

Wie menschlich ist er überhaupt? fragte sich Lona.

»Ja«, sagte sie kühl. »Es wird ein herrlicher Tag werden, Minner. Ich kann es gar nicht erwarten, sie zu sehen.«

23
Sphärenklänge

»Sie beginnen bereits, einander zu hassen«, sagte Chalk erfreut.

Er war allein, doch das war für ihn kein Grund, seine Gedanken nicht laut zu äußern. Ein Arzt hatte ihm einmal gesagt, daß Sprechen eine positive neuropsychische Wirkung ausübe, selbst wenn man allein sei.

Er schwamm in einem Bad aus aromatischen Salzen. Die Wanne war drei Meter tief, sechs Meter lang und vier Meter breit: Sie bot selbst den Massen eines Duncan Chalk reichlich Raum. Die marmornen Innenwände hatten Ränder aus Alabaster und waren außen mit glänzendem, ochsenblutfarbenem Porzellan gekachelt. Der ganze Baderaum wurde von einer dicken, durchsichtigen Kuppel überdacht, die Chalk ungehinderten Ausblick auf den Himmel bot. Von außen konnte er nicht gesehen werden; ein erfinderischer Optikingenieur hatte dafür gesorgt. Die Außenseite der Kuppel besaß eine milchige Oberfläche mit einem zartrosa Muster.

Chalk schwebte träge und schwerelos im Wasser und dachte an seine leidenden *amanti.* Es war dunkel, doch in dieser Nacht gab es keine Sterne, nur den rötlichen Dunst unsichtbarer Wolken. Wieder schneite es. Die Flocken vollführten komplizierte Arabesken, während sie auf die Oberfläche der Kuppel zuwirbelten.

»Er langweilt sich mit ihr«, sagte Chalk. »Sie hat Angst vor ihm. Für seinen Geschmack fehlt es ihr an Intensität. Und für ihren Geschmack ist seine Spannung zu hoch. Doch sie reisen miteinander. Sie essen miteinander. Sie schlafen miteinander. Und bald werden sie erbittert miteinander streiten.«

Die Aufnahmen waren ausgezeichnet. Aoudad und Nikolaides, die ihnen beide heimlich auf den Fersen blieben, nahmen die verschiedensten fröhlichen Bilder von dem Paar auf, um sie für ein wartendes Publikum zu übertragen. Diese Schneeballschlacht; der Liebesakt im ewigen Eis: ein Meisterstück. Und die Schlittenfahrt. Minner und Lona am Südpol. Das Publikum verschlang sie nur so.

Chalk verschlang sie ebenfalls, auf seine Art.

Er schloß die Augen, verdunkelte seine Kuppel und schwebte wohlig in seinem warmen, duftenden Bad. Zersplitterte, bruchstückhafte Gefühle der Rastlosigkeit strömten auf ihn ein.

... Gelenke zu haben, die sich nicht so verhalten, wie sich menschliche Gelenke verhalten sollen ...

... sich verschmäht zu fühlen, von der Menschheit zurückgewiesen ...

... kinderlose Mutterschaft ...

... leuchtende Blitze von Schmerz, leuchtend wie die fluoreszierenden Pilze, die ihr gelbes Glühen über die Wände seines Büros verströmten ...

... der Schmerz des Körpers und der Seele ...

... allein!

... unrein!

Chalk keuchte, als fließe ein schwacher Strom durch seinen Körper. Ein Finger seiner Hand spreizte sich weit ab und blieb einen Augenblick so stehen. Ein Hund mit geifernden Lefzen sprang durch sein Gehirn. Unter dem wabernden Fleisch seiner Brust zogen sich die dikken Muskelstränge rhythmisch zusammen.

... Besuche von Dämonen im Schlaf ...

... ein Dickicht lauernder Augen, weit aufgerissen und glänzend ...

... eine Welt der Trockenheit ... Dornen ... Dornen ...

... das Kratzen und Scharren fremdartiger Tiere, die sich in den Wänden bewegen ... trockene Fäulnis der

Seele ... alle Poesie in Asche verwandelt, alle Liebe in Rost ...

... versteinerte Augen, ausdruckslos zum All erhoben ... und das All starrt ausdruckslos zurück ...

Ekstatisch peitschten Chalks Füße das Wasser, ließen strömende Kaskaden aufspritzen. Mit der flachen Hand schlug er auf die Wasseroberfläche. Schwanzflossen! Dort sind Schwanzflossen! Ahoi, ahoi!

Freude umfing und verzehrte ihn.

Und das, sagte er sich einige Minuten später genüßlich, war erst der Anfang.

24
Wie im Himmel, also auch auf Erden

An einem Tag flammenden Sonnenlichts reisten sie ab in Richtung Luna Tivoli, besuchten die nächste Station ihrer Rundreise durch Chalks Horte des Entzückens. Der Tag war hell, aber immer noch herrschte Winter; sie flohen vor dem echten Winter des Nordens und dem winterlichen Sommer des Südens in den wetterlosen Winter des Weltraums. Im Raumhafen wurden sie ganz wie berühmte Persönlichkeiten behandelt: Wochenschauaufnahmen im Terminal, dann der kurznasige kleine Wagen, der sie in Windeseile über das Flugfeld brachte, während das Fußvolk staunte, und den Notabeln, wer immer sie sein mochten, unbestimmte Hochrufe nachschickte.

Burris fand es entsetzlich. Jeder gelegentliche Blick, der ihn traf, schien ihm wie eine frische Operationswunde an seiner Seele.

»Warum hast du dich dann darauf eingelassen?« wollte Lona wissen. »Wenn du nicht willst, daß Leute dich so sehen, warum hast du dich dann von Chalk auf diese Reise schicken lassen?«

»Zur Strafe. Als freiwillig gewählte Buße für meinen Rückzug vor der Welt. Um der Disziplin willen.«

Die Aufzählung der abstrakten Begriffe überzeugte sie nicht, machte auf sie überhaupt keinen Eindruck.

»Aber hattest du denn keinen Grund?«

»Das waren meine Gründe.«

»Bloße Worte.«

»Spotte nie über Worte, Lona.«

Ihre Nüstern weiteten sich für einen Augenblick. »Du machst dich schon wieder über mich lustig.«

»Entschuldige.« Aufrichtig. Es war so leicht, sie aufzuziehen.

Sie sagte: »Ich weiß, wie es ist, wenn man angestarrt wird. Es schüchtert mich ein. Aber ich muß es tun, damit Chalk mir zwei von meinen Babys verschafft.«

»Mir hat er auch etwas versprochen.«

»Siehst du! Ich wußte, daß du es zugeben würdest!«

»Eine Körpertransplantation«, gestand Burris. »Er wird mir einen gesunden, normalen menschlichen Körper geben. Ich brauche nichts weiter dafür zu tun, als mich ein paar Monate lang von seinen Kameraden sezieren zu lassen.«

»Ist so eine Operation denn wirklich durchführbar?«

»Lona, wenn sie aus einem Mädchenkörper, den noch nie ein Mann berührt hat, hundert Babys holen können, dann können sie alles schaffen.«

»Aber ... ein Körperaustausch ...«

Müde sagte er: »Die Technik ist noch nicht ganz perfekt, zugegeben. Es kann noch ein paar Jahre dauern. Ich werde warten müssen.«

»O Minner, das wäre wunderbar! Wenn du einen wirklichen Körper hättest!«

»Dies ist mein wirklicher Körper.«

»*Einen anderen* Körper. Der nicht so fremdartig ist. Der dir keine solchen Schmerzen verursacht. Wenn sie das nur könnten!«

»Wenn sie das nur könnten, ja.«

Der Gedanke erregte sie mehr als ihn. Er hatte seit Wochen damit gelebt, lange genug, um zu bezweifeln, daß es je möglich sein würde. Und jetzt hatte er ihr Chalks Versprechen preisgegeben, ein glitzerndes neues Spielzeug für sie. Aber was lag ihr daran? Sie waren nicht verheiratet. Sie würde von Chalk als Belohnung für diese Posse ihre Babys bekommen und noch einmal in der Versenkung verschwinden, auf ihre Art erfüllt, froh, den verwirrenden, aufreizenden, sarkastischen Gefährten los zu sein. Auch er würde seine Wege gehen, vielleicht dazu verdammt, für immer in seiner grotesken Gestalt zu bleiben, vielleicht verpflanzt in einen glatten, unauffälligen, normalen Körper.

Der Wagen fuhr eine Rampe hinauf, und sie waren im Schiff. Die Haube des Fahrzeugs öffnete sich. Aoudad blickte neugierig herein.

»Wie geht's den Turteltauben?«

Schweigend, ohne zu lächeln, stiegen sie aus. Aoudad flatterte besorgt um sie herum. »Alles munter und entspannt? Keine Raumkrankheit, was, Minner? Nicht Sie, was? Hahaha!«

»Ha«, sagte Burris.

Auch Nikolaides war da, mit Dokumenten, Broschüren, Ausgabebelegen. Dante brauchte nur Vergil als Führer durch die Kreise der Hölle, aber ich bekomme zwei. Wir leben in inflationären Zeiten. Burris bot Lona den Arm, und sie gingen auf das Innere des Schiffes zu. Steif berührten ihn ihre Finger. Sie ist nervös, weil wir in den Raum reisen, dachte Burris, oder die Spannung dieser großen Fahrt lastet zu schwer auf ihr.

Es war ein kurzer Flug: acht Stunden unter niedriger, aber stetiger Beschleunigung, um die 400000 Kilometer zurückzulegen. Früher hatte das gleiche Schiff die Reise in zwei Etappen gemacht, mit einem Zwischenaufenthalt auf dem Vergnügungssatelliten, der in 80000 Kilometer Abstand die Erde umkreist hatte. Aber der Vergnügungssatellit, das Große Rad, war vor zehn Jahren explodiert, durch einen seltenen Rechenfehler einer sicheren Epoche. Das Unglück hatte Tausende von Menschenleben gefordert; einen Monat lang waren Trümmer auf die Erde herabgeregnet; die nackten Stützpfeiler der zerschellten Station hatten fast drei Jahre lang wie die Knochen eines Risses die Erde umkreist, ehe die Bergungsoperation beendet war.

Jemand, den Burris geliebt hatte, war an Bord des Rades gewesen, als es auseinanderbrach. Doch sie war mit einem anderen dort, erfreute sich an den Spieltischen, den Sensor-Shows, der erlesenen Küche und der Atmosphäre des ›Heute ist heute‹. Das Morgen war unerwartet gekommen.

Als sie mit ihm brach, hatte er gedacht, für den Rest seines Lebens könne ihm nichts Schlimmeres geschehen. Die romantische Phantasie eines jungen Mannes, denn bald darauf war sie tot, und das war weit schlimmer für ihn als die Zurückweisung. Tot stand sie jenseits aller Hoffnung auf Wiederkehr, und für eine Weile war er ebenfalls tot, obwohl er noch umherging. Und danach verebbte merkwürdigerweise sein Schmerz, bis er völlig vergangen war. War es das Schlimmste, was einem Mann geschehen konnte, ein Mädchen an einen Rivalen und dann durch eine Katastrophe zu verlieren? Kaum. Kaum. Zehn Jahre später hatte Burris sich selbst verloren. Jetzt glaubte er zu wissen, was wirklich das Schlimmste war.

»Meine Damen und Herren, willkommen an Bord von *Aristarchus IV!* Im Namen von Kapitän Villeparisis möchte ich Ihnen allen einen angenehmen Flug wünschen. Wir müssen Sie bitten, in Ihren Liegen zu bleiben, bis die Periode der maximalen Beschleunigung vorüber ist. Sobald wir die Erde hinter uns gelassen haben, steht es Ihnen frei, sich ein wenig die Füße zu vertreten und den Blick in den Raum zu genießen.«

Das Schiff beförderte vierhundert Passagiere, Fracht und Post. An den Seiten befanden sich zwanzig Privatkabinen; eine davon war Lona und Burris zugewiesen worden. Die anderen Reisenden saßen Seite an Seite in einem riesigen Passagierraum und verrenkten sich die Hälse, um nochmals einen Blick auf die Hafengebäude zu werfen.

»Es geht los«, sagte Burris sanft.

Er spürte, wie die Booster gezündet und dann die Hauptraketen eingeschaltet wurden, spürte, wie sich das Schiff mühelos hob. Eine dreifache Gravitrondämmung schirmte die Passagiere vor den schlimmsten

Wirkungen des Andrucks ab, aber in einem so großen Raumschiff war es unmöglich, die Schwerkraft ganz auszuschalten, wie Chalk es in seinem kleinen Vergnügungsschiff hatte tun können.

Die kleiner werdende Erde hing wie eine grüne Pflaume direkt vor der Sichtluke. Burris bemerkte, daß Lona gar nicht hinaussah, sondern ihn besorgt beobachtete.

»Wie fühlst du dich?« fragte sie.

»Gut. Gut.«

»Du siehst nicht entspannt aus.«

»Das macht der Andruck. Meinst du, ich sei nervös, weil wir in den Raum fliegen?«

Achselzucken. »Das ist dein erster Flug seit – seit Manipool, nicht wahr?«

»Ich war doch in Chalks Raumschiff, erinnerst du dich?«

»Das war anders. Es blieb knapp über der Atmosphäre.«

»Du glaubst, ich würde vor Schreck erstarren, nur weil ich eine Reise in den Raum mache?« fragte er. »Meinst du, ich stellte mir vor, dieses Schiff sei ein Nonstopexpreß nach Manipool?«

»Du drehst mir die Worte im Mund um.«

»Wirklich? Ich habe gesagt, ich fühlte mich wohl. Und du hast angefangen, mir die fürchterlichsten Angstvorstellungen anzudichten. Du ...«

»Hör auf, Minner.«

Ihr Blick war böse, ihre Worte scharf akzentuiert, spröde, beißend. Er zwang seine Schultern zurück auf den Liegesitz und versuchte, die Fühler an seinen Händen zu entwirren. Jetzt hatte sie es geschafft: Er war ganz entspannt gewesen, aber sie hatte ihn wieder aufgebracht. Warum mußte sie ihn derartig bemuttern? Er war kein Krüppel. Ihn brauchte man während des Andrucks nicht zu beruhigen. Er hatte schon Raketenstarts erlebt, als sie noch nicht geboren war. Was machte ihm also jetzt eigentlich Angst? Wieso hatten ihre Worte seine Zuversicht so leicht unterminieren können?

Sie unterbrachen den Streit, wie man ein Band durchschneidet, doch die Gereiztheit blieb. So freundlich er konnte, sagte er: »Du solltest die Aussicht nicht verpassen, Lona. Du hast die Erde noch nie von hier aus gesehen, oder?«

Der Planet war jetzt weit genug von ihnen entfernt, daß man seinen ganzen Umriß sehen konnte. Die westliche Hemisphäre lag in hellem Sonnenlicht. Von der Antarktis, wo sie noch Stunden zuvor gewesen waren, war nichts erkennbar außer dem langen, vorstehenden Finger der Halbinsel, der in Richtung auf Kap Hoorn wies.

Burris gab sich Mühe, nicht schulmeisterlich zu wirken, und zeigte ihr, wie die Sonne schräg auf den Planeten traf, zu dieser Jahreszeit den Süden wärmte, den Norden dagegen kaum erhellte. Er sprach von der Ekliptik und ihrer Ebene, von Rotation und Umlaufbahn des Planeten, vom Fortschreiten der Jahreszeiten. Ernst hörte Lona zu, nickte häufig, gab höfliche Laute der Zustimmung von sich, wann immer er innehielt und sie erwartete. Er hatte den Verdacht, daß sie immer noch nicht begriff. Doch inzwischen war er bereit, sich mit dem Anschein von Verständnis zu begnügen, und diesen Anschein gab sie ihm.

Sie verließen ihre Kabine und machten einen Rundgang durch das Schiff. Sie sahen die Erde aus verschiedenen Winkeln. Sie bestellten Drinks. Sie aßen. Aoudad lächelte ihnen von seinem Platz in der Touristenklasse aus zu. Sie erregten beträchtliches Aufsehen.

Als sie in ihre Kabine zurückgekehrt waren, schliefen sie.

Sie verschliefen den mystischen Augenblick des *Turnover,* als sie von der Anziehungskraft der Erde in die des Mondes überwechselten. Burris erwachte mit einem Ruck, starrte über das schlafende Mädchen hinweg und blinzelte in die Dunkelheit. Es kam ihm vor, als könne er die losgebrochenen Stützpfeiler des zertrümmerten Rades dort draußen schweben sehen. Nein, nein; unmöglich. Aber er *hatte* sie gesehen, auf einer Reise vor zehn Jahren. Einige der Leichen, die aus dem Rad geflogen waren, als es zersplitterte, sollten angeblich noch immer durch den Raum treiben und sich in großen Parabeln um die Sonne bewegen. Soweit Burris wußte, hatte niemand in all den Jahren tatsächlich einen dieser einsamen Wanderer gesehen; die meisten Toten, wahrscheinlich fast alle, waren von Schiffen des Raumrettungsdienstes eingesammelt und auf schickliche Weise beseitigt worden; die übrigen, so hätte er gern geglaubt, hatten inzwischen den Weg zur Sonne zum großartigsten aller Begräbnisse zurückgelegt. Es war ein alter privater Alptraum von ihm, daß *ihr* verzerrtes Gesicht vor den Sichtluken vorbeischweben könnte, wenn sie diese Zone passierte.

Das Schiff neigte und drehte sich sanft, und das geliebte, pockennarbige weiße Gesicht des Mondes kam in Sicht.

Burris berührte Lonas Arm. Sie bewegte sich, blinzelte, sah ihn an und dann nach draußen. Während er sie beobachtete, nahm er das auf ihrem Gesicht sich ausbreitende Staunen wahr, obwohl sie ihm den Rücken zuwandte.

Ein halbes Dutzend leuchtender Kuppeln wurde auf der Mondoberfläche sichtbar.

»Tivoli!« rief sie.

Burris bezweifelte, daß eine dieser Kuppeln wirklich der Vergnügungspark war. Der Mond war überwuchert von kuppelförmigen Gebäuden, die seit Jahrzehnten für kriegerische, kommerzielle oder wissenschaftliche Zwecke errichet worden waren, aber keines von denen, die man sah, war Tivoli. Doch er belehrte Lona nicht. Er lernte.

Das Schiff verlangsamte seine Geschwindigkeit und

glitt auf einem Spiralkurs hinunter zu seiner Landebahn.

Dies war ein Zeitalter der Kuppeln; viele davon Werke Duncan Chalks. Auf der Erde waren es häufig durch Hängewerk gestützte geodätische Kuppeln, aber nicht immer; hier, unter geringerer Schwerkraft, zog man die einfacheren, weniger starren, in einem Stück konstruierten Kuppeln vor. Chalks Amüsierimperium wurde von Kuppeln bestimmt und abgegrenzt, angefangen von jener über seinem Privatbad bis zu denen über dem Galaktischen Saal, dem Antarktishotel, dem Tivoli und noch weiter, weiter hinaus zu den Sternen.

Die Landung war weich.

»Wir wollen uns eine schöne Zeit machen, Minner! Immer habe ich davon geträumt, einmal hierherzukommen!«

»Wir werden uns amüsieren«, versprach er.

Ihre Augen glänzten. Sie war ein Kind, weiter nichts; unschuldig, begeistert, schlicht – er zählte ihre Eigenschaften auf. Aber sie war warmherzig. Sie hegte und nährte und bemutterte ihn bis zum Überdruß. Er wußte, daß er sie unterschätzte. Ihr Leben hatte so wenig Freude gekannt, daß sie für unbedeutende Vergnügungen noch empfänglich war. Sie konnte Chalks Parks freimütig und von ganzem Herzen genießen. Sie war jung. Aber nicht hohl, versuchte Burris sich einzureden. Sie hatte gelitten. Sie trug Narben, genau wie er.

Die Rampe war ausgefahren. Lona eilte aus dem Schiff in die kuppelförmige Wartehalle; er folgte ihr und hatte nur geringe Schwierigkeiten, seine Beine zu koordinieren.

25
Luna Tivoli

Lona sah atemlos zu, wie die Kanone zurücklief, der Feuerwerkskörper hinaufglitt, durch den Schacht, durch die Öffnung in der Kuppel und hinaus in die Schwärze. Sie hielt den Atem an. Der Feuerwerkskörper explodierte.

Farben durchstrahlten die Nacht.

Dort draußen gab es keine Luft, nichts, was die leuchtenden Partikeln bremste, während sie herabsanken. Sie fielen fast unmerklich, blieben mehr oder weniger im Raum schweben. Die Bilder waren großartig. Gerade wurden Tiere gezeigt, die merkwürdigen Gestalten außerirdischer Wesen. Burris neben ihr starrte ebenso interessiert nach oben wie alle anderen.

»Hast du je so eines gesehen?« fragte sie.

Es war gerade eine Kreatur mit kordelartigen Ranken, endlos langem Hals und abgeflachten Paddelfüßen. Irgendeine sumpfige Welt hatte sie hervorgebracht.

»Nie.«

Ein weiterer Feuerwerkskörper wurde abgeschossen. Doch das war nur ein Auslöscher, der das paddelfüßige Geschöpf wegwischte und die schwarze Himmmelstafel für das nächste Bild frei machte.

Noch ein Schuß.

Noch einer.

Noch einer.

»Das ist ganz anders als Feuerwerke auf der Erde«, sagte sie. »Kein Pfeifen. Kein Knall. Und dann bleibt alles einfach dort stehen. Wie lange bleibt es dort, wenn sie es nicht auswischen, Minner?«

»Ein paar Minuten. Auch hier gibt es Schwerkraft.

Die Partikeln würden nach unten gezogen. Und würden durch kosmischen Staub durcheinandergebracht. Alle möglichen Abfälle kommen aus dem Raum heruntergerieselt.«

Er war immer auf jede Frage vorbereitet, hatte immer eine Antwort. Zuerst hatte diese Fähigkeit Lona beeindruckt. Jetzt ging sie ihr auf die Nerven. Sie wünschte, sie könnte ihn in Verlegenheit bringen. Sie versuchte es ständig. Sie wußte, daß ihn ihre Fragen ebenso reizten wie sie seine Antworten.

Ein fabelhaftes Paar sind wir. Noch keine Flitterwöchner, und schon stellen wir einander kleine Fallen!

Eine halbe Stunde lang betrachteten sie das lautlose Feuerwerk. Dann hatte Lona keine Ruhe mehr, und sie gingen fort.

»Wohin jetzt?« fragte er.

»Laß uns einfach bummeln.«

Er war verkrampft und nervös. Sie spürte das, spürte, daß er bereit war, ihr an die Kehle zu springen, wenn sie einen Schnitzer machte. Wie unerträglich dieser alberne Vergnügungspark für ihn sein mußte! Er wurde häufig angestarrt. Sie ebenfalls, doch sie war nur interessant wegen der Dinge, die man mit ihr gemacht hatte, nicht wegen ihres Aussehens, und man blickte ihr nicht lange nach.

Sie gingen weiter, von einem Gang mit Buden zum nächsten.

Es war ein Jahrmarkt traditioneller Art, jahrhundertealten Mustern nachgebildet. Die Technologie hatte sich verändert, die Substanz nicht. Hier gab es Geschicklichkeitsspiele und Schießbudenfiguren, billige Restaurants, die undefinierbare Gerichte verkauften; wilde Karussellfahrten für jeden Geschmack; Jahrmarktsbuden mit billigen Horrordarbietungen; Tanzhallen; Spielpavillons; verdunkelte Theater (nur für Erwachsene!), in denen die banalen Geheimnisse des Fleisches enthüllt wurden; Flohzirkusse und sprechende Hunde; Feuerwerke in allen Variationen; schmetternde Musik; lodernde Leuchtstreben. Fünfhundert Hektar dumpfer Wonnen, aufgemacht mit den modernsten Tricks. Der bezeichnendste Unterschied zwischen Chalks Luna Tivoli und tausend Tivolis der Vergangenheit war der Standort auf dem geräumigen Grund des Kopernikuskraters mit Blick auf den östlichen Bogen des Ringwalls. Man atmete hier reine Luft, aber man tanzte in minimaler Schwerkraft. Das war Luna Tivoli.

»Wie wär's mit dem Strudel?« fragte eine geschmeidige Stimme. »Eine Fahrt durch den Strudel für die Herrschaften?«

Lächelnd drängte sich Lona vorwärts. Burris legte Münzen auf den Schalter, und sie wurden eingelassen. Ein Dutzend Aluminiumschalen klafften vor ihnen auf wie die Überreste gigantischer Muscheln, in einem Quecksilbersee schwimmend. Ein vierschrötiger Mann mit nackter Brust und kupferfarbener Haut sagte: »Eine Muschel für zwei? Hier entlang! Hier entlang!«

Burris half Lona in eine der Muscheln. Er setzte sich neben sie. Das Dach wurde luftdicht verschlossen. Es war dunkel, warm, bedrückend eng im Innern. Der Raum reichte gerade für sie beide.

»Glückliche Phantasien vom Mutterschoß«, sagte Burris.

Lona nahm seine Hand und hielt sie mit grimmiger Miene fest. Durch den Quecksilbersee kam ein Funke von Antriebsenergie. Und sie fuhren los, glitten durch Unbekanntes. Durch welche schwarze Tunnel, welche versteckten Schlünde? Die Muschel schwankte in einem Strudel. Lona schrie, schrie wieder und wieder.

»Hast du Angst?« fragte er.

»Ich weiß nicht. Es bewegt sich so schnell.«

»Uns kann nichts passieren.«

Es war wie Gleiten, wie Fliegen. Buchstäblich keine Schwerkraft und keine Reibung, um ihre wirbelnde

Fahrt zu bremsen, während sie in wildem Hin und Her durch Spiralen und über Steilhänge geschleudert wurden. Verborgene Hähne öffneten sich, Gerüche strömten herein.

»Was riechst du?« fragte sie ihn.

»Wüste. Den Geruch von Hitze. Und du?«

»Wälder an einem regnerischen Tag. Verfaulende Blätter, Minner. Wie ist das möglich?«

Vielleicht nehmen seine Sinne die Dinge nicht auf die gleiche Weise auf wie meine, wie menschliche Sinne. Wie kann er die Wüste riechen? Dieser reife, volle Geruch von Erde und Feuchtigkeit! Sie konnte rote Fliegenpilze aus dem Boden schießen sehen. Kleine Tiere mit vielen Beinen, die umherkrabbelten. Einen glänzenden Wurm. Und er: die Wüste?

Die Muschel schien umzuschlagen, flach über die sie tragende Substanz zu streichen und sich wieder aufzurichten. Als Lona den Geruch erneut bemerkte, hatte er sich verändert.

»Jetzt rieche ich die Arkade bei Nacht«, sagte sie. »Popcorn ... Schweiß ... Gelächter. Wie riecht Gelächter, Minner? Wie empfindest du es?«

»Ich rieche die Treibstoffkammer eines Schiffes beim Kernwechsel. Vor einigen Stunden hat etwas gebrannt. Verschmortes Fett, wo die Stangen undicht waren. Der Geruch sticht einem beißend in die Nase.«

»Wie ist es möglich, daß wir nicht dieselben Dinge riechen?«

»Olfaktorische Psychovariation. Wir riechen das, was unser Gehirn uns vorgaukelt. Man schickt uns nämlich keinen bestimmten Geruch, sondern nur das Rohmaterial. Wir formen die Muster.«

»Das verstehe ich nicht, Minner.«

Er schwieg. Weitere Gerüche entstanden: Krankenhausgeruch, Mondscheingeruch, Stahlgeruch, Schneegeruch. Lona fragte Burris nicht nach seinen Reaktionen auf die allgemeine Stimulation. Einmal keuchte er; einmal zuckte er zusammen und grub stöhnend seine Fingernägel in ihren Schenkel.

Dann hörten die Gerüche auf.

Immer noch glitt die Muschel weiter, Minute um Minute. Jetzt ertönten Geräusche: leise Pfeiftöne, lautes Orgeldröhnen, Hammerschläge, rhythmisch kratzendes Raspeln. Kein Sinnesorgan wurde ausgelassen. Das Innere der Muschel wurde kühl, dann wieder warm; die Feuchtigkeit veränderte sich in einem komplexen Zyklus. Jetzt schoß die Muschel hin und her, vollführte schwindelerregende Kreiselbewegungen als rasenden Abschluß der Fahrt. Dann befanden sie sich plötzlich wieder im sicheren Hafen. Burris' Hand umschloß Lonas, während er sie weiterzog.

»Hat es dir Spaß gemacht?« fragte er, ohne zu lächeln.

»Ich weiß nicht recht. Auf jeden Fall war es ungewöhnlich.«

Er kaufte ihr Zuckerwatte. Sie kamen an einer Bude vorbei, wo man mit kleinen Glaskugeln nach goldenen Zielen auf einer sich bewegenden Scheibe warf. Wer mit drei von vier Würfen das Ziel traf, erhielt einen Preis. Männer mit Erdenmuskeln bemühten sich ohne Erfolg, mit der niedrigen Schwerkraft fertigzuwerden, während schmollende Mädchen ihnen zusahen. Lona wies auf die Preise: zarte, fremdartige Gegenstände, abstrakte, gewundene Formen aus Pelz. »Gewinne eins für mich, Minner«, bat sie.

Er blieb stehen und sah den Männern bei ihren ungeschickten, weit ausholenden Wurfversuchen zu. Die meisten schossen weit über das Ziel hinaus. Andere, die die geringere Schwerkraft ausgleichen wollten, warfen mit zu wenig Schwung, und die Glaskugeln fielen vor der Zielscheibe zu Boden. Eine dichtgedrängte Menschenmenge stand vor der Bude, als Minner vortreten wollte, doch wer ihn ansah, machte ihm Platz, drückte sich unbehaglich zur Seite. Lona bemerkte es und hoffte, daß es ihm nicht auffiel. Burris legte Geld auf den

Schalter und nahm seine Glaskugeln. Der erste Wurf ging zehn Zentimeter über das Ziel hinweg.

»Nicht schlecht, Kamerad! Macht ihm Platz! Hier ist einer, der die richtige Schußweite hat!« Der Mann hinter der Budentheke starrte ungläubig auf Burris' Gesicht. Lona wurde rot. Warum müssen sie ihn anstarren? Sieht er denn so fremdartig aus?

Er warf noch einmal. *Ping*. Und wieder: *Ping*. *Ping*.

»Drei hintereinander! Geben Sie der jungen Dame ihren Preis!«

Lona umklammerte etwas Warmes, Pelziges, fast Lebendiges. Sie entfernten sich von der Bude, wichen geflüsterten Bemerkungen aus. Burris sagte: »Manches an diesem scheußlichen Körper ist doch ganz beachtlich, nicht wahr, Lona?«

Etwas später stellte sie ihren Preis neben sich; als sie sich wieder danach umwandte, war er verschwunden. Burris bot ihr an, einen neuen Preis zu gewinnen, doch sie sagte ihm, er solle sich nichts daraus machen.

Das Haus der erotischen Darbietungen betraten sie nicht. Als sie an der Abnormitätenschau vorbeikamen, zögerte Lona. Sie wollte gern hineingehen, wagte aber nicht, den Vorschlag zu machen. Ihr Zögern war fatal. Drei von Bier gerötete Gesichter tauchten auf, sahen Burris an, lachten schallend.

»He! Da ist einer ausgebrochen!«

Lona sah die feuerroten Flecken des Zorns auf seinen Wangen. Rasch schob sie ihn weiter, doch die Wunde war geschlagen. Wie viele Wochen geduldigen Selbstaufbaus waren in einem Augenblick zunichte gemacht worden?

Die Nacht drehte sich um diesen Punkt. Bisher hatte Burris sich tolerant, leicht amüsiert und nur mäßig gelangweilt gezeigt. Jetzt wurde er feindselig. Sie sah, daß sich seine Lider weit öffneten; der kalte Glanz der entblößten Augen hätte sich, wäre er dazu imstande gewesen, wie Säure in diesen Vergnügungspark gefressen.

Steif ging Burris neben ihr her. Jeder weitere Augenblick an diesem Ort war ihm verhaßt.

»Ich bin müde, Lona. Ich möchte zurück ins Hotelzimmer gehen.«

»Nur noch ein Weilchen!«

»Wir können morgen abend wieder herkommen.«

»Aber es ist noch früh, Minner!«

Seine Lippen vollführten seltsam zuckende Bewegungen. »Dann bleib allein hier.«

»Nein! Ich habe Angst. Ich meine – ohne dich macht es mir keinen Spaß.«

»Es sah aber so aus – vorhin.«

»Das war vorhin. Jetzt ist jetzt.« Er zog an ihrem Ärmel. »Lona ...«

»Nein«, sagte sie gereizt. »So schnell bringst du mich hier nicht fort. Im Hotelzimmer haben wir nichts außer Schlaf und Sex und dem Blick auf die Sterne. Hier ist Tivoli, Minner. Tivoli! Ich möchte jede einzelne Minute genießen.«

Er sagte etwas, das sie nicht verstand, und sie gingen weiter in eine andere Abteilung des Parks. Doch seine Rastlosigkeit war stärker als sein guter Wille. Nach ein paar Minuten fragte er wieder, ob sie jetzt gehen könnten.

»Versuch doch, dich zu amüsieren, Minner!«

»Dieser Park macht mich krank. Der Lärm ... der Geruch ... die *Augen.*«

»Niemand sieht dich an.«

»Sehr lustig! Hast du gehört, was sie sagten, als ...«

»Sie waren betrunken.« Er bettelte geradezu um Mitgefühl, doch diesmal hatte sie keine Lust, es ihm zu gewähren. »Oh, ich weiß, man hat deine Gefühle verletzt. Deine Gefühle sind ja so leicht zu verletzen! Hör doch ein einziges Mal auf, dir selbst so leid zu tun! Ich bin hier, um mich zu amüsieren, und du wirst mir nicht den Spaß verderben!«

»Verderbtheit!«

»Nicht schlimmer als Egoismus!« erwiderte sie barsch.

»Wie lange wünschst du noch zu bleiben?« Eiskalt diesmal.

»Ich weiß nicht. Eine halbe Stunde. Eine Stunde.«

»Fünfzehn Minuten?«

»Laß uns nicht feilschen. Wir haben noch nicht ein Zehntel von dem gesehen, was es hier zu sehen gibt.«

»Es gibt noch andere Abende.«

»Schon wieder. Minner, hör auf! Ich will nicht mit dir streiten, aber ich gebe nicht nach. Ich gebe einfach nicht nach!«

Er machte eine höfliche Verbeugung, tiefer, als es ein Mann mit menschlichem Knochenbau je gekonnt hätte. »Zu Ihren Diensten, Verehrteste.« Die Worte waren giftig. Lona zog es vor, sie zu ignorieren, und schob ihn weiter durch die überfüllte Gasse. Dies war der bisher schlimmste Streit. Bei früheren Reibereien waren sie beide kühl, schnippisch, sarkastisch, unbeteiligt geblieben. Doch nie hatten sie Auge in Auge gestanden und sich gegenseitig angeschrien. Sogar eine kleine Zuhörerschaft hatte sich um sie gesammelt: Punch und Judy, die zum Vergnügen des interessierten Publikums lautstark ihren Streit austragen. Was war mit ihnen geschehen? Warum zankten sie sich? Warum, fragte sich Lona, sah es manchmal so aus, als hasse er sie? Warum spürte sie bei diesen Gelegenheiten, daß es ganz leicht sein könnte, ihn zu hassen?

Sie sollten sich gegenseitig helfen, sich stützen. So war es am Anfang gewesen. Ein Band gegenseitigen Mitgefühls hatte sie vereint, denn sie hatten beide gelitten. Was war damit geschehen? So viel Bitterkeit hatte sich in ihre Beziehung eingeschlichen. Anklagen, Vorwürfe, Spannungen.

Vor ihnen vollführten drei sich überschneidende gelbe Räder einen komplizierten Flammentanz. Pulsierende Leuchtkörper fuhren flackernd auf und ab. Hoch oben auf einer Säule erschien eine nackte Frau, eingehüllt in tanzendes Licht. Sie drehte und wand sich, ein Muezzin, der die Gläubigen ins Haus der Lust rief. Ihr Körper war ungeheuer weiblich; die Brüste vorspringendes Gesims, die Gesäßbacken riesige halbkugelförmige Gebilde. Niemand wurde so geboren. Sie mußte von Ärzten verändert worden sein ...

Ein Mitglied unseres Klubs, dachte Lona. Aber ihr macht es nichts aus. Sie steht ohne Scheu dort oben vor allen Leuten und ist glücklich, daß sie dafür bezahlt wird; und wie fühlt sie sich um vier Uhr morgens? Macht es ihr dann etwas aus?

Burris starrte gebannt auf das Mächen.

»Nichts als Fleisch«, sagte Lona. »Warum bist du so fasziniert?«

»Das dort oben ist Elise!«

»Du irrst dich, Minner. Sie wäre nicht hier. Und bestimmt nicht da oben.«

»Ich sage dir, es ist Elise. Meine Augen sind schärfer als deine. Du weißt kaum, wie sie aussieht. Sie haben irgend etwas mit ihrem Körper gemacht, sie irgendwie ausgepolstert, aber ich weiß, daß es Elise ist.«

»Dann geh doch zu ihr!«

Er stand da wie erstarrt. »Ich habe nicht gesagt, daß ich das möchte.«

»Aber du hast es gedacht.«

»Bist du jetzt eifersüchtig auf ein nacktes Mädchen auf einer Säule?«

»Du hast sie geliebt, als du mich noch gar nicht kanntest.«

»Ich habe sie nie geliebt!« schrie er, und die Lüge stand in roten Flecken auf seiner Stirn geschrieben.

Aus tausend Lautsprechern dröhnten Loblieder auf das Mädchen, den Park, die Besucher. Alle Töne vereinigten sich zu einem einzigen, formlosen Rauschen. Burris trat näher an die Säule heran. Lona folgte ihm. Das Mädchen tanzte jetzt, warf die Beine hoch, hüpfte wild auf und ab. Ihr nackter Körper glänzte. Das aufgequollene Fleisch schaukelte und bebte. Sie vereinigte alle Sinnlichkeit wie in einem einzigen Gefäß.

»Es ist nicht Elise«, sagte Burris plötzlich, und der Bann war gebrochen.

Er wandte sich ab, blieb stehen. Sein Gesicht verdunkelte sich. Überall um sie herum strömten die Jahrmarktbesucher auf die Säule zu, die jetzt der Brennpunkt des Parks war, doch Lona und Burris rührten sich nicht. Sie wandten der Tänzerin den Rücken zu. Burris zuckte zusammen, als werde er geschlagen, und faltete die Arme über der Brust. Mit hängendem Kopf sank er auf eine Bank.

Dies war keine gespielte Langeweile. Lona merkte, daß er krank war.

»Ich fühle mich so müde«, sagte er heiser. »Als habe man mir alle Kraft ausgesaugt. Als sei ich tausend Jahre alt, Lona!«

Sie streckte die Arme nach ihm aus und mußte husten. Ganz plötzlich strömten Tränen aus ihren Augen. Sie ließ sich neben ihm auf die Bank fallen und rang nach Luft.

»Ich fühle mich genauso. Erschöpft.«

»Was ist nur mit uns?«

»Vielleicht etwas, das wir auf dieser Fahrt eingeatmet haben. Etwas, das wir gegessen haben, Minner?«

»Nein. Sieh dir meine Hände an.«

Sie zitterten. Die kleinen Fühler hingen schlaff herab. Sein Gesicht war grau.

Und Lona: ihr war, als habe man sie über Kontinente gehetzt, als hätte sie hundert Babys geboren.

Als er diesmal vorschlug, den Vergnügungspark zu verlassen, erhob sie sich und ging mit ihm.

26
Frost

Auf Titan lief sie fort und verließ ihn. Burris hatte es seit Tagen kommen sehen und war nicht im geringsten überrascht. Es war wie eine Erleichterung.

Seit dem Südpolbesuch war die Spannung ständig gewachsen. Er wußte nicht genau warum, außer daß sie nicht zueinander paßten. Aber sie hatten sich ständig bekämpft, zuerst auf versteckte Art, dann offen, aber nur mit Worten, und schließlich handgreiflich. So ging sie fort von ihm.

Sie verbrachten sechs Tage in Luna Tivoli. Ein Tag verlief wie der andere. Spät aufstehen, reichliches Frühstück, Besichtigung einiger Mondsehenswürdigkeiten, dann in den Park. Er war so groß, daß man immer wieder Neues entdecken konnte, doch am dritten Tag fand Burris, daß sie wie unter Zwang immer die gleichen Wege gingen, und am fünften Tag hatte er Tivoli unerträglich satt. Er versuchte, tolerant zu sein, da Lona so offensichtlich Gefallen an diesem Ort fand. Doch schließlich war seine Geduld zu Ende, und sie stritten sich. Der Streit wurde mit jedem Abend heftiger. Manchmal lösten sie den Konflikt in grimmiger, schweißnasser Leidenschaft, manchmal in schlaflosen Nächten des Trotzes.

Und immer kam während des Streits oder hinterher dieses Gefühl der Erschöpfung, dieser krankmachende, zerstörerische Verlust aller Kraft. Nie zuvor hatte Burris so etwas erlebt. Die Tatsache, daß das Mädchen gleichzeitig davon ergriffen wurde, machte es doppelt seltsam. Aoudad und Nikolaides, die sie gelegentlich in der Menge sahen, sagten sie nichts davon.

Burris wußte, daß die heftigen Auseinandersetzungen einen immer tieferen Graben zwischen ihnen schufen. In weniger stürmischen Augenblicken bedauerte er das, denn Lona war zärtlich und lieb, und er schätzte ihre Wärme. Doch all das war in den Momenten des Zorns vergessen. Dann erschien sie ihm leer, unnütz, aufreizend, eine weitere Last neben all seinen anderen Lasten, ein dummes, unwissendes und gehässiges Kind. Er sagte ihr dies alles, zuerst versteckt hinter derben Metaphern, schließlich tobend und mit nackten Worten.

Der Bruch mußte kommen. Sie erschöpften sich, verausgabten ihre vitale Substanz in diesen Schlachten. Die Augenblicke der Liebe lagen jetzt weiter auseinander. Die Bitterkeit brach häufiger hervor.

Am willkürlich ausersehenen Morgen ihres willkürlich bestimmten sechsten Tages in Luna Tivoli sagte Lona: »Laß uns umbuchen und jetzt zum Titan fliegen.«

»Wir sollen noch fünf Tage hierbleiben.«

»Willst du das wirklich?«

»Nun, offen gesagt ... nein.«

Er fürchtete, er werde damit einen neuen Schwall böser Worte provozieren, und es war noch zu früh am Tag, um jetzt schon damit zu beginnen. Doch nein, dies war für Lona der Morgen der aufopfernden Gesten. Sie sagte: »Ich glaube, ich habe genug, und daß du genug hast, ist ja kein Geheimnis. Warum sollten wir also bleiben? Titan ist wahrscheinlich viel aufregender.«

»Wahrscheinlich.«

»Und hier sind wir so schlecht miteinander ausgekommen. Ein Szenenwechsel könnte uns beiden nicht schaden.«

Er würde gewiß helfen. Jeder Barbar mit einer dicken Brieftasche konnte sich den Preis einer Fahrkarte nach Luna Tivoli leisten, und der Ort war voll von Rowdies, Säufern und Schlägern. Er zog unwillkürlich ein Publikum an, das auf wesentlich niedrigerem Niveau stand als die führenden Klassen der Erde. Titan war exklusiver. Seine Besucher waren reiche, blasierte Leute, denen es nichts bedeutete, den doppelten Jahresverdienst eines Arbeiters für eine einzige kurze Reise auszugeben. Wenigstens würden diese Leute die Höflichkeit besitzen, mit ihm umzugehen, als existierten seine Entstellungen nicht. Die Flitterwöchner in der Antarktis, die ihre Augen vor allem verschlossen, was sie verwirrte, hatten ihn einfach wie einen Unsichtbaren behandelt. Die Besucher von Luna Tivoli hatten ihm ins Gesicht gelacht und sich über seine Andersartigkeit lustig gemacht. Auf Titan jedoch würden angeborene gute Manieren für kühle Indifferenz seiner Erscheinung gegenüber sorgen. Sieh den seltsamen Mann an, lächle, plaudere liebenswürdig, aber zeige nie durch ein Wort oder eine Geste, daß du dir seiner Seltsamkeit bewußt bist: das war feine Lebensart. Von den drei Grausamkeiten war Burris diese Art noch am liebsten.

Beim Feuerwerk erwischte er Aoudad und sagte: »Wir waren lange genug hier. Buchen Sie uns für Titan.«

»Aber Sie haben ...«

»... noch fünf Tage. Nun, wir wollen sie nicht. Bringen Sie uns von hier weg und nach Titan.«

»Ich werde sehen, was ich tun kann.«

Aoudad hatte gesehen, daß sie sich stritten. Burris war unglücklich darüber, aus Gründen, die er verachtete. Aoudad und Nikolaides waren für Lona und ihn eine Art Amor gewesen, und irgendwie fühlte sich Burris verpflichtet, sich ständig wie ein glühender Liebhaber zu benehmen. Auf undefinierbare Weise glaubte er jedesmal Aoudad zu enttäuschen, wenn er Lona anfuhr, und er schämte sich. Warum kümmere ich mich auch nur einen Deut darum, ob ich Aoudad enttäusche? fragte er sich verwundert. Aoudad beklagt sich nicht über die Streitereien. Er bietet nicht seine Vermittlung an. Er sagt kein Wort.

Wie Burris erwartet hatte, besorgte ihnen Aoudad

ohne Schwierigkeiten die Flugkarten nach Titan. Er rief an, um ihrem Hotel Bescheid zu geben, daß sie früher als geplant eintreffen würden. Dann reisten sie ab.

Ein Start vom Mond war ganz anders als ein Start von der Erde. Bei nur einem Sechstel der normalen Schwerkraft war nicht mehr als ein leichter Schub nötig, um das Schiff in den Raum zu schicken. Es war ein verkehrsreicher Raumhafen; Schiffe in Richtung Mars, Venus, Titan, Ganymed und Erde starteten täglich, zu den äußeren Planeten alle drei Tage und zum Merkur wöchentlich. Interstellare Schiffe starteten auf dem Mond nicht; nach Gesetz und Gewohnheit konnten sie nur von der Erde aus abfliegen und wurden während ihres ganzen Fluges überwacht, bis sie irgendwo jenseits von Plutos Umlaufbahn durch die Raumkrümmung sprangen. Die meisten der zum Titan fliegenden Schiffe landeten zuerst in dem bedeutenden Bergbauzentrum auf Ganymed, und in ihrem ursprünglichen Reiseplan war vorgesehen, daß sie eines dieser Schiffe nehmen sollten. Doch ihr Schiff flog ohne Zwischenlandung. Lona würde Ganymed versäumen, aber sie hatte es ja nicht anders gewollt. Sie hatte vorgeschlagen, früher abzufliegen, nicht er. Vielleicht konnten sie auf dem Rückweg zur Erde auf Ganymed zwischenlanden.

Erzwungene Fröhlichkeit lag in Lonas Geplapper, als sie durch den Schlund der Dunkelheit glitten. Sie wollte alles über Titan wissen, genau wie sie alles über den Südpol, den Wechsel der Jahreszeiten, die Lebensweise der Kakteen und viele andere Dinge hatte wissen wollen; doch jene Fragen hatte sie aus naiver Neugier gestellt, diese stellte sie in der Hoffnung, den Kontakt, irgendeinen Kontakt mit Burris wiederherzustellen.

Burris wußte, daß es nicht gelingen würde.

»Es ist der größte Mond des Systems. Sogar größer als Merkur, und Merkur ist ein Planet.«

»Aber Merkur dreht sich um die Sonne, und Titan dreht sich um Saturn.«

»Das stimmt. Titan ist viel größer als unser Mond. Er ist mehr als eine Million Kilometer von Saturn entfernt. Du wirst die Ringe gut sehen können. Er hat eine Atmosphäre: Methan und Ammoniak, nicht sehr gut für die Lungen. Eiskalt. Man sagt, er sei pittoresk. Ich bin noch nie dort gewesen.«

»Wie kommt das?«

»Als ich jung war, konnte ich mir die Reise nicht leisten. Und später hatte ich in anderen Teilen des Universums zu viel zu tun.«

Das Schiff glitt durch den Raum. Lona sah sich mit großen Augen um, als sie über die Ebene des Asteroidengürtels sprangen, als Jupiter in Sicht kam, der in seiner Umlaufbahn nicht allzuweit von ihnen entfernt stand. Sie flogen weiter. Saturn erschien.

Dann erreichten sie Titan.

Natürlich wieder eine Kuppel. Eine kahle Landebahn auf einer kahlen Ebene. Auch dies war eine Eiswelt, doch ganz anders als die tödliche Antarktis. Jeder Fußbreit Titan war fremd und seltsam, während in der Antarktis sehr bald alles quälend vertraut wurde. Titan war nicht einfach ein Ort der Kälte, von Wind und Weiße.

Man konnte Saturn betrachten. Der beringte Planet hing niedrig am Himmel, wesentlich größer als die Erde, wie man sie vom Mond aus sah. Die Methan-Ammoniak-Atmosphäre reichte gerade aus, um dem Himmel über Titan eine bläuliche Tönung zu verleihen und einen hübschen Hintergrund zu schaffen für den glänzenden, goldenen Saturn mit seinem dicken, dunklen atmosphärischen Streifen und seiner Midgardschlange aus winzigen Staub- und Eispartikeln.

»Der Ring ist aber dünn«, beschwerte sich Lona. »So von der Seite aus kann man ihn kaum sehen.«

»Er ist dünn, weil Saturn so groß ist. Morgen wird man ihn besser erkennen können. Du wirst sehen, daß es nicht nur ein Ring ist, sondern mehrere. Die inneren Ringe bewegen sich schneller als die äußeren.«

Solange er die Unterhaltung auf dieser nüchternen Ebene weiterführte, ging alles gut. Er zögerte, den unpersönlichen Ton fallenzulassen, und Lona ging es ebenso. Ihre Nerven waren zu wundgerieben. Nach ihren letzten Streitereien standen sie zu nahe am Rand des Abgrunds.

Sie hatten eines der schönsten Zimmer in dem glitzernden Hotel. Sie waren nur von reichen Leuten umgeben, der höchsten Kaste der Erde, von denen, die an planetarischer Entwicklung, Raumtransport oder Energiesystem Vermögen verdient hatten. Jeder schien jeden zu kennen. Die Frauen, gleich welchen Alters, waren schlank, beweglich, flink, die Männer häufig gedrungen, aber sie bewegten sich kraftvoll und energisch. Niemand machte grobe Bemerkungen über Burris oder Lona. Niemand starrte sie an. Auf ihre distanzierte Art waren alle freundlich.

Beim Essen am ersten Abend teilten sie den Tisch mit einem Industriellen, der große Holdings auf dem Mars besaß. Er war weit über siebzig und hatte ein gebräuntes, faltiges Gesicht mit kleinen, dunklen Augen. Seine Frau konnte nicht viel älter als dreißig sein. Sie sprachen hauptsächlich über die kommerzielle Ausbeutung extrasolarer Planeten.

Lona hinterher: »Sie hat ein Auge auf dich geworfen!

»Sie hat mir nichts davon gesagt.«

»Das war doch ganz offensichtlich. Ich wette, sie hat unter dem Tisch deinen Fuß berührt.«

Er spürte, daß ein Streit im Anzug war. Hastig führte er Lona in den Aussichtsraum der Kuppel. »Ich mache dir einen Vorschlag«, sagte er. »Wenn sie mich verführt, hast du meine Erlaubnis, ihren Mann zu verführen.«

»Sehr witzig.«

»Warum nicht? Er hat Geld.«

»Ich bin noch keinen halben Tag hier, und schon hasse ich diesen Ort.«

»Hör auf, Lona. Du strengst deine Einbildungskraft

zu sehr an. Diese Frau würde mich nicht anrühren. Der bloße Gedanke würde sie monatelang schaudern machen, glaub mir. Sieh, sieh doch dort draußen!«

Ein Sturm kam auf. Rauher Wind pfiff um die Kuppel. Saturn war an diesem Abend beinahe voll; der Reflex seines Scheins zog eine glitzernde Spur durch den Schnee, die sich mit dem weißen Glanz aus den erleuchteten Luken der Kuppel traf und vereinigte. Die hellen Lichtpunkte der Sterne waren über den gewölbten Himmel verstreut und hatten einen beinahe so harten Glanz, als betrachtete man sie direkt aus dem Weltraum.

Es begann zu schneien. Eine Weile sahen sie zu, wie der Wind den Schnee peitschte. Dann hörten sie Musik und gingen den Tönen nach. Die meisten anderen Gäste taten es ihnen gleich.

»Möchtest du tanzen?« fragte er Lona.

Von irgendwoher war ein Orchester in Abendanzügen aufgetaucht. Die klingenden, wirbelnden Töne wurden lauter. Saiten, Flöten, einige Schlagzeuge, ein paar der fremdartigen Instrumente, die in der Big-Band-Musik dieser Zeit so beliebt waren. In graziösen Rhythmen bewegten sich die eleganten Gäste über das glänzende Parkett.

Steif nahm Burris Lona in den Arm, und sie schlossen sich den Tänzern an.

Er hatte früher nie viel getanzt und seit seiner Rückkehr von Manipool überhaupt nicht mehr. Der bloße Gedanke, an einem Ort wie diesem zu tanzen, wäre ihm noch vor ein paar Monaten grotesk erschienen. Aber er war überrascht, wie gut sich sein veränderter Körper den Tanzrhythmen anpaßte. Er lernte die Anmut in diesen raffinierten neuen Knochen kennen. Rundherum, rundherum, rundherum ...

Lona blickte ihm fest in die Augen. Sie lächelte nicht. Sie schien sich vor etwas zu fürchten.

Über ihnen wölbte sich wieder eine durchsichtige

Kuppel. Die Duncan-Chalk-Schule der Architektur: zeig ihnen die Sterne, aber sorg dafür, daß sie es warm haben. Windstöße ließen Schneeflocken über die Kuppel tanzen und bliesen sie ebenso rasch wieder fort. Lonas Hand fühlte sich kalt an. Der Tanz wurde schneller. Die Temperaturregler in seinem Inneren, die die Schweißdrüsen ersetzt hatten, mußten mehr arbeiten als vorgesehen. Würde er es an einem so schwindelerregenden Ort lange aushalten? Würde er nicht stolpern?

Die Musik setzte aus.

Das Paar vom Abendessen kam herüber. Die Frau lächelte. Lona lächelte nicht.

Mit der Sicherheit der sehr Reichen sagte die Frau: »Darf ich Sie um den nächsten Tanz bitten?«

Burris hatte versucht, das zu vermeiden. Jezt gab es keine taktvolle Art, sie abzuweisen, und Lonas Eifersucht würde neuen Zündstoff erhalten. Der dünne, klagende Schrei einer Oboe rief die Paare auf die Tanzfläche zurück. Burris führte die Frau und ließ Lona mit versteinertem Gesicht neben dem Industriellen zurück.

Die Frau war eine großartige Tänzerin. Sie schien über das Parkett zu schweben. Sie spornte Burris zu grotesken Verrenkungen an, und sie bewegten sich wie im Flug an der Außenseite der Tanzfläche entlang. Bei dieser Geschwindigkeit ließen ihn seine scharfen Augen im Stich, und er konnte Lona nicht finden. Die Musik machte ihn taub. Das Lächeln der Frau war zu strahlend.

»Sie sind ein wundervoller Partner«, sagte sie zu ihm. »Sie haben eine Stärke ... ein Gefühl für den Rhythmus ...«

»Vor Manipool war ich nie ein großer Tänzer.«

»Manipool?«

»Der Planet, wo ich ... wo sie ...«

Sie wußte es nicht. Er hatte angenommen, jedermann kenne seine Geschichte. Doch vielleicht schenkten diese Reichen den üblichen Videosensationen keine Beachtung. Sie hatten sein Unglück nicht verfolgt. Sehr wahrscheinlich hatte die Frau sein Aussehen mit solcher Selbstverständlichkeit aufgenommen, daß es ihr gar nicht einfiel, sich zu fragen, wie es gekommen war. Takt konnte auch übertrieben werden; sie war weniger an ihm interessiert, als er gedacht hatte.

»Machen Sie sich nichts daraus«, sagte er.

Als sie zum zweitenmal die Tanzfläche umrundeten, entdeckte er endlich Lona: sie verließ gerade den Saal. Der Industrielle stand allein, anscheinend verwirrt. Burris hielt sofort an. Seine Partnerin sah ihn fragend an.

»Entschuldigen Sie mich. Vielleicht ist sie krank.«

Nicht krank, nur trotzig. Er fand sie im Zimmer, auf dem Bett liegend, das Gesicht in den Kissen vergraben. Als er seine Hand auf ihren nackten Rücken legte, schauderte sie und schüttelte sie ab. Was sollte er zu ihr sagen? Sie schliefen weit auseinander, und als sein Traum von Manipool kam, gelang es ihm, seine Schreie zu ersticken, bevor sie laut wurden. Er setzte sich gerade auf, bis das Entsetzen verebbte.

Keiner von ihnen erwähnte am nächsten Morgen den Vorfall.

Sie machten eine Besichtigungsfahrt im Motorschlitten. Das Hotel- und Raumhafengebäude von Titan lag fast in der Mitte einer kleinen, von hohen Bergen gesäumten Ebene. Hier gab es, wie auf dem Mond, zahlreiche Gipfel, neben denen der Mount Everest klein wirkte. Es schien widersinnig, daß so kleine Welten so große Gebirge besaßen. Etwa hundert Kilometer westlich des Hotels erstreckte sich der Martinelligletscher, ein riesiger, kriechender Fluß aus Eis, der sich Hunderte von Kilometern aus dem Herzen des hiesigen Himalaja nach unten wand. Der Gletscher endete, unwahrscheinlich genug, in dem in der ganzen Galaxis berühmten Gefrorenen Wasserfall, den jeder Besucher Titans besichtigen mußte, und so fuhren auch Lona und Burris hin.

Unterwegs gab es weniger bekannte Sehenswürdigkeiten, die Burris viel erregender fand. Die wirbelnden Methanwolken und die Bälle aus gefrorenem Ammoniak zum Beispiel, die die nackten Berge schmückten, gaben ihnen das Aussehen von Gebirgen aus einem Sungpergament. Oder der dunkle Methansee, eine halbe Fahrstunde von der Kuppel entfernt; in seinen wächsernen Tiefen lebten die kleinen, zähen Lebewesen von Titan, Kreaturen, die eine Art Mollusken und Anthropoden waren, allerdings kaum mit irdischen vergleichbar. Sie waren dazu geschaffen, Methan zu atmen und zu trinken. Da Leben jeder Art in diesem Solarsystem so selten war, fand Burris es faszinierend, diese Raritäten in ihrer ursprünglichen Umgebung zu erleben. Um den Rand des Sees herum sah er ihre Nahrung: Titankraut, klebrige, fetthaltige Pflanzen, weiß und wie tot, und die dennoch fähig waren, diesem höllischen Klima Leben abzutrotzen.

Der Schlitten fuhr weiter in Richtung auf den Gefrorenen Wasserfall.

Und da war er: bläulichweiß, glitzernd im Licht des Saturns, schwebend über einem riesigen Abgrund. Die Betrachter gaben die obligatorischen Seufzer des Entzückens von sich. Niemand verließ den Schlitten, denn die Orkane dort draußen fegten wie wild über die Flanken des Gebirges, und man konnte sich nicht völlig darauf verlassen, in den Schutzanzügen vor der korrosiven Atmosphäre sicher zu sein.

Sie umkreisten den Wasserfall und betrachteten den glitzernden weißen Bogen von drei Seiten. Dann übermittelte der Fremdenführer die schlechte Nachricht: »Der Wind wird stärker. Wir müssen zurück.«

Der Sturm holte sie ein, ehe sie die Behaglichkeit der Kuppel erreicht hatten. Zuerst kam Regen, ein graupeliger Schauer herabfallenden Ammoniaks, der auf das Dach ihres Schlittens prasselte, und dann Wolken von Ammoniakkristallschnee, vom Wind getrieben. Der

Schlitten kam nur mühsam voran. Burris hatte Schnee noch nie so dicht oder so schnell fallen sehen. Der Wind wühlte ihn auf und riß ihn hoch, schichtete ihn auf zu Kathedralen und Gebirgen. Mit einiger Anstrengung wich der Schlitten den rasch sich auftürmenden Schneewehen aus und kroch um plötzlich aufgerichtete Sperren. Die meisten Passagiere sahen gelassen aus. Sie begeisterten sich für die Schönheit dieses wilden Naturschauspiels. Burris, der wußte, wie nahe sie alle daran waren, verschüttet und zugeweht zu werden, saß in mürrischem Schweigen da. Vielleicht würde der Tod endlich Frieden bringen, doch wenn er sich seinen Tod aussuchen könnte, würde er sich nicht dafür entscheiden, hier lebendig begraben zu werden. Schon konnte er den beißenden Geruch der Angst und des Todes riechen, wenn die Luft knapp zu werden begann und die heulenden Motoren ihre Abgase zurück in die Passagierkabine bliesen. Einbildung, weiter nichts. Er versuchte, die Schönheit des Sturms zu genießen.

Trotzdem war es eine große Erleichterung, wieder in die Wärme und Geborgenheit der Kuppel zurückzukehren.

Kurz nach ihrer Ankunft stritten Burris und Lona von neuem. Diesmal bestand noch weniger Grund dazu als sonst. Doch sehr schnell erreichte ihr Streit des Stadium unverhüllter Bösartigkeit.

»Du hast mich während der ganzen Fahrt nicht angesehen, Minner!«

»Ich habe mir die Umgebung angesehen. Deshalb sind wir hier.«

»Du hättest meine Hand nehmen, hättest lächeln können.«

»Ich ...«

»Bin ich denn so langweilig?«

Er war es müde, ihr nachzugeben. »In der Tat, das bist du. Du bist ein langweiliges, unwissendes kleines Mädchen! All das ist an dich verschwendet! Alles! Du weißt weder Essen noch Kleidung, noch Sex, noch Reisen zu schätzen ...«

»Und was bist du? Nur eine scheußliche Mißgeburt!«

»Dann sind wir zu zweit!«

»Bin ich eine Mißgeburt?« schrie sie. »Man sieht es nicht. Ich bin wenigstens ein menschliches Wesen. Und was bist du?«

Das war der Augenblick, in dem er auf sie losging.

Seine glatten Finger schlossen sich um ihren Hals. Sie schlug ihn, hämmerte mit ihren Fäusten auf ihn ein, kratzte mit den Fingernägeln über seine Wangen. Doch sie konnte seine Haut nicht verletzen, und das brachte sie in noch größere Wut. Er hielt sie fest gepackt, schüttelte sie, ließ ihren Kopf hin und her rollen, während sie ständig trat und schlug. Die Hormone seines Zorns pulsierten durch seine Adern.

Ich könnte sie so leicht töten, dachte er.

Doch allein die Tatsache, daß er innehielt und einen zusammenhängenden Gedanken faßte, machte ihn ruhiger. Er ließ sie los. Er starrte seine Hände an, sie starrte ihn an. Rote Flecken zeichneten sich auf ihrem Hals ab, fast ebenso rot wie die Flecken, die auf seinem Gesicht erschienen waren. Keuchend trat sie zurück. Sie sprach nicht. Ihre zitternde Hand wies auf ihn.

Erschöpfung ließ ihn in die Knie brechen.

Mit einem Mal war seine ganze Kraft dahin. Seine Gelenke gaben nach, er fiel, kraftlos, nicht einmal mehr fähig, sich mit den Händen abzustützen. Er lag auf dem Gesicht, rief ihren Namen. Noch nie hatte er sich so schwach gefühlt, nicht einmal, als er sich von dem erholte, was man ihm auf Manipool angetan hatte.

So fühlt es sich an, wenn man ausgeblutet ist, dachte er. Blutsauger sind über mich hergefallen! Gott, werde ich je wieder stehen können? »Hilfe!« schrie er lautlos. »Lona, wo bist du?«

Als er wieder stark genug war, den Kopf zu heben, sah er, daß sie fort war. Er wußte nicht, wieviel Zeit vergangen war. Mühsam stemmte er sich hoch und setzte sich auf den Bettrand, bis die schlimmste Schwäche überwunden war. War das eine Strafe gewesen, über ihn verhängt, weil er sie geschlagen hatte? Nach jedem Streit war ihm hinterher so elend.

»Lona?«

Er ging in die Halle und hielt sich dabei dicht an der Seitenwand. Vermutlich glaubten die eleganten Damen, die an ihm vorbeisegelten, er sei betrunken. Sie lächelten. Er versuchte, das Lächeln zu erwidern.

Er fand sie nicht.

Irgendwie, Stunden später, entdeckte er Aoudad. Der kleine Mann sah besorgt aus.

»Haben Sie sie gesehen?« krächzte Burris.

»Sie ist inzwischen auf halbem Weg nach Ganymed. Nahm das Abendschiff.«

»Fort?«

Aoudad nickte. »Nick ist bei ihr. Sie fliegen zurück zur Erde. Was haben Sie getan – sie ein bißchen verprügelt?«

»Sie ließen sie fort?« murmelte Burris. »Sie gestatteten ihr zu gehen? Was wird Chalk dazu sagen?«

»Chalk weiß es. Glauben Sie, wir hätten ihn nicht vorher gefragt? Er sagte, gut, wenn sie nach Hause will, dann laßt sie nach Hause. Setzt sie in das nächste Schiff. Das taten wir. He, Sie sind so blaß, Burris! Ich dachte, mit Ihrer Haut könnten Sie nicht bleich werden!«

»Wann fliegt das nächste Schiff in dieser Richtung?«

»Morgen abend. Sie wollen ihr doch nicht etwa nachlaufen?«

»Was sonst?«

Grinsend sagte Aoudad: »So werden Sie nie etwas erreichen. Lassen Sie sie gehen. Hier wimmelt es von Frauen, die glücklich wären, Lonas Platz einzunehmen. Sie würden sich wundern, wie viele es sind. Einige davon wissen, daß ich zu Ihnen gehöre, und sie kommen zu mir und wollen, daß ich sie mit Ihnen zusammenbringe. Es ist das Gesicht, Minner. Ihr Gesicht fasziniert sie!«

Burris wandte sich ab.

Aoudad sagte: »Sie sind aufgewühlt. Kommen Sie, wir nehmen einen Drink.«

Ohne sich umzusehen, antwortete Burris: »Ich bin müde. Ich möchte mich ausruhen.«

»Soll ich Ihnen nach einer Weile eine der Frauen schicken?«

»Ist das Ihre Vorstellung von Ruhe?«

»Nun, Sie haben tatsächlich recht, ja«. Er kicherte. »Ich hätte nichts dagegen, mich selbst um sie zu kümmern, verstehen Sie, aber Sie sind es, den sie wollen. Sie.«

»Kann ich Ganymed anrufen? Vielleicht kann ich mit ihr sprechen, während das Schiff auftankt.«

Aoudad trat nahe an ihn heran. »Sie ist fort, Burris. Sie sollten sie vergessen. Was hatten Sie schon außer Probleme? Nur ein mageres kleines Kind! Sie haben sich doch nicht besonders mit ihr verstanden. Ich weiß es. Ich sah es. Sie haben einander nur angeschrien. Wozu brauchen Sie sie? Lassen Sie sich erzählen von ...«

»Haben Sie irgendwelche Relaxer bei sich?«

»Sie wissen doch, daß sie Ihnen nichts nützen.«

Burris streckte trotzdem die Hand aus. Aoudad zuckte die Achseln und gab ihm einen Relaxer. Burris drückte das Röhrchen an seine Haut. Jetzt konnte die Illusion von Ruhe genausoviel wert sein wie die Ruhe selbst. Er dankte Aoudad und ging rasch auf sein Zimmer, allein.

Unterwegs kam er an einer Frau mit Haaren aus gesponnenem rosa Glas und Amethystaugen vorbei. Ihr Kleid war keusch und zugleich unanständig. Ihre samtweiche Stimme streifte seine ohrlosen Wangen. Zitternd eilte er an ihr vorbei und flüchtete in sein Zimmer.

27
Der weise Idiot

»Es hat eine entzückende Romanze verdorben«, sagte Tom Nikolaides.

Lona lächelte nicht.

»Von entzückend kann keine Rede sein. Ich war froh, daß ich fortgehen konnte.«

»Weil er versuchte, Sie zu erwürgen?«

»Das war erst ganz am Schluß. Schon lange vorher war es schlimm. Man braucht sich nicht für nichts und wieder nichts derart verletzen zu lassen.«

Nikolaides sah ihr tief in die Augen. Er verstand oder gab vor zu verstehen.

»Nur zu wahr. Es ist wirklich schade, aber wir alle wußten, daß es nicht von Dauer sein konnte.«

»Einschließlich Chalk?«

»Vor allem Chalk. Er sagte den Bruch voraus. Es ist bemerkenswert, wieviel Post wir in dieser Sache bekommen haben. Das ganze Universum scheint es schrecklich zu finden, daß Sie beide sich getrennt haben.«

Ein rasches, leeres Lächeln huschte über Lonas Gesicht. Mit abgehackten Schritten durchmaß sie den langen Raum. Ihre Absätze klickten auf dem polierten Fußboden. »Wird Chalk bald hier sein?« fragte sie.

»Gleich. Er ist ein sehr beschäftigter Mann. Doch sobald er im Hause ist, werden wir Sie zu ihm bringen.«

»Nick, wird er mir wirklich meine Babys geben?«

»Wir wollen es hoffen.«

Sie trat neben ihn. Heftig ergriff sie sein Handgelenk. »Hoffen? Hoffen? Er hat es mir versprochen!«

»Aber Sie haben Burris im Stich gelassen.«

»Sie haben selbst gesagt, daß Chalk damit gerechnet hatte. Die Romanze sollte ja nicht ewig dauern. Jetzt ist sie zu Ende. Ich habe meinen Teil der Abmachungen erfüllt, und jetzt muß Chalk seinen erfüllen.«

Sie spürte, wie die Muskeln ihrer Schenkel zitterten. Diese modischen Schuhe; es war schwierig, darin zu stehen. Doch sie ließen sie größer, reifer wirken. Es war wichtig, auch äußerlich so auszusehen, wie sie innerlich geworden war. Diese Reise mit Burris hatte sie in fünf Wochen um ebenso viele Jahre älter gemacht. Die ständige Spannung ... die Streitereien ...

Vor allem die schreckliche Erschöpfung nach jedem Streit ...

Sie würde dem dicken Mann gerade in die Augen sehen. Wenn er versuchte, sich um sein Versprechen herumzudrücken, würde sie ihm das Leben schwermachen. Ganz gleich, wie mächtig er war, er konnte sie nicht betrügen! Sie hatte lange genug das Kindermädchen dieses unheimlichen Flüchtlings von einem fremden Planeten gespielt, um sich das Recht auf ihre eigenen Babys zu verdienen. Sie ...

Das war nicht richtig, ermahnte sie sich plötzlich. *Ich darf mich nicht über ihn lustig machen. Er hat seine Schwierigkeiten nicht haben wollen. Und ich habe sie freiwillig mit ihm geteilt.*

Nikolaides brach das plötzliche Schweigen. »Was haben Sie jetzt, da Sie wieder auf der Erde sind, für Pläne, Lona?«

»Zuerst will ich die Sache mit den Kindern regeln. Dann möchte ich endgültig aus dem öffentlichen Leben verschwinden. Ich habe jetzt zwei Runden Publicity hinter mir, zuerst, als man mir die Babys entnahm, und dann, als ich mit Minner verreiste. Das genügt.«

»Wohin wollen Sie gehen? Werden Sie die Erde verlassen?«

»Kaum. Ich werde hierbleiben. Vielleicht schreibe ich ein Buch.« Sie lächelte. »Nein, das wäre nicht gut, nicht wahr? Noch mehr Publicity. Ich will in Ruhe leben. Wie wäre es mit Patagonien?« Sie starrte vor sich hin. »Haben Sie eine Ahnung, wo er jetzt ist?«

»Chalk?«

»Minner«, sagte sie.

»Immer noch auf Titan, soviel ich weiß. Aoudad ist bei ihm.«

»Dann sind sie drei Wochen dort geblieben. Vermutlich amüsieren sie sich gut.« Sie lächelte geringschätzig.

»Aoudad bestimmt«, sagte Nikolaides. »Wenn er eine Menge Frauen zur Verfügung hat, amüsiert er sich überall gut. Bei Burris bin ich nicht so sicher. Ich weiß nur, daß sie noch keine Anstalten gemacht haben, nach Hause zurückzukommen. Sie sind immer noch an ihm interessiert, nicht wahr?«

»Nein!«

Nikolaides hielt sich die Ohren zu. »Schon gut. Schon gut. Ich glaube Ihnen. Es ist nur ...«

Die Tür am anderen Ende des Raums öffnete sich. Ein kleiner, häßlicher Mann mit langen, dünnen Lippen kam herein. Lona erkannte ihn: es war d'Amore, einer von Chalks Leuten. Sofort sagte sie: »Ist Chalk schon im Haus? Ich muß ihn unbedingt sprechen!«

D'Amores unschöner Mund verzog sich zu dem breitesten Grinsen, das sie je gesehen hatte. »Sie sind wirklich energisch, Gnädigste! Keine zaghafte Schüchternheit mehr, was? Aber nein, Chalk ist noch nicht hier. Ich warte selbst auf ihn.« Er trat weiter in den Raum, und Lona bemerkte, daß jemand hinter ihm stand: weißgesichtig, sanftäugig, vollkommen gelöst, ein Mann mittleren Alters, der blöde lächelte. D'Amore sagte: »Lona, das ist David Melangio. Er beherrscht ein paar Tricks. Nennen Sie ihm Ihr Geburtsdatum und das Jahr; er wird Ihnen sagen, welcher Wochentag es war.«

Lona nannte es.

»Mittwoch«, sagte Melangio sofort.

»Wie macht er das?«

»Das ist sein Talent. Zählen Sie eine Reihe von Zahlen auf, so schnell Sie können, aber deutlich.«

Lona nannte ein Dutzend Zahlen. Melangio wiederholte sie.

»Richtig?« fragte d'Amore strahlend.

»Ich weiß nicht genau«, sagte sie. »Ich habe sie schon wieder vergessen.« Sie ging hinüber zu dem gelehrten Idioten, der sie ohne Interesse ansah. Als Lona in seine Augen blickte, stellte sie fest, daß er ebenfalls eine Mißgeburt war, nur aus Tricks bestehend, ohne Seele. Fröstelnd fragte sie sich, ob man wohl eine neue Liebesaffäre für sie ausheckte.

Nikolaides sagte: »Warum hast du ihn zurückgebracht? Ich dachte, Chalk hätte seine Option auslaufen lassen?«

»Chalk meinte, Miß Kelvin würde vielleicht gern mit ihm reden«, erwiderte d'Amore. »Er sagte, ich solle Melangio hierherbringen.«

»Was soll ich ihm sagen?« fragte Lona.

D'Amore lächelte. »Wie soll ich das wissen?«

Sie zog den schmallippigen Mann kurz beiseite und flüsterte: »Er ist nicht ganz richtig im Kopf, nicht wahr?«

»Ja, ich würde sagen, daß ihm da etwas fehlt.«

»Also hat Chalk ein neues Projekt für mich. Soll ich jetzt vielleicht *seine* Hand halten?«

Sie hätte ebensogut die Wand fragen können. D'Amore sagte nur: »Gehen Sie mit ihm hinein, setzen Sie sich, reden Sie. Chalk wird vermutlich erst in einer Stunde hier sein.«

Nebenan war ein Raum mit einem schwebenden Glastisch und einigen Sesseln. Sie und Melangio gingen hinein, und die Tür schloß sich hinter ihnen mit der Endgültigkeit einer Gefängnistür.

Schweigen. Blicke.

Er sagte: »Fragen Sie mich etwas über Daten. Irgend etwas.«

Er schaukelte rhythmisch vor und zurück. Das Lächeln wich keinen Augenblick von seinem Gesicht. Lona dachte, daß seine geistige Entwicklung etwa bei acht Jahren stehengeblieben war.

»Fragen Sie mich, wann George Washington gestorben ist. Fragen Sie mich. Oder jemand anderer. Irgendeine wichtige Persönlichkeit.«

Sie seufzte. »Abraham Lincoln.«

»1. April 1865. Wissen Sie, wie alt er wäre, wenn er heute noch lebte?« Er sagte es ihr sofort, genau bis auf den Tag. Es hörte sich richtig an. Er sah aus, als sei er mit sich zufrieden.

»Wie machen Sie das?«

»Ich weiß nicht. Ich kann es einfach. Ich habe es immer gekonnt. Ich kann mich an das Wetter und alle Daten erinnern.« Er kicherte. »Beneiden Sie mich?«

»Nicht sonderlich.«

»Manche Leute beneiden mich aber. Sie würden gern lernen, wie man es macht. Mr. Chalk würde es gern wissen. Er möchte mich verheiraten, wissen Sie.«

Lona zuckte zusammen. Sie versuchte, nicht grausam zu sein, und fragte: »Hat er Ihnen das gesagt?«

»O nein. Nicht mit Worten. Aber ich weiß es. Er möchte, daß wir zusammen sind. Wie Sie mit dem Mann mit dem komischen Gesicht zusammen waren. Das hat Chalk gefallen. Besonders, wenn Sie mit ihm Streit hatten. Ich war einmal bei Mr. Chalk, und er wurde rot im Gesicht und jagte mich aus dem Zimmer, und später rief er mich zurück. Das muß gewesen ein, als Sie mit dem anderen einen Streit hatten.«

Lona versuchte, all das zu verstehen. »Können Sie Gedanken lesen, David?«

»Nein.«

»Kann Chalk es?«

»Nein. Nicht *lesen*. Es kommt nicht in Worten. Es kommt in Gefühlen. Er liest Gefühle. Ich weiß das. Und er mag unglückliche Gefühle. Er möchte, daß wir zusammen unglücklich sind, weil ihn das glücklich machen würde.«

Verblüfft beugte sich Lona zu Melangio hinüber und sagte: »Haben Sie Frauen gern, Melangio?«

»Ich habe meine Mutter gern. Manchmal habe ich meine Schwester gern. Obwohl sie mir oft weh getan haben, als ich klein war.«

»Haben Sie sich je gewünscht zu heiraten?«

»Oh, nein! Heiraten ist für Erwachsene!«

»Und wie alt sind Sie?«

»Vierzig Jahre, acht Monate, drei Wochen, zwei Tage. Wie viele Stunden weiß ich nicht. Sie wollen mir nicht sagen, um welche Zeit ich geboren wurde.«

»Sie armer Kerl.«

»Ich tue Ihnen leid, weil sie mir nicht sagen wollen, um welche Zeit ich geboren wurde.«

»Sie tun mir leid«, sagte Lona. »Punkt. Aber ich kann nichts für Sie tun, David. Ich habe all meine Nettigkeit verbraucht. Jetzt müssen die Menschen anfangen, zu mir nett zu sein.«

»Ich bin nett zu Ihnen.«

»Ja, das sind Sie. Sie sind sehr nett.« Impulsiv ergriff sie seine Hand. Seine Haut war glatt und kühl. Aber nicht so glatt wie Burris' Hand, und auch nicht so kühl. Melangio erschauerte bei der Berührung, doch er erlaubte ihr, seine Hand zu drücken. Nach einem Augenblick ließ sie ihn los, ging zur Wand und strich mit den Händen darüber, bis sich die Tür öffnete. Sie trat hinaus und sah Nikolaides und d'Amore miteinander flüstern.

»Chalk möchte Sie jetzt sehen«, sagte d'Amore. »Hat Ihnen der kleine Plausch mit David gefallen?«

»Er ist reizend. Wo ist Chalk?«

Chalk war im Thronsaal, hockte hoch oben. Lona kletterte auf den Kristallsprossen hinauf. Als sie sich dem fetten Mann näherte, fühlte sie wieder die alte Schüchternheit in sich aufsteigen. Sie hatte seit kurzem gelernt, mit Menschen fertigzuwerden, doch mit Chalk fertigzuwerden könnte ihre Kraft übersteigen.

Er schaukelte sich in seinem riesigen Sessel. Sein breites Gesicht war zu etwas verzogen, das man für ein Lächeln halten konnte.

»Schön, Sie wiederzusehen. Haben Ihnen Ihre Reisen gefallen?«

»Sehr interessiert. Und jetzt, meine Babys ...«

»Bitte, Lona, überstürzen Sie nichts. Haben Sie David kennengelernt?«

»Ja.«

»Ein bedauerlicher Fall. So hilfsbedürftig. Was halten Sie von seinem Talent?«

»Wir hatten einen Handel abgeschlossen«, sagte Lona. »Ich kümmere mich um Burris, Sie verschaffen mir zwei von meinen Babys. Punktum. Ich möchte nicht über Melangio sprechen.«

»Sie brachen früher mit Burris, als ich erwartet hatte«, sagte Chalk. »Ich habe noch nicht alle Vorkehrungen hinsichtlich Ihrer Kinder getroffen.«

»Werden Sie sie mir verschaffen?«

»Sehr bald. Aber noch nicht sofort. Es ist eine schwierige Transaktion, selbst für mich; Lona, wollen Sie mir einen Gefallen tun, während Sie auf die Kinder warten? Helfen Sie David, wie Sie Burris geholfen haben. Bringen Sie etwas Licht in sein Leben. Ich würde Sie beide gern zusammen sehen. Eine warmherzige, mütterliche Frau wie Sie ...«

»Das ist ein Trick, nicht wahr?« sagte sie plötzlich. »Sie wollen ewig mit mir spielen. Ich soll einen Zombie nach dem anderen für Sie verhätscheln. Burris, Melangio, und wen dann? Nein. Nein. Wir hatten einen Handel abgeschlossen. Ich will meine Babys. *Ich will meine Babys!*«

Schalldämpfer schwirrten aus, um die Lautstärke ihrer Schreie zu mildern. Chalk wirkte verwirrt. Irgendwie sah es aus, als würde ihn dieser Gefühlsausbruch gleichzeitig ärgern und freuen. Sein Körper schien sich aufzublähen und auszudehnen, bis er eine Million Pfund wog.

»Sie haben mich betrogen«, sagte sie, ruhiger geworden. »Sie hatten nie vor, mir die Kinder zurückzugeben!«

Sie sprang auf ihn zu. Sie wollte Fleischfetzen aus diesem fetten Gesicht reißen.

Sofort fiel ein feinmaschiges goldenes Netz von der Decke herab. Lona schlug es beiseite, federte zurück, stürzte wieder auf ihn zu. Sie konnte Chalk nicht erreichen. Er war von einem Schutzmann umgeben.

Nikolaides. D'Amore. Sie ergriffen sie bei den Armen. Lona trat mit den Füßen nach ihnen.

»Sie ist überreizt«, sagte Chalk. »Sie braucht Beruhigung.«

Etwas stach in ihren linken Schenkel. Sie sank zusammen und verlor das Bewußtsein.

28
Umkehr

Langsam bekam er Titan satt. Nach Lonas Abreise hatte er bei dem eisigen Mond Zuflucht gesucht wie bei einer Droge. Aber jetzt war er betäubt. Nichts, das Aoudad sagen oder tun ... oder ihm verschaffen könnte ... würde ihn länger hier festhalten.

Elise lag nackt neben ihm. Hoch über ihnen hing reglos die Kaskade des Gefrorenen Wasserfalls. Sie hatten einen eigenen Motorschlitten gemietet, um allein hier herauszukommen, an der Mündung des Gletschers zu parken und sich beim Glitzern des Saturnlichts auf dem gefrorenen Ammoniak zu lieben.

»Tut es dir leid, daß ich hierher zu dir gekommen bin, Minner?« fragte sie.

»Ja.« Ihr gegenüber konnte er offen sein.

»Vermißt du sie immer noch? Du brauchst sie nicht.«

»Ich habe ihr weh getan. Unnötig.«

»Und was hat sie dir angetan?«

»Ich möchte mit dir nicht über sie reden.« Er setzte sich auf und legte die Hände auf die Kontrollen des Schlittens. Elise setzte sich gleichfalls auf und preßte ihren Körper an ihn. In diesem fremdartigen Licht sah sie weißer aus denn je. Strömte überhaupt Blut durch diesen üppigen Körper? Sie war weiß wie der Tod. Burris startete den Schlitten. Er begann langsam am Rand des Gletschers entlangzukriechen und entfernte sich immer wieder von der Kuppel. Hier und da lagen Methantümpel. Burris sagte: »Hättest du etwas dagegen, daß ich das Schlittendach öffne, Elise?«

»Wir würden sterben.« Sie sagte es völlig gleichgültig.

»Du würdest sterben. Ich bin nicht sicher, ob ich sterben würde. Woher soll ich wissen, ob dieser Körper nicht Methan atmen kann?«

»Das ist nicht wahrscheinlich.« Sie räkelte sich wollüstig, geil. Sie betete ihn an.

»Wohin fährst du?«

»Mich umsehen.«

»Vielleicht ist es hier nicht sicher. Du könntest durch das Eis brechen.«

»Dann würden wir sterben. Alles wäre zu Ende. Endlich Frieden, Elise.«

Der Schlitten rammte eine knirschende Zunge aus neuem Eis und wurde leicht erschüttert. Träge beobachtete Burris, wie der Stoß Elises fülliges Fleisch beben ließ. Sie war jetzt eine Woche bei ihm. Aoudad hatte sie herbeigezaubert. Über ihre Sinnlichkeit ließ sich eine Menge sagen, über ihre Seele wenig. Burris fragte sich, ob der arme Prolisse sich eigentlich darüber klar gewesen war, welche Art von Frau er da geheiratet hatte.

Sie berührte seine Haut. Dauernd berührte sie ihn, als weide sie sich daran, wie falsch sich sein Gewebe anfühlte. »Liebe mich noch einmal«, sagte sie.

»Nicht jetzt. Elise, was begehrst du an mir?«

»Alles.«

»Die Welt ist voll von Männern, die dich im Bett glücklich machen könnten. Was biete ich dir Besonderes?«

»Die Veränderungen von Manipool.«

»Du liebst mich wegen meines Aussehens?«

»Ich liebe dich, weil du ungewöhnlich bist.«

»Was ist mit blinden Männern? Einäugigen Männern? Buckligen? Männern ohne Nasen?«

»Es gibt keine. Heutzutage tragen alle Prothesen. Jeder ist vollkommen.«

»Außer mir.«

»Ja. Außer dir.« Ihre Nägel gruben sich in seine Haut. »Ich kann dich nicht kratzen. Ich kann dich nicht zum

Schwitzen bringen. Ich kann dich nicht einmal ansehen, ohne mich ein bißchen unwohl zu fühlen. *Das* begehre ich an dir.«

»Unwohlsein?«

»Du bist albern.«

»Du bist masochistisch, Elise. Du willst dich erniedrigen. Du suchst dir das unheimlichste Wesen des ganzen Sonnensystems, wirfst dich ihm an den Hals und nennst es Liebe; aber es ist nicht Liebe, es ist nicht einmal Sex, es ist nur Selbstquälereri. Stimmt's?«

Sie sah ihn sonderbar an.

»Du magst es, daß man dir weh tut«, sagte er. Er legte seine Hand auf eine ihrer Brüste, spreizte weit die Finger, um die warme, weiche Wölbung ganz zu umfassen. Dann schloß er die Hand. Elise zuckte zusammen. Ihre zarten Nüstern weiteten sich, in ihren Augen standen Tränen. Sie biß die Zähne zusammen, doch sie schrie nicht, selbst als er mit aller Kraft zudrückte. Ihr Atem wurde lauter. Er glaubte, das Pochen ihres Herzens zu fühlen. Sie würde jedes Maß dieses Schmerzes auf sich nehmen, ohne zu klagen, selbst wenn er ihr die weiße Birne aus Fleisch vom Körper risse. Als er sie losließ, zeichneten sich sechs weiße Abdrücke auf ihrer Haut ab. Im nächsten Moment röteten sie sich. Elise sah aus wie eine sprungbereite Tigerin. Über ihnen stürzte der Gefrorene Wasserfall in ewiger Reglosigkeit herab. Würde er plötzlich zu fließen beginnen? Würde Saturn niederfallen und Titan mit seinen wirbelnden Ringen streifen?

»Morgen reise ich ab zur Erde«, sagte er.

Sie lehnte sich zurück. Ihr Körper war bereit, ihn aufzunehmen. »Liebe mich, Minner.«

»Ich fliege allein zurück. Um nach Lona zu sehen.«

»Du brauchst sie nicht. Hör auf, mich ärgern zu wollen.« Sie zerrte an ihm. »Leg dich neben mich. Ich möchte noch einmal Saturn betrachten, während du mich nimmst.«

Er ließ die Hand über ihre seidige Haut gleiten. Ihre Augen glitzerten. Er flüsterte: »Laß uns aus dem Schlitten steigen. Laß uns nackt zu diesem See laufen und darin schwimmen.«

Methanwolken bauschten sich über ihnen. Gegen die Temperatur, die dort draußen herrschte, müßte der antarktische Winter tropisch wirken. Würden sie zuerst an der Kälte oder an dem Gift in ihren Lungen sterben? Sie würden den See nie erreichen. Er sah sie beide ausgestreckt auf der Schneedüne liegen, weiß auf weiß, hart wie Marmor. Er würde länger standhalten als sie, würde den Atem anhalten, während sie stolperte und fiel, während sie zusammenbrach und das Hydrokarbonbad ihr Fleisch liebkoste. Aber er würde nicht lange standhalten.

»Ja!« schrie sie. »Wir werden schwimmen! Und hinterher werden wir uns am Ufer des Sees lieben!«

Sie streckte die Hand nach dem Hebel aus, mit dem man das transparente Dach des Schlittens öffnete. Burris bewunderte das Spiel ihrer Muskeln, als ihr Arm sich streckte, als Bänder und Sehnen unter der glatten Haut vom Handgelenk bis zum Fußknöchel sich in schöner Harmonie spannten. Ein Bein war unter ihren Körper gezogen, das andere ausgestreckt in einer anmutigen Biegung, die die Linie ihres Arms wiederholte. Ihre Brüste hatten sich gehoben, ihr Hals, der zur Schlaffheit neigte, war gestrafft. Sie war schön. Nun brauchte sie nur den Hebel umzulegen, und das Dach würde aufspringen und sie der giftigen Atmosphäre Titans aussetzen. Ihre schlanken Finger lagen auf dem Hebel. Er griff nach ihrem Arm, ließ nicht los, als ihre Muskeln sich spannten, zog sie fort, schleuderte sie zurück auf den Liegesitz. Wollüstig ließ sie sich fallen. Als sie sich wieder aufsetzte, schlug er sie über den Mund. Ein dünner Faden Blut trat aus dem Mundwinkel, ihre Augen glitzerten sehnsüchtig. Er schlug sie noch einmal, schlug sie so heftig, daß ihr Fleisch bebte. Sie keuchte genüßlich. Sie klammerte sich an ihn. In seiner Nase war der Geruch ihrer Lust.

Er schlug sie noch einmal. Dann, als er merkte, daß er ihr nur das gab, was sie haben wollte, zog er sich von ihr zurück und schob ihr den abgelegten Schutzanzug hinüber.

»Zieh ihn an. Wir fahren zurück zur Kuppel.«

Sie war die Verkörperung nackten Hungers. Sie wand sich wie in einer Parodie von Begierde. Heiser rief sie nach ihm.

»Wir fahren zurück«, sagte er. »Und wir werden nicht nackt zurückfahren.«

Widerwillig zog sie sich an.

Sie hätte das Dach geöffnet, dachte er. Sie wäre mit mir in dem Methanseee geschwommen.

Er startete den Schlitten und fuhr zurück zum Hotel.

»Wirst du morgen wirklich zur Erde fliegen?«

»Ja. Ich habe den Flug gebucht.«

»Ohne mich?«

»Ohne dich.«

»Und wenn ich dir wieder folgen würde?«

»Ich kann dich nicht daran hindern. Aber es würde dir nichts nützen.«

Der Schlitten erreichte die Schleuse der Kuppel. Burris fuhr hinein und lieferte den Schlitten beim Mietschalter ab. Elise sah in ihrem Schutzanzug zerknittert und verschwitzt aus.

Burris ging in sein Zimmer, schloß rasch die Tür hinter sich und versperrte sie. Elise klopfte mehrmals. Er antwortete nicht, und sie ging fort. Er stützte den Kopf in die Hände. Wieder überfiel ihn Müdigkeit, die völlige Erschöpfung, die er seit dem letzten Streit mit Lona nicht mehr gespürt hatte. Doch nach ein paar Minuten verging sie.

Eine Stunde später kamen die Geschäftsführer des Hotels zu ihm. Drei Männer mit grimmigen Gesichtern, die sehr wenig sprachen. Burris zog den Schutzanzug an, den sie ihm gaben, und ging mit ihnen ins Freie.

»Sie liegt unter der Decke. Wir möchten, daß Sie sie identifizieren, ehe wir sie hereinholen.«

Feine Kristalle von Ammoniakschnee waren auf die Decke gefallen. Sie fielen herab, als Burris die Decke zurückschob. Elise, nackt, schien sich im Eis festzuhalten. Die Abdrücke seiner Fingerspitzen auf ihrer Brust waren dunkelrot. Er berührte sie. Sie war so hart wie Marmor.

»Sie war augenblicklich tot«, sagte eine Stimme neben ihm.

Burris sah auf. »Sie hat heute nachmittag eine Menge getrunken. Vielleicht ist das die Erklärung.«

Für den Rest des Abends und am folgenden Morgen blieb er in seinem Zimmer. Mittags wurde er für die Fahrt zum Raumhafen aufgerufen, und vier Stunden später war er via Ganymed unterwegs zur Erde. Während der ganzen Zeit sprach er kaum ein Wort.

29
Dona Nobis Pacem

Lona war von den Gezeiten in die Martlet-Türme geschwemmt worden. Dort lebte sie in einer Einzimmerwohnung, ging selten aus, wechselte ihre Kleider nur gelegentlich, sprach mit niemandem. Sie kannte jetzt die Wahrheit, und die Wahrheit hatte sie eingekerkert.

... Dort fand er sie.

Sie stand da wie ein fluchtbereiter kleiner Vogel. »Wer ist da?«

»Minner.«

»Was willst du?«

»Laß mich herein, Lona. Bitte.«

»Wie hast du mich gefunden?«

»Vermutungen. Ein bißchen Erpressung. Mach die Tür auf, Lona.«

Sie öffnete ihm. Er hatte sich nicht verändert in den Wochen, in denen sie ihn nicht gesehen hatte. Er trat ein, lächelte nicht, berührte sie nicht, küßte sie nicht. Es war fast dunkel im Zimmer. Lona wollte das Licht einschalten, doch mit einer Geste bedeutete er ihr, sie solle es nicht tun.

»Tut mir leid, daß es so schäbig aussieht«, sagte sie.

»Es sieht gut aus. Genauso wie das Zimmer, in dem ich wohnte. Aber das war zwei Häuser weiter.«

»Wann bist du zurückgekommen, Minner?«

»Vor ein paar Wochen. Ich habe lange gesucht.«

»Hast du Chalk gesehen?«

Burris nickte. »Ich habe nicht viel von ihm bekommen.«

»Ich auch nicht.« Lona ging auf den Speisenschacht zu. »Möchtest du etwas trinken?«

»Danke, nein.«

Er setzte sich. Etwas schrecklich Vertrautes lag in der sorgfältigen Art, wie er auf dem Stuhl Platz nahm und dabei seine zusätzlichen Gelenke vorsichtig bewegte. Sein bloßer Anblick ließ Lonas Puls schneller schlagen.

»Elise ist tot«, sagte er. »Sie hat sich auf Titan das Leben genommen.«

Lona gab keine Antwort.

Er sagte: »Ich hatte sie nicht aufgefordert, zu mir zu kommen. Sie war hochgradig hysterisch. Jetzt hat sie ihre Ruhe.«

»Sie ist im Selbstmord geschickter als ich.«

»Du hast doch nicht ...«

»Nein. Nicht noch einmal. Ich habe ein ruhiges Leben geführt, Minner. Soll ich die Wahrheit gestehen? Ich habe darauf gewartet, daß du mich findest.«

»Du brauchtest nur jemanden wissen zu lassen, wo du warst!«

»So einfach war es nicht. Ich konnte nicht selbst auf mich aufmerksam machen. Aber ich bin froh, daß du hier bist. Ich habe dir so viel zu sagen.«

»Zum Beispiel?«

»Chalk wird mir keines von meinen Kindern verschaffen. Ich habe nachgedacht. Es war nur eine passende Lüge, die mich dazu bringen sollte, für ihn zu arbeiten.«

Burris' Augen flackerten. »Du meinst, dich dazu zu bewegen, mit mir zusammen zu sein?«

»Genau. Ich will dir jetzt nichts verheimlichen, Minner. Du weißt es längst. Ehe ich mit dir ging, mußte ein Preis da sein. Die Kinder waren dieser Preis. Ich habe meinen Teil der Vereinbarung erfüllt, aber Chalk erfüllt seinen nicht.«

»Du hast recht, ich wußte, daß du gekauft warst, Lona. Ich war ebenfalls gekauft. Chalk fand meinen Preis dafür heraus, daß ich mich nicht mehr verstecke und eine interplanetarische Romanze mit einem gewissen Mädchen anfing.«

»Transplantation in einen neuen Körper?«

»Ja«, sagte Burris.

»Du wirst ihn nicht bekommen, genausowenig wie ich meine Babys bekommen werde«, sagte sie tonlos. »Zerstöre ich dir irgendwelche Illusionen? Chalk hat dich genauso betrogen wie mich.«

»Das habe ich herausgefunden«, sagte Burris, »als ich zurückgekommen war. Körpertransplantationen sind frühestens in zwanzig Jahren möglich. Nicht in fünf Jahren. Einige der Probleme lassen sich vielleicht nie lösen. Sie können ein Gehirn in einen neuen Körper verpflanzen und es am Leben erhalten, aber die – wie soll ich sagen – die *Seele* geht verloren. Das Ergebnis ist ein Zombie. Chalk wußte all das, als er mir den Handel vorschlug.«

»Er hat von uns seine Romanze bekommen. Und wir haben nichts von ihm bekommen.« Lona stand auf und ging im Zimmer auf und ab. Sie kam zu dem kleinen Topfkaktus, den sie Burris geschenkt hatte, und rieb in Gedanken mit der Fingerspitze über seine stachelige Oberfläche. Burris schien den Kaktus jetzt erst zu bemerken. Er sah sie freudig überrascht an.

Lona sagte: »Weißt du, warum er uns zusammenbrachte, Minner?«

»Um an der Publicity zu verdienen. Er nimmt zwei verbrauchte Leute, richtet es so ein, daß sie halbwegs ins Leben zurückkehren, berichtet der Welt darüber und ...«

»Nein. Chalk hat genug Geld. Der Profit war ihm vollkommen gleichgültig.«

»Was war es dann?« fragte er.

»Ein Idiot hat mir den wahren Grund genannt. Ein Idiot namens Melangio, der einen Trick mit Zahlen vorführt. Vielleicht hast du ihn im Video gesehen. Chalk verwendete ihn in einigen Shows.«

»Nein.«

»Ich habe ihn bei Chalk kennengelernt. Manchmal sagt ein Narr die Wahrheit. Er sagte, Chalk sei ein Emotionsfresser. Er lebt von Angst, Schmerz, Neid, Kummer. Chalk stellt Situationen her, die er ausbeuten kann. Bring zwei Menschen zusammen, die so zerbrochen sind, daß sie unmöglich miteinander glücklich werden können, und sieh zu, wie sie leiden. Und ernähre dich davon. Und sauge sie aus.«

Burris sah sie verblüfft an. »Selbst über weite Entfernungen? Er konnte sich sogar von uns nähren, als wir in Luna Tivoli waren? Oder auf Titan?«

»Jedesmal, wenn wir uns stritten ... fühlten wir uns hinterher so erschöpft. Als hätten wir Blut verloren. Als seien wir Hunderte von Jahren alt.«

»Ja!«

»Das war Chalk«, sagte sie. »Der an unseren Leiden fett wurde. Er wußte, daß wir einander hassen würden, und genau das wollte er. Kann es Vampire dieser Art geben?«

»Also waren alle Versprechungen falsch,« flüsterte er. »Wir waren Marionetten. Wenn das wahr ist.«

»Ich weiß, daß es wahr ist.«

»Weil ein Idiot es dir gesagt hat?«

»Ein weiser Idiot, Minner. Doch wie dem auch sei, finde es selbst heraus. Denk an alles, was Chalk dir gesagt hat. Denk an alles, was geschehen ist. Warum wartete Elise immer in den Kulissen, um sich dir in die Arme zu werfen? Glaubst du nicht, daß es Absicht war, der Teil eines Plans, um mich in Wut zu bringen? Wir waren durch unser Anderssein aneinander gebunden ... durch unseren Haß. Und das genoß Chalk.«

Lange Zeit starrte Burris sie schweigend an. Dann, ohne ein Wort, ging er zur Tür, öffnete sie, ging hinaus in die Halle und schlug auf etwas. Lona konnte nicht sehen, was er tat, bis er mit Aoudad zurückkam, der sich unter seinem eisernen Griff wand.

»Ich dachte mir doch, daß Sie irgendwo dort draußen sind«, sagte Burris. »Kommen Sie herein. Wir möchten mit Ihnen reden.«

»Minner, tu ihm nichts«, sagte Lona. »Er ist nur ein Werkzeug.«

»Er kann ein paar Fragen beantworten. Nicht wahr, Bart?«

Aoudad befeuchtete seine Lippen. Seine Augen huschten wachsam von einem zum anderen.

Burris schlug zu.

Seine Hand hob sich mit unglaublicher Schnelligkeit. Lona sah sie nicht und Aoudad auch nicht, doch Aoudads Kopf flog zurück, und er fiel schwer gegen die Wand. Burris gab ihm keine Chance, sich zu verteidigen. Halb bewußtlos lehnte Aoudad an der Wand, während ihn die Schläge trafen. Schließlich sackte er zusammen, die Augen immer noch offen, das Gesicht blutig.

»Erzählen Sie uns«, sagte Burris. »Erzählen Sie uns von Duncan Chalk.«

Später verließen sie Lonas Zimmer. Aoudad blieb friedlich schlafend zurück. Unten auf der Straße fanden sie seinen Wagen, der auf einer Rampe wartete. Burris startete ihn und steuerte ihn zu Chalks Bürogebäude.

»Wir haben einen Fehler gemacht«, sagte er, »als wir versuchten, uns in das zurückzuverwandeln, was wir einmal waren. Wir sind die Essenz unserer selbst. Ich bin der entstellte Raumfahrer, du bist das Mädchen mit den hundert Babys. Es ist falsch, wenn man zu fliehen versucht.«

»Selbst wenn wir fliehen könnten?«

»Selbst wenn wir könnten. Sie könnten mir eines Tages einen anderen Körper geben, ja, und wohin würde mich das bringen? Ich hätte das verloren, was ich jetzt bin, und nichts gewonnen. Und sie könnten dir zwei deiner Babys geben, vielleicht, aber was wäre mit den achtundneunzig anderen? Was geschehen ist, ist geschehen. Die entscheidende Begebenheit deines Lebens hat dich absorbiert. Dasselbe gilt für mich. Verstehst du, was ich meine?«

»Du willst sagen, daß wir uns dem stellen müssen – daß wir uns dem stellen müssen, was wir sind, Minner.«

»Genau das ist es. Kein Weglaufen mehr. Kein Trotz mehr. Kein Haß mehr.«

»Aber die Welt – die anderen Leute – die normalen ...«

»Das ist es: Wir gegen sie. Sie wollen uns verschwinden lassen. Sie wollen uns in ihre Panoptika stecken, zu ihren anderen Mißgeburten. Wir müssen uns wehren, Lona!«

Der Wagen hielt an. Da war das niedrige, fensterlose Gebäude. Sie traten ein, und ja, Chalk würde sie gleich empfangen, wenn sie ein Weilchen im Vorraum warten wollten. Sie warteten. Sie saßen nebeneinander, sahen einander kaum an. Lona hielt den kleinen Kaktustopf in den Händen. Es war der einzige Besitz, den sie aus ihrem Zimmer mitgenommen hatte. Der Rest ging sie nichts mehr an.

Burris sagte ruhig: »Wirf ihm deine Qual entgegen. Anders können wir nicht kämpfen.«

Leontes d'Amore erschien. »Chalk wird Sie jetzt empfangen«, sagte er.

Die Kristallsprossen hinauf. Der riesigen Gestalt auf dem hohen Thron entgegen.

»Lona? Burris? Wieder zusammen?« fragte Chalk. Er lachte dröhnend und tätschelte seinen Bauch, schlug sich auf die massigen Schenkel.

»Sie haben sich gut von uns genährt, nicht wahr, Chalk?« fragte Burris.

Das Lachen erstarb. Abrupt setzte Chalk sich auf, gespannt, wachsam. Jetzt wirkte er beinahe beweglich, bereit, sich davonzumachen.

Lona sagte: »Es ist bald Abend. Wir haben Ihnen Ihr Abendessen gebracht, Chalk.«

Sie standen vor ihm. Burris legte den Arm um Lonas schmale Taille. Chalks Lippen bewegten sich. Kein Laut kam heraus, und seine Hand erreichte den Alarmhebel auf dem Pult nicht ganz. Die plumpen Finger spreizten sich weit.

»Für Sie«, sagte Burris. »Mit unseren Empfehlungen. Mit unserer Liebe.«

Gefühle entströmten ihnen wie leuchtende Wellen. Chalk spürte sie, sah sie.

Es war ein Strom, dem Chalk nicht widerstehen konnte. Er schwankte hin und her, von der reißenden Flut fortgeschwemmt, ein Mundwinkel zog sich nach oben, dann der andere. Schaum stand ihm auf den Lippen, tropfte auf sein Kinn. Dreimal zuckte krampfartig sein Kopf nach hinten. Wie ein Roboter faltete und entfaltete er seine dicken Arme über der Brust.

Burris drückte Lona so fest an sich, daß ihre Rippen schmerzten.

Tanzten knisternde Flammen über Chalks Schreibtisch? Erschienen Ströme nackter Elektronen vor ihm, glühten auf in leuchtendem Grün? Er krümmte sich, keiner Bewegung mehr fähig, als sie ihm in leidenschaftlicher Intensität ihre Seelen zum Fraß vorsetzten. Er fraß, aber er konnte nicht verdauen. Er schwoll noch mehr an. Schweiß glänzte auf seinem Gesicht.

Niemand sprach ein Wort.

»Versinke, weißer Wal! Schlag mit deiner mächtigen Flosse und sinke hinab!

Retro me, Satanas!

Faust, hier ist Feuer, halte dran den Arm!«

Jetzt bewegte sich Chalk. Er schwankte auf seinem Stuhl, löste sich aus seiner Erstarrung, schlug mit seinen fleischigen Armen wieder und wieder auf den Schreibtisch. Er badete im Blut des Albatros. Er zitterte, zitterte wieder. Der Schrei aus seinem Mund war nur noch ein dünnes, schwaches Wimmern aus einem klaffenden Schlund. Jetzt richtete er sich straff auf, jetzt vibrierte er im Rhythmus der Zerstörung ...

Und dann kam die Erschlaffung.

Augäpfel rollten. Lippen klafften weit auseinander. Massige Schultern fielen herunter. Wangen sackten ab.

Consumatum est; die Rechnung ist beglichen.

Die drei Gestalten blieben reglos; die, die ihre Seelen von sich geschleudert hatten, und der, der sie empfangen hatte. Einer von den dreien würde sich nie wieder bewegen.

Burris erholte sich zuerst. Sogar das Atemholen war eine Anstrengung, Lippen und Zunge zu bewegen eine ungeheure Aufgabe. Er drehte sich um, wurde sich seiner Gliedmaßen wieder bewußt, legte die Hände auf Lona. Sie war leichenblaß, stand wie erstarrt. Als er sie berührte, schien rasch wieder Kraft in ihren Körper zu strömen.

»Wir können nicht länger hierbleiben«, sagte er sanft.

Sie gingen, langsam, unendlich alt, doch als sie auf den Kristallsprossen hinabstiegen, wurden sie jünger. Die Lebenskraft kehrte zurück. Es würde viele Tage dauern, bis sie sich wieder ganz erholt hatten, doch niemand würde sie mehr aussaugen können.

Niemand hielt sie auf, als sie das Gebäude verließen.

Es war dunkel geworden. Der Winter war vorüber. Über der Stadt lag der graue Dunst eines Frühlingsabends. Die Sterne waren kaum zu sehen. Es war immer noch kalt, doch sie fröstelten nicht.

»Diese Welt hat keinen Platz für uns«, sagte Burris. »Sie würde nur versuchen, uns zu verschlingen, wie er es versucht hat.«

»Wir haben ihn besiegt. Doch eine ganze Welt können wir nicht besiegen.«

»Wohin werden wir gehen?«

Burris blickte zum Himmel. »Komm mit mir nach

Manipool. Wir besuchen die Monstren, trinken einen Tee mit ihnen.«

»Ist das dein Ernst?«

»Ja. Wirst du mit mir gehen?«

»Ja.«

Sie gingen auf den Wagen zu.

»Wie fühlst du dich?« fragte er.

»Sehr müde. So müde, daß ich mich kaum rühren kann. Aber ich fühle mich lebendig. Mit jedem Schritt lebendiger. Zum ersten Mal, Minner, fühle ich mich wirklich lebendig.«

»Wie ich.«

»Dein Körper – schmerzt er dich?«

»Ich liebe meinen Körper«, sagte er. »Er beweist mir, daß ich lebe, daß ich fühle.« Er wandte sich ihr zu und nahm ihr die Kaktee aus den Händen. Der Himmel klarte sich auf. Die Stacheln glänzten im Licht der Sterne. »Lebendig zu sein – zu fühlen, selbst Schmerz zu fühlen – wie wichtig das ist, Lona!«

Er brach einen kleinen Sproß der Pflanze ab und drückte ihn fest in ihre Hand. Die Stacheln drangen tief ins Fleisch. Lona schreckte nur einen Moment zurück. Kleine Blutstropfen erschienen. Sie brach einen Sproß ab und drückte ihn in seine Hand. Es war schwierig, seine zähe, elastische Haut zu durchstechen, doch schließlich drangen die Stacheln ein. Er lächelte, als das Blut zu fließen begann. Er berührte ihre verwundete Hand mit seinen Lippen, und sie küßte die seine.

»Wir bluten«, sagte sie. »Wir fühlen Schmerz. Wir leben.«

»Schmerz ist lehrreich«, sagte Burris, und sie gingen schneller.

Iphigenie im Weltall

Zu Leben und Werk von Robert Silverberg
von Klaus W. Pietrek

I

Robert Silverberg, der am 15. Januar 1935 in New York geboren wurde, gehört zu jener großen Riege amerikanischer SF-Autoten, die schon früh zunächst als begeisterte Leser mit der Science Fiction in Kontakt kamen; fasziniert von Schriftstellern wie H. G. Wells und Jules Verne, griff er schließlich selbst zur Feder und konnte bereits 1953 einen Artikel mit dem Titel »Fanmag« im Magazin *Science Fiction Adventures* veröffentlichen, während seine erste Story 1954 unter dem Titel »Gorgon Planet« in dem schottischen Magazin *Nebula* erschien. Die professionelle Karriere Silverbergs begann jedoch erst während seiner Studienzeit an der Columbia University in New York, wo er englische Sprache und Literatur belegt hatte, ein Studium, das er 1956 mit dem B.A. abschloß. Hier sorgte seine Bekanntschaft mit zwei anderen, später namhaften SF-Autoren für einen zusätzlichen Ansporn über die ersten kleinen Erfolge hinaus; Harlan Ellison und Randall Garett wohnten quasi Tür an Tür mit ihm, und vor allem die Hilfestellung des acht Jahre älteren Garett sollte sich für den jungen Silverberg als vorteilhaft erweisen.

Nach eigener Aussage verbrachte er jede freie Minute an der Schreibmaschine, und seine Produktion nahm einen schon verdächtigen Umfang an. Es entstanden in der Folge zahlreiche Arbeiten unter vielen Pseudonymen, von denen er im Laufe seines schriftstellerischen Lebens nicht weniger als fünfundzwanzig verwendete;

teilweise handelte es sich dabei auch um Verlagspseudonyme und solche, die er gemeinsam mit Randall Garett für Coproduktionen benutzte, so daß die Zuordnung sich mitunter als schwierig erwiesen hat. Nachdem 1955 sein auf ein jugendliches Publikum zugeschnittener SF-Roman REVOLT ON ALPHA C. erschienen war, konnte er 1956 schon den ersten Hugo als bester Nachwuchsautor entgegennehmen. Dabei waren seine Kurz-Prosa und Romane, produziert in einem geradezu fabrikmäßigen Tempo, keineswegs literarisch bedeutsam oder auch nur für das Genre innovativ, wenngleich sie sich immer noch positiv von den vergleichbaren Arbeiten anderer Autoren abhohen.

Im Jahr 1960 verließ Robert Silverberg den SF-Markt und wandte sich dem Sachbuch-Sektor zu, gleichzeitig überarbeitete er alte Titel und betrieb deren Neuauflage. Vor allem die Sachbücher über verschiedene Themen, so etwa über Raumfahrt, indianische Ureinwohner und die Architektur von Kolossalbauten, die auch für Jugendliche konzipiert waren, verkauften sich recht gut, so daß Silverberg finanziell nicht mehr unter Veröffentlichungszwang stand; derart abgesichert fand der Autor wieder Zeit, sich ohne äußeren Druck und mit mehr Muße der Science Fiction zuzuwenden. Die seit 1966 entstandenen Werke lassen denn auch einen deutlichen Qualitätszuwachs erkennen; THORNS (dt. DER GESANG DER NEURONEN), NIGHTWINGS (dt. SCHWINGEN DER NACHT) und HAWKSBILL STATION (dt. VERBANNTE DER EWIGKEIT) wurden in diesen Jahren, die auch mit seiner Präsidentschaft in der SFWA (Autorenverband der **S**cience **F**iction **W**riters of **A**merika) zusammenfielen, geschrieben.

Die literarischen Ambitionen Silverbergs, die er nun verwirklichen konnte, zahlten sich aus; für NIGHTWINGS erhielt er den Hugo Gernsback Award und 1976 den Prix Apollo, für »Passengers« (dt. »Passagiere«), »Good News From The Vatican« (dt. »Frohe Botschaft aus dem Vatikan«), A TIME OF CHANGES (dt. ZEIT DER WANDLUNGEN) und »Born With The Dead« (dt. »Mit den Toten geboren«) den Nebula Award. Doch trotz dieser Erfolge fühlte sich der Autor im Genre zunehmend unwohl. Enttäuscht über die mißverständliche Rezeption seiner Erzählungen und Romane durch die Leserschaft, verärgert ob der Kriterien, nach denen die Herausgeber ihre Texte ankauften, kehrte er der Science Fiction ein zweitesmal den Rükken. Obgleich sich die qualitative Situation im Genre in den siebziger Jahren sehr zum Besseren entwickelt hatte, war die Hinwendung zurück zur anspruchslosen Space Opera bereits abzusehen. Silverbergs Bemühungen um Qualität fanden so immer weniger Resonanz: »Ich habe in meinen eigenen Anthologien, in meinen kritischen Aufsätzen – wenn es davon auch nur wenige gab – und Reden auf den Science Fiction-Cons versucht, die Leute aufzurütteln ... Nun, diesen Drang habe ich mittlerweile verloren; jeder geht seinen eigenen Weg, und der Weg derjenigen, die sich damit begnügen, den *Lensmen*-Zyklus zu lesen, ist nicht der meine«.[1]

Zwar blieb er weiterhin Herausgeber mancher exzellenter Anthologie, schrieb selbst jedoch nur noch wenig. Erst 1978, auf dem Nebula-Award-Bankett in San Francisco, entschloß er sich zu einem neuen Projekt, um der allgemein verbreiteten Ansicht, er habe nichts mehr zu sagen, entgegenzutreten. Innerhalb von fünf Monaten entstand sein bis dahin umfangreichster Roman LORD VALENTINE'S CASTLE (dt. KRIEG DER TRÄUME), den er für einen sehr hohen Vorschuß an einen Hardcover-Verlag verkaufen konnte. Das Buch wurde, wie erhofft, vom Publikum begeistert aufgenommen und erhielt 1980 den Locus Award. Silverbergs Präsenz in der literarischen Öffentlichkeit war damit wieder gesichert, und bis 1982 folgten zu dem Grundthema des Romans mehrere Kurzgeschichten, die dann 1982 in den beiden Sammelbänden THE MA-

JIPOOR CHRONICLES I, II zusammengefaßt wurden. Ebenfalls 1983 erschien VALENTINE PONTIFEX (dt. erster Teil: DIE WASSERKÖNIGE VON MAJIPOOR, zweiter Teil: VALENTINE PONTIFEX), ein Roman, der den Majipoor-Zyklus zu einem vorläufigen Ende brachte, und LORD OF DARKNESS, ein Roman mit historischem Ambiente. Einen weiteren Abstecher auf das mit Fantasy-Motiven angereicherte Feld der Literatur stellt der Roman GILGAMESH THE KING (1984; dt. KÖNIG GILGAMESCH) dar, während die beiden im Jahr darauf veröffentlichten Bücher TOM O'BEDLAM (dt. ebenso) und SAILING TO BYZANTIUM wieder zur SF zu rechnen sind. Obwohl Robert Silverberg, der sich selbst als wohlhabend bezeichnet, finanziell gesehen durchaus eine schöpferische Pause einlegen könnte, scheint sein Veröffentlichungsdrang – genährt von der positiven Aufnahme der letzten Jahre – ungebrochen, ebenso wie er weiterhin als Herausgeber tätig ist und 1984 seine Stellung bei Arbor House aufgab, um die neue Reihe Fine Books zu betreuen. Weitere Veröffentlichungen von ihm sind angekündigt.

II

Silverberg zählt zu jenen Autoren, die – ähnlich Brian W. Aldiss, John Brunner und Michael Moorcock – aus den Niederungen der Pulp-Magazine zu ernsthaft bemühten Schriftstellern emporgestiegen sind. Die Fließband-Produktion seiner frühen Jahre brachte vorwiegend routiniert erzählte, aber ansonsten nichtssagende Abenteuer-Stories hervor, die in Periodika wie *Astounding, Infinity Science Fiction* und *Nebula* erschienen und auch entsprechend der Vorgabe dieser Magazine konstruiert waren.

Dennoch zeigten sich bereits hier psychologische Untertöne in der Gestaltung der Protagonisten, die auf den späteren Silverberg verwiesen; besonders deutlich wurden diese Versuche zu komplexer Darstellung in dem mit Randall Garett zusammen verfaßten Nidor-Zyklus, einer Reihe von Kurzgeschichten, die in den Bänden THE SHROUDED PLANET und THE DAWNING LIGHT vereinigt wurden. Trotzdem ist das literarische Reifen des Autors erst in den Jahren nach 1966 explizit zu finden, wobei die dazwischenliegende Phase als Verfasser populärwissenschaftlicher Sachbücher ohne Zweifel einige Anteile an der stilistischen Präzisierung und inhaltlichen Umorientierung für sich verbuchen konnte. Sein Hauptanliegen bewegte sich dabei auf der Ebene psychologischer Stimmigkeit und soziologischer Glaubwürdigkeit. Die ›harten‹ Naturwissenschaften oder technische Ausblicke waren nie Silverbergs Themen; selbst in jenen Texten, die kaum mehr als zwar sorgfältig gearbeitete, jedoch relativ dimensionslose Unterhaltungsliteratur darstellen, überwiegt das menschliche und gesellschaftliche Moment.

Aus den wenigstens fünfzig Romanen und etwa dreihundertfünfzig Erzählungen und Kurzgeschichten, die der Autor bislang verfaßt hat, ragen einige erwähnenswerte hervor. In THE GATE OF WORLDS (dt. AUF ZU DEN HESPERIDEN!) behandelt Silverberg die Alternativweltproblematik; der Roman spielt im Jahr 1966, allerdings in einem Zeitlauf, der sich von dem uns bekannten unterscheidet. Ausgehend von der Prämisse, daß die große europäische Pestepidemie, die seit 1348 ganze Landstriche entvölkert hatte, weitaus verheerendere Folgen nach sich zog, als dies ohnehin der Fall war, entwickelte Silverberg einen anderen historischen Ablauf, demnach beispielsweise Amerika sich nicht vom europäischen Kolonialeinfluß lösen konnte. Mit HAWKSBILL STATION wandte er sich dem Motiv der Zeitreise zu; Kriminelle werden aus der Gegenwart in das Zeitalter des Cambriums versetzt, in ein prähistorisches Straflager also, um derart die Gesellschaft besonders effektiv vor ihnen zu schützen. Der Schwerpunkt der Handlung liegt dabei auf der Beschreibung der psychischen Befindlichkeiten der Deportierten, obgleich auch etliche Actionszenen mit ihrem Sensationsgehalt auf den vordergründigen Unterhaltungscharakter verweisen.

Der 1968 veröffentlichte Roman NIGHTWINGS dahingegen gehört mit Sicherheit zu den schönsten und stilvollsten Büchern Silverbergs, nicht zuletzt deswegen, weil es auf spektakuläre Extreme verzichtet. In drei miteinander verbundenen Novellen wird der Ablauf einer Invasion auf die Erde erzählt, sie sich in ferner Zukunft abspielt. Zu dieser Zeit hat sich die Menschheit in mehrere genetisch verschiedene Gruppen aufgegliedert, von denen jede eine andere soziale Funktion ausübt. Eine dieser Gruppen hat die Aufgabe, als Wächter nach potentiellen Aggressoren aus dem Weltall Ausschau zu halten, ist in ihrer Funktionstüchtigkeit jedoch seit langem eingeschränkt, da der letzte Angriff vor ewigen Zeiten erfolgte und das ganze Abwehrsystem nur noch pro forma existiert. Als dann tatsächlich eine Invasion stattfindet, wird die Erde fast ohne Widerstand besetzt, und die Menschen arrangieren sich recht schnell mit den Invasoren. Der letzte Wächter, jetzt ohne sinnvolle Existenz, macht sich zu den alten Städten auf, um dort in der Vergangenheit nach den Ursachen für jene Schuld zu suchen, derentwegen die Erde nun büßen muß. »NIGHTWINGS ist ein Roman im Stil Stapledons, wenn auch im kleinen Maßstab, ein exotisches Bild von einer zukünftigen Erde, die im Begriff ist, in ihren vierten Zivilisationszyklus einzutreten, (während) der frühe Hochmut ihrer Anthropozentrik durch eine strenge Nemesis bestraft (wird)«.[2] Die stillen, geradezu elegischen Stimmungsbilder adaptieren sich dabei adäquat dem Inhalt und verleihen dem Roman einen unaufdringlichen wehmütigen Zug.

Aus den nächsten vier Jahren datieren die Romane

THE MAN IN THE MAZE (dt. EXIL IM KOSMOS), TOWER OF GLASS (dt. KINDER DER RETORTE) und DYING INSIDE (dt. ES STIRBT IN MIR). Ersterer beschreibt das Leben eines Agenten, der für die Erde zahlreiche Aufträge durchgeführt und sich im Laufe dieser Tätigkeit körperlich und geistig verändert hat. So schwerwiegend sind diese Metamorphosen, daß er sich in ein Labyrinth auf dem Mond zurückzieht. Schwankend zwischen dem Gefühl der Entfremdung von der Menschheit und dem Druck geforderter Pflicht, sieht er sich – als erneut eine Krise eintritt und er wieder einen Auftrag übernehmen soll – vor die Frage gestellt, ob er für eine Gesellschaft eintreten muß, die ihm nichts mehr bedeutet. In TOWER OF GLASS griff Silverberg auf den Mythos vom Turmbau zu Babel zurück. Ein Großindustrieller namens Krug baut in der Tundra einen gigantischen Glasturm, um von dort mit Außerirdischen in Kontakt zu treten. Das ›Proletariat‹ seiner Industriewelt besteht aus Androiden, die ebenfalls seine eigenen Schöpfungen sind. Diese künstlichen Heerscharen entwickeln in dem Bemühen, der eigenen Identität Substanz zu verleihen, eine Art Kunstreligion und erheben Krug zu ihrem Gott. Dieser ist jedoch außerstande, die Verehrung zu ertragen und flieht zu den Sternen.

Mit DYING INSIDE verfaßte Robert Silverberg dann 1972 ein Buch, das innerhalb der SF Literaturgeschichte gemacht hat und immer noch als eine seiner ambitioniertesten Schöpfungen gilt. Der Protagonist David Selig lebt mehr schlecht als recht in New York und bestreitet seinen Unterhalt mit dem Verfassen von Seminararbeiten für bequeme Studenten. Er besitzt die außergewöhnliche Gabe des Gedankenlesens, kann diese Fähigkeit auch immer wieder zu seinem Nutzen einsetzen, leidet aber trotzdem darunter, daß er so einfach in die Intimsphäre anderer Menschen eindringt. Die Handlung setzt ein, als Selig feststellt, daß er seine Gabe langsam verliert und aus Skrupel mehr und mehr eine innere Blockade gegen die Gedanken anderer aufbaut; diese psychische Barriere wirkt schießlich absolut. Erst mit dem Verlust seiner Fähigkeit gelingt es ihm, einigermaßen ›normale‹ Beziehungen zu seinem sozialen Umfeld zu verwirklichen. Dieses Absterben der telepathischen Fertigkeit wird von Silverberg in einer sehr mitfühlenden und wohlwollenden Weise dargestellt. Wie viele seiner Protagonisten ist auch David Selig ein in der Isolation der eigenen Psyche gefangener Außenseiter, der aufgrund einer Beschädigung oder Anomalie kontaktlos und vereinsamt bleibt. Dem durchaus interessanten Plot, der lediglich in Hinsicht auf die Telepathie ein typisches SF-Motiv aufweist und ansonsten ein eher gegenwärtiges Bild der Großstadt und ihrer Massen entwirft, wurde allerdings auch mangelhafte literarische Umsetzung nachgesagt; teilweise bemängelte die Kritik eine gewisse Sentimentalität in der Beschreibung des telepathischen Verstummens.

Mit dem Roman SHADRACH IN THE FURNACE (dt. SCHADRACH IM FEUEROFEN) läutete Silverberg 1976 seinen vorläufigen Rückzug aus der Science Fiction-Szene ein. Er beschreibt darin eine Welt, die unter einer doppelten Geißel zu leiden hat: unter der Tyrannis des Diktators Genghis II Mao IV und unter einer genetischen Krankheit, der ›Organzersetzung‹. Schadrach Mordecai ist der Leibarzt des siebenundachtzigjährigen Tyrannen und mit diesem emphatisch verbunden. Genghis wird nur noch durch ständige Organverpflanzungen am Leben erhalten, wobei Schadrach gezwungen ist, an den Leiden des Greises teilzuhaben; sein Opfergang spitzt sich zu, als der Diktator – der Transplantationen überdrüssig – seinen hinfälligen Körper verlassen und sein Bewußtsein in einen gesunden Ersatzkörper verpflanzen lassen will. Schadrach Mordecai wird dabei als ›Lieferant‹ ausersehen. Obwohl der Roman im Vergleich mit den früher erschienenen, insbesondere mit DYING INSIDE, abfällt, hatte Silverberg auch mit ihm seine Position innerhalb der amerikanischen SF-Szene festigen können und galt fortan als bedeutende, wenn auch keineswegs leicht zu rezipierende Größe. Erst nach jener unmutsbedingten schöpferischen Pause von drei Jahren trat er wieder mit LORD VALENTINE'S CASTLE hervor, einem Roman, in dem sich ein neuer, lebendigerer und nicht so düster-pessimistischer Silverberg zeigte. Auf Majipoor, einem Riesenplaneten, auf dem neben menschlichen Kolonisatoren auch noch eingeborene Fremdrassen leben, erwacht eines Tages der Protagonist Valentine in der Nähe einer Stadt. Er hat keinerlei Erinnerung an seine Herkunft und schließt sich einer Gauklergruppe an. Bei einem Gastspiel vor einem der Verwalter des Planeten, Lord Valentine, beginnt sich der Schleier des Vergessens zu lüften; Valentine ist der eigentliche Herrscher, während der Lord sich als Hochstapler entpuppt. Zunächst macht der Gaukler von seinem Wissen jedoch keinen Gebrauch, da es ihm unter den Artisten recht gut gefällt. Doch dann gelangt er zu der Ansicht, daß dieser Betrug nicht ungesühnt bleiben darf, und er macht sich auf, den Usurpator zu entlarven. Nach diversen Zwischenfällen auf dem langen Weg zum Schloß des Lords zeigt sich schließlich, daß eine der eingeborenen Rassen, die die Fähigkeit zur täuschenden Nachahmung anderer Lebewesen besitzt, den falschen Lord hervorgebracht hat, um auf diese Weise der eigenen Rasse einen Vorteil zu verschaffen.

Der Hauptteil des Romans besteht aus der detaillierten Beschreibung gefährlicher Abenteuer und exotischer Erlebnisse, die das Buch zu einer gigantischen, aber im Grunde banalen Jugendliteratur werden lassen – so Ian Watson –, eine Wertung, die durchaus nicht unrichtig die vierte schriftstellerische Phase des Autors als Rückzug auf das sichere Feld der Fantasy interpretiert. Weitgehend ähnlich gelagert sind die folgenden Texte wie GILGAMESH THE KING, TOM O'BEDLAM und

SAILING TO BYZANTIUM, die SF- und Fantasy-Motive verknüpfen. Im Rückgriff auf den mythisch sumerischen König Gilgamesch schrieb Silverberg einen historischen Roman, der das Leben dieses Fürsten und seine kompromißlose Suche nach Unsterblichkeit zum Inhalt hat, welcher er auch seine Freundschaften und menschlichen Bindungen zu opfern bereit ist. TOM O'BEDLAM erzählt die Geschichte eines zunächst angefeindeten Visionärs, der die Ankunft Außerirdischer erwartet und die Behauptung aufstellt, Kraft seines Geistes Menschen in fremde Welten versetzen zu können. Fotos einer Sonde aus dem System Proxima Centauri bestätigen bald darauf seine Visionen, die allmählich die Vorstellung von einer besseren Welt formen. In SAILING TO BYZANTIUM griff Robert Silverberg zur Zeitreise-Problematik; in mehreren Episoden schildert der Autor eine Art Touristenunternehmen durch die Epochen der Erde. Zeitreisende, die aus einer fernen Zukunft stammen, werden mit den einzelnen Stadien der Geschichte bekannt gemacht, um so am Beispiel historisch bedeutender Städte und Schauplätze ihrer eigenen Herkunft und Identität bewußt zu werden.

III

Robert Silverberg ist in seinen Romanen und Erzählungen oft – bewußt oder unbewußt – auf aktuelle kulturelle Fragen eingegangen, und dies besonders in den Texten, die nach 1966 entstanden. Seine vom Schicksal gezeichneten Charaktere, deren Lebensweg von außerhalb ihrer Kontrolle liegenden Umständen bestimmt wird, zeigen immer auch etwas vom Selbstverständnis des Menschen in einer modernen Massengesellschaft, deren Regulative für viele unverständlich geworden sind; Entfremdung (THE MAN IN THE MAZE), Angst vor Vermassung (TOWER OF GLASS), das Erstreben individueller Merkmale, die den Einzelnen vom Durchschnitt der Gesellschaft isolieren (DYING INSIDE), und die Diskrepanz zwischen Idealismus und Egoismus (SHADRACH IN THE FURNACE) kennzeichnen seine Prosa. Ebenso gehören die spezifischen Degenerationserscheinungen des Informationszeitalters zu Silverbergs Themenkreis. Gerade das bis in unsere Tage aktuelle Problem, daß sich das Recht auf öffentliche Information spätestens dort verlieren muß, wo der Mensch zum ausgebeuteten Objekt eines pervertierten Mediengeschäfts wird, zur funktionellen Ware also, hat er 1967 mit dem Roman THORNS literarisiert.

Silverbergs ›Helden‹ finden ihre Vorläufer in der klassischen griechischen Literatur. Gleich dem Ödipus des Sophokles sind sie unschuldig Schuldige, werden sie von ›höheren Mächten‹ einem undurchschaubaren Schicksal unterworfen, ohne Möglichkeit, diesem Schicksal zu entgehen. Die attische Tragödie verstand diese unbarmherzige Fügung der Götter noch als Prüfung des Menschen und ließ den Protagonisten die zwingende Gewalt dieser Schicksalsmacht anerkennen, um über die schließlich erfolgende Katharsis im Betrachter (nach Aristoteles und Lessing) eine Reinigung von Furcht und Mitleid durch Furcht und Mitleid zu erzielen. Dieser von den großen Dramatikern der Antike gestaltete Stoff von den ohne eigene Schuld Büßenden bot der Dichtung eine besondere Gelegenheit, die Frage nach der Schuld, die die Menschheit auf sich geladen hat, und nach dem Leid, das sie ertragen muß, aufzuwerfen. Ganz in diesem Sinne erleben auch der Raumfahrer Minner Burris und das Mädchen Lona Kelvin ihre private Hölle, ohne daß ihnen ein persönlicher Sündenfall vorgeworfen werden könnte. »Schmerz ist lehrreich«, so beginnt und endet der Roman und schlägt die Brücke zur klassischen didaktischen Intention, die vom stellvertretenden Einzelschicksal zur universellen Darstellung führen will.

Burris wird von den Chirurgen eines fremden Planeten körperlich verändert und kehrt als humanoides aber – in seinen Augen – unmenschliches Monstrum zur Erde zurück. Die Art und Weise, wie diese Veränderungen vorgenommen wurden, bleiben ebenso unbegreiflich wie die damit verbundene Absicht der Aliens. Sicher ist nur, daß die medizinische Technik der Fremden der irdischen weit überlegen ist, und Burris scheint so zum Spielball einer geradezu sadistischen Laune geworden zu sein, zum Opfer im wahrsten Sinne des Wortes ›überirdischer‹, gottähnlicher Mächte. Dieses Ausgeliefertsein seiner inhumanen, ihrer eigentlichen Bestimmung inversen medizinischen Technik, die nicht mehr dem Heilen, sondern der psychischen und physischen Zerstörung dient, ist ein bedeutendes Nebenmotiv in THORNS; unwillkürlich drängt sich das Wort von den »Halbgöttern in Weiß« auf und verknüpft die antike Vorstellung von einem lenkenden Pantheon mit den zeitgenössischen bzw. fiktiven futuristischen Herrschern über Leben und Tod. Auch Lona Kelvin verfällt der kalten Technokratie eines mitleidslosen medizinischen Apparats. Zwar gibt sie die Einwilligung zur Entnahme jener Follikel, mit denen in vitro ihre hundert Kinder gezeugt werden, trotzdem kann die Siebzehnjährige die Folgen dieses wenngleich freiwilligen Eingriffs nicht absehen und steht den Konsequenzen hilflos gegenüber; ihre schwache und unreife Persönlichkeit vermag dem manipulativen Zureden des Ärzteteams keinen Widerstand entgegenzusetzen, so daß sie sich letzten Endes – wie Burris – ohne eigenen Willen dem Mißbrauch beugt und dann allein gelassen wird.

Beide Protagonisten durchlaufen aufgrund ihrer körperlichen und seelischen Deformation eine Persönlichkeitsveränderung. Während Burris sich in Selbstmitleid ergeht und immer wieder die grausame Erfahrung seiner Gefangenschaft und den Tod seiner Bordkameraden traumatisch nacherlebt, versenkt sich Lora in selbstquälerische Mutterphantasien und spielt – einem Suizid knapp entronnen – erneut mit dem Gedanken an Selbstmord. Ebenso haben beide die Flucht in die Isolation angetreten, um in autistischer Weise mit sich und ihrer Abnormität allein zu bleiben. Allerdings hat dieser Rückzug in den scheinbar sicheren Hort der Kontaktlosigkeit neben dem psychischen Befinden noch einen anderen, handfesten Grund: den unerträglichen Ansturm sensationsgeiler Medienverbände auf der Jagd nach einer zündenden Story.

Die absolute Vereinnahmung des Raumfahrers und des Mädchens durch skrupellose Presse- und TV-Gesellschaften, ihre rücksichtslose körperliche und seelische Entblößung vor der Öffentlichkeit, die der Medienzar Duncan Chalk später noch weitaus subtiler fortsetzen wird, läßt die Leidenden schließlich ihr Heil in der Anonymität, in der Misanthropie suchen. Silverberg hat mit dieser Darstellung einer Mediengesellschaft, der Einschaltquoten und exotische Monstrositäten über alles geht, eine Erscheinung aufgegriffen, die ihre Wurzeln – trotz des futuristischen Anstrichs – in unserer Zeit hat; die Unverschämtheit und Aufdringlichkeit diverser Publikationsorgane, allen voran die Regenbogenpresse, die pausenlos Bedürfnisse einer im Grunde bedürfnislosen Rezepientenschaft stillt, die Gier nach möglichst spektakulären Novitäten ist hinlänglich bekannt. Eine dieser Art Vermarktung immanente Eigenschaft ist das Verschwinden des Menschen im Bild. Nicht die Persönlichkeit, nicht der Mensch als individuelles, vollständiges Wesen steht im Vordergrund, sondern die verzehrende Hervorhebung jener Eigenschaft, die Publikumsinteresse verspricht. Und sofern diese reduzierte Eigenschaft nur nachdrücklich genug als pars pro toto propagiert wird, verflacht auch die vielgestaltige Existenz des Einzelnen zu einem Abklatsch, der doch nur die seelische Armut des Betrachters wiedergibt: »Man macht sich ein Bildnis. Das ist das Lieblose, der Verrat ... Wir halten uns für den Spiegel und ahnen nur selten, wie sehr der andere seinerseits eben der Spiegel unseres erstarrten Menschenbildes ist, unser Opfer ...«[3]

Beiden Protagonisten ist diese Reduktion auf ihre Abnormität eigen, und eigen ist ihnen auch die Verzweiflung, die sie für Duncan Chalks betrügerischen Vorschlag anfällig macht. Er bietet Minner Burris und Lona Kelvin das, was sie am meisten begehren – einen neuen Körper und eines der Babys –, eine scheinbare Rettung vor ihrem Schicksal, die jedoch von außen, nicht aus eigener Kraft kommt und sie somit wieder in eine neuerliche Abhängigkeit treibt.

Zunächst verfallen der Raumfahrer und das Mädchen dem manipulativen Geflecht von Duncan Chalks Organisation. In dieser Romanfigur hat Robert Silverberg zwei Eigenschaften vereinigt: Einerseits steht Chalk stellvertretend für die Gesamtheit eines sensationsgierigen Publikums, der »höchste Vertreter des Geschmacks seiner Zuschauer und darum perfekt dazu geeignet, die inneren Bedürfnisse dieses großen Publikums zu befriedigen«. Andererseits versteht der Autor das metaphorische Wort vom »Emotionsfresser« eidetisch und spricht dem monströsen Medienimperator sado-masochistische Charakterzüge zu. Chalk weidet sich konkret am Leiden anderer und am eigenen Schmerz, indem er unmittelbar, quasi telesynalgisch, die Gefühlswelt seiner Umgebung aufnimmt. Mit subtiler Grausamkeit bereitet er das große Schauspiel vor, führt das ungleiche Paar zusammen und harrt der Katastrophe, die sich zwangsläufig aus dem Zusammenprall zweier zerbrochener Wesen ergeben muß. Tatsächlich scheint es fast, als ob das Verhängnis der beiden Protagonisten nunmehr den eigenen Trieben entspränge, ihr Unglück der unheiligen Allianz mit Chalk zu verdanken sei. Keine göttliche Fügung zwingt mehr zum Leiden, sondern der sehr irdische und menschlich-triebhafte

Wunsch nach rettender Erlösung durch Unterwerfung. Duncan Chalks Vorhaben erfüllt sich offenbar, bezieht er doch aus der Fortsetzung der Tragödie Lustgewinn.

Wenngleich Silverberg mit diesem pervertierten Vergnügen nur die eine Figur bedacht hat, so kann die Neugierde auf menschliches Elend darüber hinaus auch als symptomatisch für die seltsame Wechselwirkung zwischen Trauerspiel und Zuschauer verstanden werden. Die Tragödie birgt in sich einen merkwürdigen Widerspruch, denn »wir weiden uns an schmerzlichen Kämpfen, an Kämpfen, die nicht zum Siege, sondern zum Untergang des Helden führen, zum Untergang gerade der Person, die vielleicht unsere stärksten Sympathien gewann. Fast gewinnt es den Anschein, als sei unsere Befriedigung um so größer, je trauriger die Vorgänge auf der Bühne.«[4]

Die Psychoanalyse hat dieses Phänomen als Projektion verbotener Wünsche auf die Bühne interpretiert, als ein maskiertes Delegieren vom Bewußtsein zensierter Forderungen an die Schauspieler, um dieserart einen indirekten Weg zur Äußerung, zur Entlastung zu finden. Damit dehnt sich auch dieser persönliche Charakterzug Chalks auf die Gesamtheit der Betrachter aus, für die er ja stellvertretend steht, und gewinnt das entlarvende Format einer Kollektiverscheinung, gleichsam eine Sozialpathologie misanthropischen Voyeurismus.

Das künstliche, von Duncan Chalk geschürte Fegefeuer muß jedoch erkalten, nachdem Burris und Kelvin erfahren, daß sie lediglich ›Werkzeuge‹ waren und die ihnen gegebenen Versprechungen niemals eingelöst werden. Erst mit diesem Wissen und der Erkenntnis gegenseitiger Zuneigung können sie den Schritt wagen, Chalk gegenüberzutreten; jetzt nicht mehr isoliert und miteinander statt gegeneinander fühlend, befreien sie sich endgültig von seinem Einfluß.

Mit eben diesem Schritt aber haben der Raumfahrer und das Mädchen in letzter Konsequenz jene Emanzipation vollzogen, die sich in der Akzeptanz der eigenen Natur andeutete und zur Läuterung führt: »Wir haben einen Fehler gemacht«, sagte er, »als wir versuchten, uns in das zurückzuverwandeln, was wir einmal waren. Wir sind die Essenz unserer selbst ... Es ist falsch, wenn man zu fliehen versucht.«

Diesen Lebensweg nehmen die Protagonisten in dem Moment selbst in die Hand, in dem sie sich – trotz der Veränderungen – als lebendig, wenn auch nicht als vollwertige Menschen verstehen. Robert Silverberg definiert das Leben über den Schmerz, und nicht von ungefähr rahmt der Satz »Schmerz ist lehrreich« den Roman ein. Ohne Verzweiflung, ohne Selbstmitleid scheint zumindest ein kleines Glück möglich. »Erkenne dich selbst!«: diese mahnende Forderung umfaßt das Wissen um die eigene Natur, umfaßt das Wissen um die Mängel und Fehler, aber auch die Sicherheit des Menschen, der die schwache, unvollständige Form seines irdischen Daseins hinnimmt und in sich selbst ruht. Schmerz und Leid sind sicherlich unabänderliche – und nach Silverberg sogar notwendige – Begleiter unserer Existenz, Leben heißt jedoch, angemessen mit ihnen umgehen zu lernen.

ANMERKUNGEN

1 Interview mit Robert Silverberg. In: *Gestalter der Zukunft. Science Fiction und wer sie macht,* herausgegeben von Charles Platt, Köln-Lovenich 1982, Hohenheim, S. 397

2 Aldiss, Brian W.: *Der Milliarden Jahre Traum. Die Geschichte der Science Fiction,* Bergisch Gladbach 1987, Bastei Lübbe, S. 446

3 Frisch, Max: *Tagebuch 1946–1949,* Frankfurt/M. 1950, Suhrkamp, S. 30f.

4 Zit. n.: Kaplan, Leo: *Zur Psychologie des Tragischen,* in: *Psychoanalytische Literaturinterpretation. Aufsätze aus »Imago«, Zeitschrift für Anwendung der Psychoanalyse auf die Geisteswissenschaften 1912–1937,* herausgegeben von Jens Malte Fischer, München o. J., Deutscher Taschenbuch Verlag, S. 33

BIBLIOTHEK DER SCIENCE FICTION LITERATUR

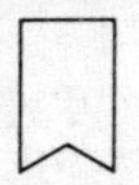

Die Heyne-Taschenbuchreihe BIBLIOTHEK DER SCIENCE FICTION LITERATUR umfaßt herausragende Werke dieser Literaturgattung, die als Meilensteine ihrer Geschichte gelten. Die gediegen ausgestattete Collection ist nicht nur für den Liebhaber guter SF gedacht, sie bietet durch ihre repräsentative Auswahl auch das Rüstzeug für jeden, der sich mit diesem Zweig der Literatur auseinandersetzen möchte.